传世美文百篇 译注

蓝锡琦 编著

西安出版社

图书在版编目(CIP)数据

传世美文百篇译注 / 蓝锡琦编著. -- 西安：西安出版社, 2024. 9. --ISBN 978-7-5541-7634-4

Ⅰ. I206.2

中国国家版本馆 CIP 数据核字第 2024LN0969 号

传世美文百篇译注

CHUANSHI MEIWEN BAIPIAN YIZHU

| 编　　著 : 蓝锡琦
| 出版发行 : 西安出版社
| 社　　址 : 西安市曲江新区雁南五路 1868 号影视演艺大厦 11 层
| 电　　话 : (029)85253740
| 邮政编码 : 710061
| 印　　刷 : 河北鹏润印刷有限公司
| 开　　本 : 787mm×1092mm　1/16
| 印　　张 : 21
| 字　　数 : 320 千
| 版　　次 : 2024 年 9 月第 1 版
| 　　　　　2024 年 9 月第 1 次印刷
| 书　　号 : ISBN 978-7-5541-7634-4
| 定　　价 : 58.00 元

△本书如有缺页、误装,请寄回另换。

目 录

[序] 操斧伐柯，取则行远 ………………………… 阿来（001）

卷一 人情

卜居 ……………………………………… [战国楚] 屈原（003）
渔父 ……………………………………… [战国楚] 屈原（005）
渔父 ……………………………………… [战国宋] 庄周（007）
庄周梦蝶五则 …………………………… [战国宋] 庄周（014）
高唐赋序 ………………………………… [战国楚] 宋玉（017）
神女赋并序 ……………………………… [战国楚] 宋玉（020）
登徒子好色赋并序 ……………………… [战国楚] 宋玉（024）
淳于髡讽齐威王 …………………………… [汉] 司马迁（027）
五柳先生传 ………………………………… [晋] 陶渊明（030）
丽人赋 …………………………………… [南朝宋] 沈约（032）
采莲赋 ………………………… [南朝梁] 梁元帝萧绎（034）
荡妇秋思赋 …………………… [南朝梁] 梁元帝萧绎（036）
张益州画像记 ……………………………… [宋] 苏洵（038）

秦士录 ·················· ［元末明初］宋濂（041）

窦祠记 ·················· ［清］刘大櫆（046）

卷二 物色

逍遥游（节选） ·················· ［战国宋］庄周（051）

秋水（节选） ·················· ［战国宋］庄周（054）

风赋 ·················· ［战国楚］宋玉（056）

九辩（首章） ·················· ［战国楚］宋玉（059）

蜀都赋 ·················· ［晋］左思（061）

月赋 ·················· ［南朝宋］谢庄（073）

答谢中书书 ·················· ［南朝梁］陶弘景（077）

三峡 ·················· ［北魏］郦道元（078）

枯树赋 ·················· ［北周］庾信（080）

秋声赋 ·················· ［宋］欧阳修（084）

木假山记 ·················· ［宋］苏洵（087）

核舟记 ·················· ［明］魏学洢（089）

卷三 聚会

兰亭集序 ·················· ［晋］王羲之（095）

春赋 ·················· ［北周］庾信（097）

滕王阁序 ·················· ［唐］王勃（099）

春夜宴桃李园序 ·················· ［唐］李白（105）

虎丘记 ·················· ［明］袁宏道（107）

卷四 游记

登楼赋 ·················· ［三国魏］王粲（113）

桃花源记	［晋］陶渊明	(116)
与朱元思书	［南朝梁］吴均	(118)
始得西山宴游记	［唐］柳宗元	(120)
钴鉧潭记	［唐］柳宗元	(122)
钴鉧潭西小丘记	［唐］柳宗元	(124)
至小丘西小石潭记	［唐］柳宗元	(126)
袁家渴记	［唐］柳宗元	(128)
石渠记	［唐］柳宗元	(130)
石涧记	［唐］柳宗元	(132)
小石城山记	［唐］柳宗元	(134)
岳阳楼记	［宋］范仲淹	(136)
醉翁亭记	［宋］欧阳修	(139)
丰乐亭记	［宋］欧阳修	(141)
前赤壁赋	［宋］苏轼	(143)
后赤壁赋	［宋］苏轼	(146)
石钟山记	［宋］苏轼	(149)
记承天寺夜游	［宋］苏轼	(152)
游沙湖	［宋］苏轼	(153)
武昌九曲亭记	［宋］苏辙	(155)
游褒禅山记	［宋］王安石	(158)
新城游北山记	［宋］晁补之	(161)
过小孤山大孤山	［宋］陆游	(163)
湖心亭看雪	［明］张岱	(167)
谒漂母祠记	［明］黄省曾	(169)
登泰山记	［清］姚鼐	(172)
汉关夫子春秋楼记	［清］刘曾	(175)

卷五　志趣

子路、曾皙、冉有、公西华侍坐 …………………… [战国鲁] 孔子弟子 (181)

孔颜之乐 …………………………………………… [战国宋] 庄周 (184)

酒箴 ……………………………………………………… [汉] 扬雄 (188)

归田赋 …………………………………………………… [汉] 张衡 (190)

酒德颂 …………………………………………………… [晋] 刘伶 (193)

归去来兮辞并序 ………………………………………… [晋] 陶渊明 (195)

与阳休之书 …………………………………………… [北齐] 祖鸿勋 (198)

小园赋 ………………………………………………… [北周] 庾信 (201)

送李愿归盘谷序 ………………………………………… [唐] 韩愈 (206)

燕喜亭记 ………………………………………………… [唐] 韩愈 (209)

零陵三亭记 ……………………………………………… [唐] 柳宗元 (212)

岘山亭记 ………………………………………………… [宋] 欧阳修 (215)

黄州快哉亭记 …………………………………………… [宋] 苏辙 (218)

待漏院记 ………………………………………………… [宋] 王禹偁 (221)

正气歌并序 ……………………………………………… [宋] 文天祥 (224)

送东阳马生序 ………………………………………… [元末明初] 宋濂 (229)

苦斋记 ……………………………………………… [元末明初] 刘基 (232)

畏垒亭记 ………………………………………………… [明] 归有光 (235)

遂初堂记 ………………………………………………… [明] 归有光 (237)

古砚说 …………………………………………………… [明] 许獬 (240)

游凌云图记 ……………………………………………… [清] 刘大櫆 (243)

卷六　陋室

陋室铭 …………………………………………………… [唐] 刘禹锡 (247)

学舍记	〔宋〕曾巩	(248)
东轩记	〔宋〕苏辙	(251)
项脊轩志	〔明〕归有光	(254)
独坐轩记	〔明〕桑悦	(258)

卷七　怀旧

与吴质书	〔三国魏〕魏文帝曹丕	(263)
与吴季重书	〔三国魏〕曹植	(266)
思旧赋并序	〔晋〕向秀	(269)
怀旧赋并序	〔晋〕潘岳	(271)
别赋	〔南朝梁〕江淹	(274)
文与可画筼筜谷偃竹记	〔宋〕苏轼	(278)

卷八　立学

处州孔子庙碑	〔唐〕韩愈	(283)
襄州谷城县夫子庙记	〔宋〕欧阳修	(285)
宜黄县学记	〔宋〕曾巩	(289)
筠州学记	〔宋〕曾巩	(294)
慈溪县学记	〔宋〕王安石	(298)

卷九　论文章

典论论文	〔三国魏〕魏文帝曹丕	(305)
文赋并序	〔晋〕陆机	(308)
文心雕龙（节选）	〔南朝梁〕刘勰	(317)
陶庵梦忆序	〔明〕张岱	(320)

[序]

操斧伐柯，取则行远

阿来

怎样写好一篇千字小品，或者两三千字的常见散文？也许人人能动笔，却没有谁真的信心满满。

才华当然是第一位的。寻常的文通字顺，仅仅相当于田野里无垠的青草绿树，而才华，则好比当季盛开的枝头鲜花。底色打好了，总还会觉得欠缺点什么。唯有再点染各色多姿的灿烂花簇，才生发出漾动读者心绪的审美意味。

悟到此理的人，会对文章之道有更虔敬的追求。这本文集的作者，早在1980年4月，处女作《春麦赋》投稿不到十天，就在《中国青年报》发表。之后几十年间，诗歌散文频发于各级各类报刊，还有四十万字的随笔结集出版。在知天命之年，回顾人生和写作之路，对心为形役的职场生出疏离之感，而悟文字文学之道中恒久的价值。遂辞总经理的职务，关闭赢利尚可的公司，回归于心心念念的的煮文生涯，慢生活、慢阅读和慢写作。

如此读书，方知此前虽颇读典籍名著，却未成体系，显得凌乱。自己尚未写出言得其要、理足可传的文章，即与此大有关连。由是静下心来，研读四书五经，字字深求，句句研判。译注梳理《老子》《庄子》《阴符经》，抄录注释《列子》《鹖冠子》，品味《内经素问》和其他诸子，批注《左传》

《史记》《汉书》《后汉书》《三国志》《晋书》，咀嚼《绎史》和《纲鉴易知录》等。孜孜以求，凡十七八年。

后年岁日长，越觉知无涯而力有限。醒悟到庄子所言"吾生也有涯，而知也无涯。以有涯随无涯，殆已"，决定暂停大部头的古籍经典的叩问爬梳。自觉经这十多年研求，也粗通传统文化精要，为文该长于情理之说，可以作而不述了。可是立达理至情之言，能否巧言赋形，犹心怀忐忑。想刘勰《文心雕龙》说："巧言切状，如印之印泥，不加雕削，而曲写毫芥。"又自忖像印章蘸取印泥，曲折细腻地摹写出事物细节，还不敢讲能做得很好。怎么解决？这又到了文章章法修辞一路，怎么区处？无他，又让自己下笨功夫吧。

据此人自述，又从《楚辞》《昭明文选》《六朝文絜》《古文观止》《古文辞类纂》《经史百家杂钞》《古文笔法百篇》和其他名家文集中，以文学语言优美为标准，自先秦至清代，挑选出一百篇散文来精准注释，译作白话，文前录作者简介，精彩的文章之后加以品评，品评了，意犹未尽的文章之后再缀附笔。如是成篇成书。全书分为九卷。

卷一人情，聚焦世态人心。看屈原《渔父》："渔父莞尔而笑，鼓枻而去。乃歌曰：沧浪之水清兮，可以濯我缨。沧浪之水浊兮，可以濯吾足。"觉其飘飘轻举有神仙之姿。看宋玉《登徒子好色赋》："东家之子，增之一分则太长，减之一分则太短，著粉则太白，施朱则太赤。眉如翠羽，肌如白雪，腰如束素，齿如含贝。嫣然一笑，惑阳城，迷下蔡。"用散文笔触描写男女情爱，宋玉乃第一人。又看宋濂《秦士录》介绍秦人邓弼："身长七尺，双目有紫棱，开合闪闪如电。"又感叹：多么英气逼人的一枚壮士啊！

卷二物色，聚焦景色形貌。《庄子·逍遥游》描摹："北冥有鱼，其名为鲲，鲲之大，不知其几千里也。化而为鸟，其名为鹏，鹏之背，不知其几千里也。怒而飞，其翼若垂天之云。"远飞高举如斯，那些榆树枋树间折腾的斑鸠寒蝉们岂可比拟？宋玉《九辩》开篇："悲哉秋之为气也，萧瑟兮草木摇落而变衰。"文士悲秋，此为源头文字。左思作《蜀都赋》，先访问岷山岷江和邛州的旧事。写山川城邑则稽之地图，写鸟兽草木则验之方志，写风谣歌舞各附其俗。他说，升高能赋者，颂其所见也。美物者，贵依其本。赞事者，宜本其实。

卷三聚会，聚焦群贤毕至，少长咸集。王羲之《兰亭集序》，于崇山峻岭的清流曲水间列坐，一觞一咏，足以畅叙幽情。王勃《滕王阁序》："虹销雨霁，彩彻云衢。落霞与孤鹜齐飞，秋水共长天一色。"连心怀怨意的阎州牧，也矍然称天才。更有李白《春夜宴桃李园序》："夫天地者，万物之逆旅。光阴者，百代之过客。而浮生若梦，为欢几何？古人秉烛夜游，良有以也。"才气纵横兼及时行乐，果然聚会妙旨。

卷四游记，聚焦山川之美，古来共谈。"晋太元中，武陵人捕鱼为业，缘溪行，忘路之远近。忽逢桃花林，夹岸数百步，中无杂树，芳草鲜美，落英缤纷。"陶渊明《桃花源记》，开启了山水游记的源头。"潭中鱼可百许头，皆若空游无所依，日光下澈，影布石上。怡然不动，俶尔远逝，往来翕忽，似与游者相乐。"柳宗元《至小丘西小石潭记》，乃古今游记的神来之笔。苏东坡《前赤壁赋》与客泛舟，清风徐来，水波不兴。"少焉，月出于东山之上，徘徊于斗牛之间。白露横江，水光接天，纵一苇之所如，凌万顷之茫然。浩浩乎如冯虚御风，而不知其所止。飘飘乎如遗世独立，羽化而登仙。"痛陈胸前一片空阔了悟，真乃天成文章，偶然得之也。后世张岱《湖心亭看雪》，"天与云与山与水，上下一白。湖上影子，唯长堤一痕，湖心亭一点，与余舟一芥，舟中人两三粒而已"，已颇得前贤游记的韵味。

卷五志趣，聚焦志向情趣。《论语·先进》里曾皙尝言：暮春时节，春服既成，冠者五六人，童子六七人，在沂水里沐浴，到求雨舞蹈的高台上游戏，歌咏而归。孔子极表赞同。《庄子·让王》篇颜回说：我有城外薄田五十亩，足以吃饱稀饭。城内耕地十亩，足以营作丝麻。鼓琴足以自娱，所学夫子之道，足以自乐。我不愿做官。陶渊明写《归去来兮辞》：官场上人情翻覆，厚秩招累，为何不一别两宽，回家乡饮酒田园呀？登东皋以舒啸，临清流而赋诗，顺应造化，走向余生的尽头。文天祥《正气歌》曰："天地有正气，杂然赋流形。下则为河岳，上则为日星。于人曰浩然，沛乎塞苍冥。"一念向正，虽九死而无悔。君子之道，或者出门担责做大事，或者隐居过自己喜欢的生活。好比原野里的兰草桂花，各自呈现出一种芬芳。

卷六陋室，聚焦德馨一隅。刘禹锡《陋室铭》官宣为"山不在高，有仙则名。水不在深，有龙则灵"。苏辙《东轩记》言此间之乐，足以替代穷饿而不埋怨，虽南面称王也不能超越，大概不是有德之人就不能承受吧。归有光《项脊轩志》绘影绘声地描写道："借书满架，偃仰啸歌，冥然兀坐，万籁有声。而庭阶寂寂，小鸟时来啄食，人至不去。三五之夜，明月半墙，桂影斑驳，风移影动，珊珊可爱。"桑悦《独坐轩记》则另辟蹊径：校园里筑一轩，大如斗，仅容台椅各一。"坐惟酬酢千古。遇圣人，则为弟子之位，若亲闻训诲。遇贤人，则为交游之位，若亲投膝而语。遇乱臣贼子，则为士师之位，若亲降诛伐于前。"

卷七怀旧，聚焦黯然销魂者，唯别而已矣。竹林七贤之一的向秀，西行经过朋友嵇康的旧宅。夕阳衔山，寒冰凄然，邻人有吹笛者，发音清越嘹亮，忍不住作《思旧赋》，哀悼嵇康永辞人世，犹回顾日影而弹琴。梁元帝萧绎《荡妇秋思赋》：荡子之别十年，倡妇之居自怜。登楼一望，惟见远树含烟。平原如此，不知道路几千？天与水相互逼近，山跟云同一颜色。山则苍苍融入汉江，水则涓涓不可测量。谁又受得住看见鸟飞，悲鸣着扇动翅膀？秋天何处的月亮不清凉，月色在哪个秋天不明亮？何况这个倡楼荡妇，对此伤情呀。撇开"荡妇"一词涉嫌淫鄙，似这等干净畅快的文字，我辈断断乎写不出来。

卷八立学，聚焦政教大要。王安石《慈溪县学记》说："天下不可一日无政教，故学不可一日而亡于天下。"古时井字形划分天下田地，乡学、县学和国都学校就建立在其中。乡射选士行饮酒礼，春秋合奏音乐，养老与劝勉农耕，尊贤使能，考察才艺，建言献策，以及接受谋略，献出敌人的左耳记功，审讯囚犯等，无不出于学校。在这里培养天下智慧、仁爱、通达庶务、品行合宜、忠诚、发皆中节的士子，以至片面技能和一隅学说，无所不养。欧阳修《襄州谷城县夫子庙记》，详细解说了释菜和释奠：古时读书人见老师，用一束蔬菜做礼物（近似于现代人带一点水果见尊长），所以初入学的士子，必定依次陈列蔬菜礼敬先师，叫释菜。如果是政府学官，则于四季置爵在神前祭祀，叫释奠。

卷九论文章，聚焦写作方法。魏文帝曹丕《典论论文》说："盖文章经国之大业，不朽之盛事。年寿有时而尽，荣乐止乎其身，二者必至之常期，未若文章之无穷。是以古之作者，寄身于翰墨，见意于篇籍，不假良史之辞，不托飞驰之势，而声名自传于后。"古来谈文章，此为最高境界。陆机《文赋序》"恒患意不称物，文不逮意"，深知写文章，不是认知困难，而是能力胜任困难。昭明太子萧统《文选序》论写作，"踵其事而增华，变其本而加厉"。大略讲，源于生活时，好像后面一只脚踩踏前面一只脚的后跟，紧贴记事，随机增添鲜花一样的文采。而高于生活时，则须变幻事物本体，加入砥砺刀锋一样的勉励振奋。

《诗经》有云"伐柯伐柯，其则不远"，意谓操持斧头砍斧柄，所需斧柄的榜样不远。笔者译注一百篇传世美文，犹如磨砺了一百把漂亮的斧头。他日拟写千字小品，或者两三千字的常见散文，就是取则这些掌中利斧，去山里砍伐崭新的斧柄。岁月悠悠，十方世界皆为远山，盼望能于随手变化之间，砍回几条不朽的斧柄。

此君名唤蓝锡琦。有从商经历，亦有办报刊经历，年近七旬而壮心不已。初结一面之缘即以将出版之大作相赠。读后杂感，是为记。

2022年9月15日于成都

（阿来，四川省作家协会主席，中国作家协会副主席，中国作家协会少数民族文学委员会主任，第五届茅盾文学奖获得者。）

卷一 人情

渔父莞尔而笑,鼓枻而去,乃歌曰:沧浪之水清兮,可以濯吾缨。沧浪之水浊兮,可以濯吾足。

卜居

[战国楚] 屈原

屈原，战国楚人。楚怀王时任左徒、三闾大夫。入则跟君王商议国事，出则接待宾客和应对诸侯。后遭人诬陷，被放逐。顷襄王时再流放江南，幽愤自伤，投汨罗江而死。他写的《离骚》，开创了一种崭新的文体"骚"，为楚辞的代称，跟之前以"风"为代称的诗经合称"风骚"。《文心雕龙》称屈原作品联藻日月，每一顾而掩涕，气往轹古，辞来切今，惊采绝艳，难与并能。

屈原既放，三年不得复见。竭知尽忠，而蔽障于谗。心烦虑乱，不知所从。乃往见太卜郑詹尹，曰："余有所疑，愿因先生决之。"

詹尹乃端策拂龟，曰："君将何以教之？"

屈原曰："吾宁悃悃款款朴以忠乎？（悃：读作"捆"，诚恳，诚实。）将送往劳来斯无穷乎？宁诛锄草茅以力耕乎，将游大人以成名乎？宁正言不讳以危身乎，将从俗富贵以媮生乎？（媮：读作"偷"，苟且，只顾眼前。）宁超然高举以保真乎，将哫訾栗斯，喔咿嚅唲，以事妇人乎？（哫訾：读作"族子"，阿谀逢迎。栗斯：戒惧貌。喔咿：声音含糊难辨。嚅唲：读作"儒儿"，强笑曲从貌。）宁廉洁正直以自清乎，将突梯滑稽，（突梯：谓无偶角，圆滑随俗貌。）如脂如韦，以絜楹乎？（絜：清洁。楹：柱子。清洁屋柱，使之光泽柔滑；比喻人的圆滑谄谀。）宁昂昂若千里之驹乎，

将泛泛若水中之凫,与波上下,偷以全吾躯乎?宁与骐骥亢轭乎,(轭:读作"恶",车辕前端驾在牛马颈上的曲木。)将随驽马之迹乎?宁与黄鹄比翼乎,将与鸡鹜争食乎?此孰吉孰凶,何去何从?

"世溷浊而不清,(溷:读作"混",混乱,污浊。)蝉翼为重,千钧为轻。黄钟毁弃,瓦釜雷鸣。谗人高张,贤士无名。吁嗟默默兮,谁知吾之廉贞!"

詹尹乃释策而谢,曰:"夫尺有所短,寸有所长。物有所不足,智有所不明。数有所不逮,神有所不通。用君之心,行君之意。龟策诚不能知此事。"

(选自汉刘向编《楚辞》)

附:白话《卜居》

屈原已流放,三年不能再次见到楚王。他竭智尽忠,却被谗言遮蔽阻塞,心烦意乱,不知道该怎么办了。于是去见太卜郑詹尹,说:"我有疑惑,想请先生决断。"

詹尹平拿蓍草,拂拭龟甲,说:"你想让我做什么?"

屈原说:"我宁愿至诚恳切质朴忠敬,还是送往迎来无穷无尽?宁愿诛锄草茅用力耕耘,还是游说显贵来成就名声?宁愿直言不讳,由此危害到自己,还是跟从世俗财多位尊,以便苟且偷生?宁愿超然高举保全天真,还是阿谀戒惧含糊强笑,去服事妇人?宁愿廉洁正直而自身高洁,还是圆滑随俗像油脂一样腻,像熟皮一样柔,像刚洗过的屋柱一样滑溜?宁愿昂头振奋如千里马,还是漂浮不定如水中野鸭,随波上下,悄悄保全躯体?宁愿类同骐骥颈举辕轭,还是跟随驽马的脚迹?宁愿亲近天鹅比翼齐飞,还是跟随鸡鸭争抢食物?这些做法,哪个吉利哪个凶险,离开什么跟从什么?

"世间浑浊不清,蝉翼为重,千钧为轻。黄钟被毁弃,瓦罐像雷鸣。谗人高高张扬,贤士没有名分。哎呀迷惑啊,谁了解我的廉洁忠贞!"

詹尹放下蓍草,告诉他:"一尺有时显短,一寸有时显长。事物有时不足,智慧有时不明。术数有时不连及,神灵有时不通晓。用你的心,践行你的意愿吧。龟甲和蓍草,确实不能显现这些事情。"

渔父

[战国楚] 屈原

屈原既放，游于江潭，行吟泽畔，颜色憔悴，形容枯槁。渔父见而问之曰："子非三闾大夫与？何故至于斯？"

屈原曰："举世皆浊我独清，众人皆醉我独醒，是以见放。"

渔父曰："圣人不凝滞于物，而能与世推移。世人皆浊，何不淈其泥而扬其波？（淈：读作"鼓"，搅浑。）众人皆醉，何不餔其糟而歠其醨？（餔：读作"补—阴平"，吃。歠：读作"啜"，喝。醨：读作"离"，淡酒。）何故深思高举，自令放为？"

屈原曰："吾闻之，新沐者必弹冠，新浴者必振衣。安能以身之察察，受物之汶汶者乎？宁赴湘流，葬于江鱼之腹中。安能以皓皓之白，而蒙世俗之尘埃乎？"

渔父莞尔而笑，鼓枻而去，（枻：读作"义"，船舷，船桨。）乃歌曰："沧浪之水清兮，可以濯吾缨。沧浪之水浊兮，可以濯吾足。"

遂去，不复与言。

（选自汉刘向编《楚辞》）

附：白话《渔父》

屈原流放后，整天闲游江边，行吟溪泽，颜色憔悴，形容枯槁。捕鱼老

人看见了,问道:"你不是三闾大夫吗,怎么成了这副模样?"

屈原答:"举世浑浊,我独自洁净。众人都喝醉了,我独自清醒,所以被流放了。"

捕鱼老人说:"圣人不凝滞于事物,而能与世推移。世人都浑浊,何不搅乱泥巴,掀动波浪?众人都喝醉了,何不吃点儿酒糟,饮点儿薄酒?为什么要深思高举,自己流放自己呢?"

屈原说:"我听说刚洗过头的人,必定弹弹帽子。刚洗过澡的人,必定抖抖衣服。岂能拿自己的高洁,去接受他物的污垢?我宁愿投入湘江,葬身江鱼之腹。怎能让皓皓的白色,蒙受世俗的尘垢?"

捕鱼老人莞尔一笑,摇动船桨离开,随声歌唱:"沧浪之水清澈哟,可以洗我的帽带。沧浪之水浑浊哟,可以洗我的臭脚。"

于是离开,不再说话。

【评语】

沧浪之水,好比我们的生存环境。当生存环境清清亮亮时,不妨埋头洗涤帽带——比喻深度融入,放手做一番事业。当生存环境肮脏浑浊时,偶尔洗洗臭脚,浅浅应付一下就好。

屈原泥滞,赔上生命亦于事无补。渔父放达,既得全生,又获自由。

渔父

[战国宋]庄周

庄周，战国宋人。师友造化，独与天地精神往来。善于描摹奇幻物象，汪洋自恣地阐释道德。三国时期，竹林七贤的阮籍尤好《庄》《老》，把庄子放在先秦诸子的首位。魏晋诗赋盛行化用庄氏文句，逐渐演变成山水诗文的神韵：世道艰难困顿，而辞意平和闲静。这种尘埃里的高贵风骨，至今仍是中国文人的精神归宿。

孔子游乎缁帷之林，（缁：读作"资"，黑色。）休坐乎杏坛之上。弟子读书，孔子弦歌鼓琴。奏曲未半，有渔父者，下船而来，须眉交白，被发揄袂，（揄：读作"抽"，垂手行。袂：读作"妹"，衣袖。）行原以上，距陆而止，左手据膝，右手持颐以听。

曲终，而招子贡、子路二人俱对。客指孔子曰："彼何为者也？"子路对曰："鲁之君子也。"客问其族。子路对曰："族孔氏。"客曰："孔氏者何治也？"子路未应，子贡对曰："孔氏者，性服忠信，身行仁义，饰礼乐，选人伦。上以忠于世主，下以化于齐民，将以利天下。此孔氏之所治也。"又问曰："有土之君与？"子贡曰："非也。""侯王之佐与？"子贡曰："非也。"

客乃笑而还行，言曰："仁则仁矣，恐不免其身。苦心劳形以危其真。呜呼远哉，其分于道也。"

子贡还，报孔子。孔子推琴而起曰："其圣人与？"乃下求之，至于泽畔，方将杖拏而引其船，（杖拏：船篙。）顾见孔子，还乡而立。孔子反走，再拜而进。客曰："子将何求？"孔子曰："曩者先生有绪言而去，丘不肖，未知所谓，窃待于下风，幸闻咳唾之音，以卒相丘也。"客曰："嘻！甚矣，子之好学也！"孔子再拜而起，曰："丘少而修学，以至于今，六十九岁矣，无所得闻至教，敢不虚心！"

客曰："同类相从，同声相应，固天之理也。吾请释吾之所有，而经子之所以。子之所以者，人事也。天子、诸侯、大夫、庶人，此四者自正，治之美也。四者离位而乱莫大焉。官治其职，人忧其事，乃无所陵。故田荒室露，衣食不足，征赋不属，妻妾不和，长少无序，庶人之忧也。能不胜任，官事不治，行不清白，群下荒怠，功美不有，爵禄不持，大夫之忧也。廷无忠臣，国家昏乱，工技不巧，贡职不美，春秋后伦，不顺天子，诸侯之忧也。阴阳不和，寒暑不时，以伤庶物。诸侯暴乱，擅相攘伐，以残民人。礼乐不节，财用穷匮，人伦不饬，（饬：读作"斥"，整治，谨慎。）百姓淫乱。天子有司之忧也。今子既上无君侯有司之势，而下无大臣职事之官，而擅饰礼乐，选人伦，以化齐民，不泰多事乎？

"且人有八疵，事有四患，不可不察也。非其事而事之，谓之揔。（揔：同"总"，聚束，系扎；皆，一概。）莫之顾而进之，谓之佞。希意道言，谓之谄。（谄：读作"闸"，奉承，献媚。）不择是非而言，谓之谀。（谀：读作"鱼"，谄媚，悦顺貌。）好言人之恶，谓之谗。析交离亲，谓之贼。称誉诈伪以败恶人，谓之慝。（慝：读作"特"，奸恶；又读作"匿"，隐瞒实情掩饰过错。）不择善否，两容颊适，偷拔其所欲，谓之险。此八疵者，外以乱人，内以伤身，君子不友，明君不臣。所谓四患者：好经大事，变更易常，以挂功名，谓之叨。（叨：同"饕"，贪，残。）专知擅事，侵人自用，谓之贪。见过不更，闻谏愈甚，谓之很。人同于己则可，不同于己，虽善不善，谓之矜。此四患也。能去八疵，无行四患，而始可教已。"

孔子愀然而叹，（愀：读作"巧"，变色貌，忧愁貌，恭谨貌。）再拜而起，曰："丘再逐于鲁，削迹于卫，伐树于宋，围于陈蔡。丘不知所失，而离此四谤者何也？"（离：通"罹"，遭受。）

客凄然变容曰："甚矣，子之难悟也！人有畏影恶迹而去之走者，举足愈数而迹愈多，走愈疾而影不离身，自以为尚迟，疾走不休，绝力而死。不知处阴以休影，处静以息迹，愚亦甚矣！子审仁义之间，（间：通"简"，简要，简略。）察同异之际，观动静之变，适受与之度，理好恶之情，和喜怒之节，而几于不免矣。谨修而身，慎守其真，还以物与人，则无所累矣。今不修之身而求之人，不亦外乎！"

孔子愀然曰："请问何谓真？"

客曰："真者，精诚之至也。不精不诚，不能动人。故强哭者虽悲不哀，强怒者虽严不威，强亲者虽笑不和。真悲无声而哀，真怒未发而威，真亲未笑而和。真在内者，神动于外，是所以贵真也。其用于人理也，事亲则慈孝，事君则忠贞，饮酒则欢乐，处丧则悲哀。忠贞以功为主，饮酒以乐为主，处丧以哀为主，事亲以适为主。功成之美，无一其迹矣。事亲以适，不论所以矣。饮酒以乐，不选其具矣。处丧以哀，无问其礼矣。礼者，世俗之所为也。真者，所以受于天也，自然不可易也。故圣人法天贵真，不拘于俗。愚者反此。不能法天而恤于人，不知贵真，禄禄而受变于俗，故不足。惜哉，子之蚤湛于伪而晚闻大道也！"（蚤：通"早"。）

孔子又再拜而起曰："今者丘得遇也，若天幸然。先生不羞而比之服役，而身教之。敢问舍所在，请因受业而卒学大道。"

客曰："吾闻之，可与往者，与之至于妙道。不可与往者，不知其道。慎勿与之，身乃无咎。子勉之，吾去子矣，吾去子矣！"乃刺船而去，延缘苇间。

颜渊还车，子路授绥，（绥：读作"随"，登车时用作拉手的绳索。）孔子不顾，待水波定，不闻拏音而后敢乘。子路旁车而问曰：（旁：通"傍"，凭依，靠近。）"由得为役久矣，未尝见夫子遇人如此其威也。（威：通"畏"，畏惧。）万乘之

主,千乘之君见夫子,未尝不分庭伉礼,夫子犹有倨傲之容。今渔父杖拏逆立,而夫子曲要磬折,(要:通"腰"。)言拜而应,得无太甚乎!门人皆怪夫子矣,渔父何以得此乎!"

孔子伏轼而叹,曰:"甚矣,由之难化也!湛于礼义有间矣,而朴鄙之心至今未去。进,吾语汝:夫遇长不敬,失礼也。见贤不尊,不仁也。彼非至人,不能下人。下人不精,不得其真,故长伤身。惜哉!不仁之于人也,祸莫大焉,而由独擅之。且道者,万物之所由也。庶物失之者死,得之者生。为事逆之则败,顺之则成。故道之所在,圣人尊之。今渔父之于道,可谓有矣,吾敢不敬乎!"

(选自清王先谦著《庄子集解·渔父》)

附:白话《渔父》

孔子在黑帷帐般的树丛旁游玩,坐在杏林芳丘上休息。弟子们读书,孔子弹琴歌咏。乐曲没奏到一半,有位渔翁下船来,须眉皆白,披发垂袖,从溪泽边往上走,到达陆地停下,左手按膝,右手托腮聆听琴歌。

曲终,他打手势招呼子贡和子路。渔翁指着孔子问:"他是做什么的?"子路答:"是鲁国的君子。"渔翁问家族称号。子路答:"姓孔。"渔翁问:"孔某人研究些什么呀?"子路没做声,子贡回答说:"孔先生这人本性服膺忠信,亲身践行仁义,修饰礼乐,整齐人伦,对上忠于国君,对下教化平民,用以利益天下。这就是孔老师修养的内容。"又问:"他是拥有封地的贵族吗?"子贡答:"不是。""是侯王的辅佐吗?"子贡答:"不是。"

渔翁于是笑着往回走,说道:"仁爱倒是仁爱,恐怕免不了妨碍自身。苦心劳形,却伤害真性。哎呀,他距离道太遥远了。"

子贡返回报告孔子。孔子推琴起身,说:"他是一位圣人吧?"于是走下杏林高丘,到了溪边。渔翁正手握船篙撑船,回头看见孔子,返身迎面站立。孔子略退步,跪拜两次而后向前。渔翁问:"你打算要求什么?"孔子说:"刚才,先生有未尽之言而去,我不像话,没有懂得其中的意旨。特意恭候下位，有幸聆听清诲，终究对我有益。"渔翁说："嘻！果真哈，你这般好学！"孔子再次行礼起身，说："我幼年研习学业，直到今天六十九岁了，没机会听闻极致的训诲，岂敢不虚心！"

渔翁说："同类互相跟从，同声互相响应，是天然的道理。我愿解说我的全部认知，来度量你的实际情由。你所关注的，是人际关系。天子、诸侯、大夫和庶人，这四类人各自合符规范，是完美政治。四者失去等列和禄位，没有比这更大的动乱了。官吏担当分内职责，庶人忧思他的事业，才没有陵替。所以田地荒芜，房屋败坏，衣食不足，赋税徭役没法接续，妻妾不和睦，老人和年轻人没有次序，这是庶人的忧虑。才能不堪职责，公事不能治理，行为不够清白，下属迷乱怠惰，没有功绩褒奖，不能保持爵禄，这是大夫的忧虑。官署里没有忠臣，国家昏乱，百工技艺不灵巧，进献朝廷的赋税贡品不完美，春秋两季朝见君主的伦次靠后，不顺从天子，这是诸侯的忧虑。阴阳不调和，寒暑不按时，因此伤损到万物。诸侯暴乱，擅自互相侵夺交战，连及残害到人民；礼乐不适度，财用缺少竭尽，人伦不整顿，百姓淫乱；这是天子和有关部门的忧虑。现在，既然你上无列侯及有关部门的权势，下无大臣职责，却擅自修饰礼乐，整齐人伦，以教化平民，不是太多事吗？

"况且，人有八个缺点，事有四种祸患，不可不细究。不属于自己的职事，偏要横插一脚，叫做束缚。没人理睬却要奉献，叫做佞巧。迎合旨意说话，叫做奉承。不区别是非说话，叫做谄媚。喜欢说别人的坏话，叫做谗言。分裂朋友离间至亲，叫做贼害。称赞出于伪诈，用来衰毁别人，叫做奸恶。不区别善恶，两面修饰使面子好看，暗中攻取想要的目标，叫做阴险。这八个缺点，外则淆乱众人，内则伤损自身，君子不结交，明君不统属。所谓四种祸患，喜欢经营大事，变更改易常法，用来谋划功名，叫做贪残。独用聪明，独揽职事，侵犯他人自以为是，叫做无厌。了解过错不改变，听到规劝后更加变本加厉，叫做狠戾。别人跟自己相同就肯定，跟自己不同，即使正确也不喜欢，叫做骄矜。这是四种祸患。能够去除八个缺点，不要施行四种祸患，才可以教诲。"

孔子变色叹息，再次跪拜起身，说："我两次被鲁国放逐，在卫国减少行迹，在宋国被砍伐了习礼的大树，在陈蔡之间被围困。我不明白哪里错了，遭遇了这四番毁谤，为什么啊？"

渔翁凄然动容，说："太过分啦，你难以觉悟的样子！有人害怕阴影，讨厌脚印，就离开它们而逃跑。可是，提脚越频繁，脚印越多。逃跑越快，阴影越不离身。他还自以为缓慢了，于是疾走不停，竭力而死——不懂得停留树荫以完结阴影，暂止于宁静以消失行迹。太愚蠢了！你详审了仁爱与合宜性的简要，细究了相同跟不同的分界，观看了行动和静止的变化，适合了接受或给予的分寸，理顺了喜好或厌恶的情绪，协调了高兴或愤怒的节制，还几乎不能免祸。小心修养你的形体，慎重守持固有本性，返身依凭众物，跟随他人，就没有牵累了。现在你不修养自身，却责求别人，不嫌差远了吗？"

孔子恭谨地问："请问什么叫固有本性？"

渔翁答："固有本性，就是纯正诚信到极致。不纯正不诚信，不能感动人。所以勉强哭泣的人，虽然悲痛却不怜悯。勉强生气的人，虽然严厉却不震慑。勉强亲近的人，虽带笑容却不和洽。真实的悲痛，没有声音而含怜悯。真实的愤怒，尚未显现即示威严。真实的亲密，未露笑容就已和睦。固有本性在内的人，神志感应于外，这就是所以敬重真性的原因。它应用于伦理学，侍奉父母则慈孝，侍奉君主则忠贞，饮酒则欢乐，居丧则悲哀。忠贞以功绩为主，饮酒以愉悦为主，居丧以怜悯为主，侍奉双亲以孝顺为主。功业实现的完美，不要划一它的踪迹。侍奉双亲用顺从，无须讨论为什么这样。饮酒可以愉悦，不必选择盛酒的器具。居丧由于哀悯，不用责问它的礼仪。礼，是世俗作为。固有本性，所以禀受于自然，不经外力作用而如此，不可改易。因而圣人效法自然，崇尚真性，不拘束于习俗。笨家伙与此相反。不能仿效自然，却忧虑人情事理。不懂崇尚真性，平庸繁杂而受习俗改变，所以不值得。可惜啊，你早早沉没在人为里，太晚听闻大道了。"

孔子又跪拜两次，起身说："今天我欣逢良机，像得到上天宠爱。先生不忌讳，类比作服役的弟子，而亲身教导。冒昧请问您住在哪儿，愿随着受业尽学大道。"

渔翁说:"我听说,可以同行的人,就跟他到达妙道。不可同行的人,即不明白他想走的路。谨慎些不要亲近他,自身才没灾祸。你努力吧,我要离开你了,拜拜啦。"于是撑船而去,缓缓划进芦苇深处。

颜渊掉转马车,子路递上车绳,孔子不回头。等待水波停息,听不到撑抵船篙的声音了,然后才敢乘车。子路靠近马车,问道:"我做弟子很久了,未曾看见老师待人如此敬畏。万辆兵车的天子、千辆兵车的诸侯见到老师,未曾不用平等的礼节相见,老师还露出倨傲的容貌。今天,渔翁撑篙迎面站立,老师弯腰折身像磬背的样子,对话间必跪拜而后应答,该不会太过了吧?同学们都诧异老师,渔翁凭什么获得这样的礼遇哦?"

孔子靠在车厢横木上叹息,说:"实在的,仲由(字子路)真的难以教化!浸渍礼义有段时间了,质朴鄙野的心至今没有放弃。上前来,我告诉你:遇到长辈不恭敬,是失礼。见到贤者不尊重,是不仁。对方不是至人,不能忍让陌生人。我的谦让不够虔诚的话,就得不到他的真实传授,长久而言对我有损。可惜呀,不仁对于人,没有比这更大的祸患了,而仲由依然专擅于此。况且道为万物所遵从,众物失道者死,得道者生。做事逆道则败,顺道则成,所以道存在的地方,圣人敬重它。现在渔翁对于道,可以说拥有了,我敢不肃敬吗?"

【附笔】

清郭庆藩《庄子集释》说,文中渔父为越国范蠡。他辅佐勾践平定吴国后,乘扁舟游览三江五湖,变易姓名称渔父,跟屈原遇见的渔父是同一个人。

范蠡在《史记》里确有其人。庄子寓言,大多假托某人来讲道理。屈原诗文则允许虚构。此三者,未必真找得到铁板钉钉的关联依据。只不过,范蠡知进知退,多次变换身份皆获荣名。而庄子和屈原所描写的渔父,均属大智者。三个神秘莫测的老人淡远江湖,洒脱超逸,倒也十分神似。

庄周梦蝶五则

[战国宋] 庄周

昔者庄周梦为胡蝶，栩栩然胡蝶也。自喻适志与，不知周也。俄然觉，则蘧蘧然周也。（蘧：读作"巨"，惊喜貌。）不知周之梦为胡蝶与？胡蝶之梦为周与？周与胡蝶则必有分矣，此之谓物化。

（选自清王先谦著《庄子集解·齐物论》）

庄子钓于濮水。楚王使大夫二人往先焉，曰："愿以境内累矣！"

庄子持竿不顾，曰："吾闻楚有神龟，死已三千岁矣。王巾笥而藏之庙堂之上。（笥：读作"四"，盛东西的方形竹器。）此龟者，宁其死为留骨而贵乎？宁其生而曳尾于涂中乎？"

二大夫曰："宁生而曳尾涂中。"

庄子曰："往矣！吾将曳尾于涂中。"

（选自清王先谦著《庄子集解·秋水》）

惠子相梁，庄子往见之。或谓惠子曰："庄子来，欲代子相。"于是惠子恐，搜于国中三日三夜。

庄子往见之，曰："南方有鸟，其名为鹓鶵，（鶵：同"雏"。鹓鶵：也作"鹓雏"，读作"渊除"，传说中与凤凰同类的鸟。）子知之乎？夫鹓雏发于南海，而飞于北海，非梧桐不止，非练实不食，非醴泉不饮。于是鸱得腐鼠，（鸱：读作"痴"，鹞鹰。）鹓雏过之，仰而视之曰：'嚇！'今子欲以子之梁国而嚇我邪？"

（选自清王先谦著《庄子集解·秋水》）

庄子与惠子游于濠梁之上。庄子曰："鯈鱼出游从容，（鯈：同"鲦"，读作"条"，鱼名。）是鱼之乐也。"

惠子曰："子非鱼，安知鱼之乐？"

庄子曰："子非我，安知我不知鱼之乐？"

惠子曰："我非子，固不知子矣。子固非鱼也，子之不知鱼之乐，全矣。"

庄子曰："请循其本。子曰'汝安知鱼乐'云者，既已知吾知之而问我。我知之濠上也。"

（选自清王先谦著《庄子集解·秋水》）

庄子衣大布而补之，正緳系履而过魏王。（緳：读作"协"，带子。）魏王曰："何先生之惫邪？"

庄子曰："贫也，非惫也。士有道德不能行，惫也。衣弊履穿，贫也，非惫也。此所谓非遭时也。"

（选自清王先谦著《庄子集解·山木》）

附：白话《庄周梦蝶五则》

昔日庄周在梦中成为蝴蝶，欣然欢喜做一只蝴蝶。自我感觉适意，不知道有庄某人。忽然醒来惊喜，仍然一个阿周！不知是庄周到梦里去变作蝴蝶呢，还是蝴蝶到梦里去变成庄周？庄周和蝴蝶必有分别，这叫事物转化。

庄子在濮水边钓鱼。楚王派两个大夫去事先联系，说："愿拿楚国全境委托给先生。"

庄子手持钓竿不回头，说："我听说楚国有神龟，死去三千年了，楚王

把它装入内衬丝帛的竹箱，藏在庙堂上。这只龟，宁愿死掉遗留甲骨而尊贵呢，还是宁愿活着，拖曳尾巴在泥涂中呢？"

两位大夫说："宁愿活着而拖曳尾巴在泥涂中。"

庄子说："请回吧！我将拖曳尾巴在泥涂中。"

惠子做梁国国相，庄子去见他。有人对惠子说："庄子来此，想取代你的国相职位。"于是惠子害怕了，在国中搜查了三天三夜。

庄子前往见惠子，说："南方有鸟，名叫鹓雏，你知道不？鹓雏从南海出发，飞向北海，非梧桐树不停留，非竹子果实不吃，非甘美泉水不饮。于是鸱鹰得到了腐烂老鼠，适逢鹓雏飞过，鸱鹰仰望鹓雏大叫：'吓！'今天，你想拿梁国来吓我吗？"

庄子跟惠子在濠水石桥上游玩。庄子说："鯈鱼从容地显露或潜游，是鱼的快乐。"

惠子说："你不是鱼，怎么懂得鱼的快乐？"

庄子说："你不是我，岂可识别我不懂鱼的快乐？"

惠子说："我不是你，确实不了解你。你原本不是鱼，不知道鱼的快乐，没毛病吧。"

庄子说："请追述起始的话头。你说'你怎么懂得鱼的快乐'云云，已然了解我知觉了什么，才来问我。我在濠水石桥上有所感知啊。"

庄子穿着补丁粗衣，拿带子拴着鞋，去见魏王。魏王问："为什么先生这般困顿？"

庄子说："贫穷，不是困顿。读书人有道德不能施行，才是困顿。破衣烂衫，鞋子穿孔，是贫穷，不是困顿。这叫生不逢时。"

高唐赋序

[战国楚] 宋玉

宋玉，战国楚人，曾为楚顷襄王大夫。以赋见称，流传至今的作品，有列入《楚辞》的《九辩》《招魂》，列入《文选》的《高唐赋》《神女赋》《风赋》《登徒子好色赋》等。

昔者楚襄王与宋玉游于云梦之台，望高唐之观。其上独有云气崪兮直上，（崪：通"萃"，聚集。）忽兮改容，须臾之间，变化无穷。

王问玉曰："此何气也？"

玉对曰："所谓朝云者也。"

王曰："何谓朝云？"

玉曰："昔者先王尝游高唐，怠而昼寝，梦见一妇人曰：妾巫山之女也，为高唐之客。闻君游高唐，愿荐枕席。王因幸之。去而辞曰：妾在巫山之阳，高丘之阻，旦为朝云，暮为行雨。朝朝暮暮，阳台之下。（阳台：传说中的台名。）旦朝视之，如言。故为立庙，号曰朝云。"

王曰："朝云始出，状若何也？"

玉对曰："其始出也，㠑兮若松榯。（㠑：读作"对"，茂盛貌。榯：读作"时"，直竖貌。）其少进也，晰兮若姣姬，扬袂鄣日，而望所思。忽兮改容，偈兮若驾驷马，（偈：读作"节"，疾驰。）建羽旗。湫兮如风，（湫：读作"纠"，凄凉，清

静。）凄兮如雨。风止雨霁，（霁：读作"记"，雨止。）云无所处。"

王曰："寡人方今可以游乎？"

玉曰："可。"

王曰："其何如矣？"

玉曰："高矣显矣，临望远矣。广矣普矣，万物祖矣。上属于天，下见于渊，珍怪奇伟，不可称论。"

王曰："试为寡人赋之。"

玉曰："唯唯。"

（选自南朝梁昭明太子萧统编《文选》）

附：白话《高唐赋序》

很久以前，楚襄王和宋玉在云梦台游玩，眺望高唐观。观上有团云气萃聚直上，忽然改变状态，须臾之间，变化无穷。

襄王问宋玉："这是什么气体呀？"

宋玉答："这就是所谓的朝云。"

襄王问："什么叫朝云？"

宋玉说："昔日先王曾经游览高唐观，疲倦了，在白天小睡。梦见一位妇人说：妾是巫山的女儿，在高唐做客。听闻君上游历高唐，愿进献于枕席。先王便跟她同房了。离开前妇人说：妾居住在巫山南坡，高丘的险要地带。清晨成为初聚的云，晚间变作流动的雨。朝朝暮暮，在阳台（传说中的台名）之下。天亮时查看，果如所言。于是为她立庙，号为朝云。"

襄王问："朝云刚刚出来，形状如何？"

宋玉答："它刚出来，茂盛像松树挺拔。稍过一会儿，明晰像美人，扬起衣袖遮挡阳光，似在远望思念的人。忽然改容，疾驰如驾驭驷马，竖立王者游车上羽饰的旌旗。寒凉如风，凄清如雨。到了风停雨止，云无所栖息。"

襄王问："寡人如今可以一游不？"

宋玉说："可以。"

襄王问："那里怎么样啊？"

宋玉答："已然高大，已然显明，面对遥望就远了。已然宽广，已然普遍，宛如万物的本源。它上接青天，下见深渊。珍怪奇伟，不可称扬论说。"

襄王说："试着为寡人写写吧。"

宋玉答应："是是。"

神女赋并序

[战国楚] 宋玉

楚襄王与宋玉游于云梦之浦，使玉赋高唐之事。其夜王寝，果梦与神女遇，其状甚丽，王异之。明日，以白玉。

玉曰："其梦若何？"

王曰："晡夕之后，精神恍忽，若有所喜，纷纷扰扰，未知何意。目色髣髴，（髣髴：同"仿佛"，隐约，看不真切。）乍若有记。见一妇人，状甚奇异，寐而梦之，寤不自识。罔兮不乐，怅然失志。于是抚心定气，复见所梦。"王曰："状何如也？"

玉曰："茂矣美矣，诸好备矣。盛矣丽矣，难测究矣。上古既无，世所未见。瑰姿玮态，不可胜赞。其始来也，耀乎若白日初出照屋梁。其少进也，皎若明月舒其光。须臾之间，美貌横生。晔兮如华，温乎如莹。五色并驰，不可殚形。详而视之，夺人目精。其盛饰也，则罗纨绮缋盛文章，极服妙采照万方。振绣衣，被袿裳，（袿：读作"闺"，妇女的上衣。）秾不短，（秾：读作"农"，厚，深。）纤不长。步裔裔兮曜殿堂。忽兮改容，婉若游龙乘云翔。嫷被服，（嫷：读作"妥"，美，好。）倪薄装，（倪：读作"退"，相宜，适可。）沐兰泽，含若芳。性和适，宜侍旁，顺序卑，调心肠。"

王曰："若此盛矣，试为寡人赋之。"

玉曰："唯唯。"

夫何神女之姣丽兮，含阴阳之渥饰。（渥：读作"卧"，润湿，光泽，优厚。）被华藻之可好兮，若翡翠之奋翼。其象无双，其美无极。毛嫱鄣袂，不足程式。西施掩面，比之无色。近之既妖，远之有望。骨法多奇，应君之相。视之盈目，孰者克尚。私心独悦，乐之无量。交希恩疏，不可尽畅。

他人莫睹，王览其状。其状峨峨，何可极言。貌丰盈以庄姝兮，苞温润之玉颜。眸子炯其精朗兮，瞭多美而可观。眉联娟以蛾扬兮，朱唇的其若丹。素质干之醲实兮，（醲：读作"农"，味厚的酒；引厚，重，使风俗敦厚。）志解泰而体闲。既姽嫿于幽静兮，（姽嫿：读作"诡画"，娴静美好貌。）又婆娑乎人间。宜高殿以广意兮，翼放纵而绰宽。动雾縠以徐步兮，（縠：读作"胡"，轻纱。）拂墀声之珊珊。（墀：读作"持"，殿堂上涂饰过的地面。）望余帷而延视兮，若流波之将澜。奋长袖以正衽兮，立踯躅而不安。澹清静其愔嫕兮，（愔：读作"音"，安静，和悦。嫕：读作"义"，柔顺，和善。）性沉详而不烦。时容与以微动兮，志未可乎得原。意似近而既远兮，若将来而复旋。

褰余幬而请御兮，（褰：读作"千"，撩起。幬：读作"绸"，床帐。）愿尽心之惓惓。（惓惓：读作"全全"，恳切，忠谨。）怀贞亮之絜清兮，（絜：通"洁"，清洁，纯洁。）卒与我兮相难。（难：通"戁"，恭敬。）陈嘉辞而云对兮，吐芬芳其若兰。精交接以来往兮，心凯康以乐欢。神独亨而未结兮，魂茕茕以无端。（茕茕：读作"穷穷"，忧思貌，孤独无依貌。）含然诺其不分兮，喟扬音而哀叹。颒薄怒以自持兮，（颒：读作"娉"，敛容。）曾不可乎犯干。

于是摇佩饰，鸣玉鸾。整衣服，敛容颜。顾女师，命太傅。欢情未接，将辞而去。迁延引身，不可亲附。似逝未行，中若相首。目略微眄，（眄：读作"免"，斜视，照看。）精彩相授。志态横出，不可胜记。意离未绝，神心怖覆。礼不遑讫，辞不及究。愿假须臾，神女称遽。（遽：读作"句"，疾速，仓猝。）

徊肠伤气，颠倒失据。闇然而暝，忽不知处。情独私怀，谁者可语？惆怅垂涕，求之至曙。

（选自南朝梁昭明太子萧统编《文选》）

附：白话《神女赋并序》

楚襄王跟宋玉在云梦湖畔游玩，让宋玉写写高唐观的事。夜里襄王就寝，果真梦到跟神女相遇。她的模样非常美丽，襄王颇觉诧异，第二天告诉了宋玉。

宋玉问："梦中如何呀？"

襄王说："傍晚后精神恍惚，若有所喜，纷纷扰扰，不知何意。视力仿佛恰有印象，看见一个妇人，容貌甚是奇异。睡着了就梦见她，醒来却记不清。迷惘而不快乐，怅怅然控制不住意念。于是抚心定气，又见到梦境。"襄王问："这是什么情况？"

宋玉答："已然丰茂，已然淳美，诸多优点具备了。已然繁盛，已然华丽，难以观测探究了。上古既无，今世未见。玫瑰般的姿色，玮玉般的形态，不可尽数称赞。神女刚来时，显耀如同旭日初升，照临屋梁。稍稍前移，洁白如同柳梢明月，舒展辉光。须臾之间美貌横生，容光焕发像绽开的花朵，温暖柔润像似玉的美石。五色并施，不可竭尽形容。详细看看，已然夺人眼球。她盛装打扮时，效法轻软绢丝和绘画织品，有众多错杂的花纹。极品穿戴和美妙采饰，映照万方。她整理绣衣，披散上装，厚衣不短，小衣不长，步履轻盈显耀在殿堂。她忽然改容，宛延回旋之间，好比游龙乘云飞翔。她美好的穿着，适可的薄装，洗发后涂抹了兰花油，蕴含着杜若草的芳香。她性格和顺恰当，适宜侍奉在君王身旁。合于次第的柔弱，用来调剂心情。"

襄王说："如此太好啦，试着为寡人写一写。"

宋玉说："是是。"

问起神女的姣好美丽，包含着阴阳得天独厚的修饰，达到了华采应有的喜爱，像翡翠鸟在振动双翅。她形象无双，美貌无极。毛嫱遮袖，不足她的娇羞模式。西施捂脸，比起她来稍逊神气。靠近尽得妩媚，远离普存期盼。她骨法清奇，是适合君王的命相。看看就大饱眼福，谁能娶为妻室？私心独自喜悦，快乐无法计量。可惜哦，交往太少，情谊生疏，不可尽意表白。

他人无缘一见，大王已观察了神女的模样。仪容端庄盛美，岂可尽数陈述？她相貌丰满庄严美好，含着温润的美玉色泽。眸子炯炯光亮有神，明白诸多美丽值得看。眉毛微曲似蚕蛾扬身，红唇仿佛像点过朱砂。本性质朴平正，达到厚重充实。志操解脱通泰，能够肢体安闲。既娴静美好于幽静，又盘旋舒展在人间。适宜高高的殿堂，用来扩大意态。犹如鸟翼放纵般宽绰，飘动薄雾似的轻纱，徐徐迈步。拂过涂饰地面，珊珊有声。眼望帷幕延长视线，宛若流波将起微澜。挥挥长袖端正衣裳，立刻住足显出一丝丝不安。摇摆触动之间，清净而和淑。姿态潜伏安详，能不躁不烦。时常踌躇不进微微活动，搞不懂她的本心。神情似近而已远离，好像将要到来，却又回旋。

　　撩起床帐邀请同房，愿尽一番恳切的心意。怀着贞亮的纯洁，完事后跟我相敬如宾。陈说善言面对面低语，吐气芬芳好像兰花。精神交接来往，心里激动而欢乐。神志独通尚未系上，魂魄早已无依无靠。她的允诺包含不清楚的成分，我喟然舒气扬声哀叹。她敛容微怒，自个儿矜持，一时竟然不可触犯。

　　于是摇摆佩饰，鸣响玉铃，整理衣服，收敛容颜。等待女师，委任太傅。欢情不再接续，将要辞别而去。退却引身，不可亲附。好像逝去，尚未行走，中途和顺地频频回头。眼睛略微斜视，精神的光彩即互相授与。志向与态度交错释放，不可全都记录。意念未曾断绝，心神惶惑忘忘。礼节无暇完毕，言辞不及深究，深愿宽容片刻，神女说太仓猝了。

　　我徊肠荡气，颠倒失据。黯然像似日暮，忽忽不知立身何处。情绪孤独私下伤感，谁人可以聊聊？惆怅垂泪，一直寻求到天亮。

登徒子好色赋并序

[战国楚]宋玉

大夫登徒子侍于楚王,短宋玉曰:玉为人体貌闲丽,口多微辞,又性好色,愿王勿与出入后宫。王以登徒子之言问宋玉。玉曰:体貌闲丽,所受于天也。口多微辞,所学于师也。至于好色,臣无有也。王曰:子不好色,亦有说乎?有说则止,无说则退。

玉曰:天下之佳人,莫若楚国。楚国之丽者,莫若臣里。臣里之美者,莫若臣东家之子。东家之子,增之一分则太长,减之一分则太短。著粉则太白,施朱则太赤。眉如翠羽,肌如白雪。腰如束素,齿如含贝。嫣然一笑,惑阳城,迷下蔡。然此女登墙窥臣三年,至今未许也。

登徒子则不然,其妻蓬头挛耳,(挛:读作"峦",连缀。)龁唇历齿,(龁:读作"掩",张口露齿貌。)旁行踽偻,(踽:通"伛",脊背弯曲。伛偻:读作"羽吕",驼背。)又疥且痔。登徒子悦之,使有五子。王孰察之,谁为好色者矣。

是时,秦章华大夫在侧,因进而称曰:今夫宋玉盛称邻之女,以为美色,愚乱之邪。臣自以为守德,谓不如彼矣。且夫南楚穷巷之妾,焉足为大王言乎?若臣之陋目所曾睹者,未敢云也。王曰:试为寡人说之。大夫曰:唯唯。

臣少曾远游,周览九土,足历五都。出咸阳,熙邯郸,(熙:通"嬉",嬉戏。)从容郑卫溱洧之间。是时向春之末，迎夏之阳，鸧鹒喈喈，群女出桑。此郊之姝，华色含光，体美容冶，不待饰装。

臣观其丽者，因称诗曰："遵大路兮揽子祛，（祛：读作"区"，袖口，泛指衣袖。）赠以芳华辞甚妙。"于是处子怳若有望而不来，忽若有来而不见。（有：通"友"，相亲爱。）意密体疏，俯仰异观。含喜微笑，窃视流眄。

复称诗曰："寤春风兮发鲜荣，絜斋俟兮惠音声。（絜：后作"洁"，清洁，干净。）赠我如此兮，（如此：谓前文所赠的"芳华辞甚妙"。）不如无生。"（生：生疏，勉强。）因迁延而辞避。盖徒以微辞相感动，精神相依凭。目欲其颜，心顾其义。扬诗守礼，终不过差，故足称也。

于是楚王称善，宋玉遂不退。

（选自南朝梁昭明太子萧统编《文选》）

附：白话《登徒子好色赋并序》

大夫登徒子侍奉在楚王身边，毁谤宋玉说：宋玉为人，体貌安闲美丽，口多委婉隐晦的语言，又天性好色，希望大王不要让他出入后宫。楚王拿登徒子的话问宋玉，宋玉说：我体貌安闲美丽，禀受于大自然。口多委婉隐晦的语言，从老师那儿学来。至于好色，臣没有呀。楚王说：你不好色，有解释吗？有说法就留下，没说法便请回。

宋玉说：天下的佳丽不如楚国，楚国佳人不如臣的故乡。故乡的美女，不如我家东邻的女儿。东邻之女，增加一分则太长，减少一分则太短。补点粉妆就太白了，抹点朱砂就太红了。眉毛像翠色鸟羽，肌肤像洁白的雪。腰肢如一束绢素，牙齿像含着贝壳。嫣然一笑，即眩惑阳城，迷媚下蔡。然而，此女登墙偷看臣三年，至今没有应允她。

登徒子则不然。他老婆蓬松的头发连着耳朵，一张口便露出稀疏的黄板牙。侧身行走，弯腰驼背，又患有疥疮和痔疮。登徒子爱老婆，跟她生了五个孩子。大王细想，谁是好色的人？

此时，秦国的章华大夫在侧，顺势靠前陈述道：今天宋玉盛赞的邻家

女，认为算美色，也许有点儿愚昧惑乱吧？臣自以为守持道德，觉得她不如别人。况且楚国南方穷巷的女子，哪里值得向大王叨叨？像臣的粗鄙眼光曾经看到的美人，也不敢多言。楚王说：试着为寡人说说吧。大夫应答：是是。

臣年轻时曾经远游，周览九州大地，足迹遍历五方都城。离开咸阳，嬉戏邯郸，斡旋于郑国、卫国的溱水洧水之间。那时临近春末，已迎来夏日的温暖。鸧鹒鸟喈喈鸣叫，成群的姑娘出外采桑。郑国卫国城郊的美女，如花的神色含蕴光采，肢体优美，容貌艳丽，不用等待饰品装扮。

臣观看其中最美的姑娘，追随着吟诗："沿着大路啊，牵你的衣袖。送一束香花，再妙语撩逗。"于是那位处女仿佛有盼望，却不拢来。忽然存爱慕，来了又不见面。心意亲密，身体疏远，俯身仰头异样的观感。含着欢喜微笑，偷偷流淌斜视的目光。

她答诗道："苏醒的春风啊催发鲜花，洁净斋戒等待惠爱的声音。此刻赠我芳花妙语，不如将来不生疏又无勉强。"因而退却，告别离开。大概这位采桑女，仅凭委婉隐晦的话互相感动，精神互相依凭吧。眼睛想看颜值，内心顾念道义。一面炫耀诗才，一面遵守礼仪，终究没有差错，所以值得称扬。

于是楚王表示赞许，宋玉就不用离开了。

【评语】

用散文笔触写情爱，宋玉乃第一人。其中巫山神女，千古以降牵动着旅途艳遇的美丽想象。云雨，遂成男女幽合的代名词。登徒子好色，并非后人理解的看见美女走不动路，而是把自己的糟糠老婆当宝贝，丑归丑，自家有，妥妥的宠妻狂魔一枚。而东邻少女脉脉含情，春游时撩逗采桑姑娘，则另是一幕幕的活色生香。

淳于髡讽齐威王

[汉] 司马迁

司马迁，汉夏阳人。继承父职任太史令，写《史记》。后因替李陵辩护，被汉武帝下狱处宫刑。出狱后任中书令，发愤著书，完成《史记》一百三十篇，为我国首部纪传体史书。

威王八年，楚大发兵加齐。齐王使淳于髡之赵请救兵，（淳于：复姓。髡：读作"昆"。淳于髡，战国齐人。齐威王在稷下招徕学者，任为大夫。）赍金百斤，（赍：读作"机"，携带，送东西给人。）车马十驷。淳于髡仰天大笑，冠缨索绝。王曰："先生少之乎？"髡曰："何敢！"王曰："笑岂有说乎？"

髡曰："今者臣从东方来，见道旁有禳田者，（禳：读作"瓤"，祭祀鬼神以祈求消除灾祸。禳田：为田求福穰。）操一豚蹄，酒一盂，祝曰：'瓯窭满篝，（瓯窭：读作"欧楼"，高狭土壤。篝：读作"沟"，盛物的竹篓。）污邪满车，（污邪：低洼田地。）五谷蕃熟，穰穰满家。（穰：读作"瓤"，禾茎，稻麦秸；丰盛貌。）'臣见其所持者狭而所欲者奢，故笑之。"

于是齐威王乃益赍黄金千镒，白璧十双，车马百驷。髡辞而行，至赵。赵王与之精兵十万，革车千乘。楚闻之，夜引兵而去。

威王大说，置酒后宫，召髡赐之酒。问曰："先生能饮几何而醉？"对曰："臣饮一斗亦醉，一石亦醉。"威王曰："先生饮一斗而醉，恶能饮一旦

027

哉！其说可得闻乎？"

髡曰："赐酒大王之前，执法在旁，御史在后，髡恐惧俯伏而饮，不过一斗，径醉矣。若亲有严客，髡帣韝鞠跽，（帣：读作"卷"，卷起袖口。韝：读作"勾"，捆扎臂套。跽：读作"计"，长跪。）侍酒于前。时赐馀沥，奉觞上寿，数起，饮不过二斗，径醉矣。若朋友交游，久不相见，卒然相睹，欢然道故，私情相语，饮可五六斗，径醉矣。若乃州闾之会，男女杂坐，行酒稽留。六博投壶，相引为曹。握手无罚，目眙不禁，（眙：读作"赤"，直视、惊视。）前有坠珥，后有遗簪。髡窃乐此，饮可八斗而醉二参。日暮酒阑，合尊促坐，男女同席，履舄交错。（舄：读作"细"，一种加木底的鞋；泛指鞋。）杯盘狼藉，堂上烛灭。主人留髡而送客，罗襦襟解，微闻芗泽。（芗：同"香"。）当此之时，髡心最欢，能饮一石。故曰：酒极则乱，乐极则悲，万事尽然。"言不可极，极之而衰，以讽谏焉。

齐王曰："善。"乃罢长夜之饮，以髡为诸侯主客。宗室置酒，髡尝在侧。

（选自清姚鼐编《古文辞类纂》）

附：白话《淳于髡讽齐威王》

齐威王八年，楚国大规模发兵侵犯齐国。齐王派淳于髡去赵国请救兵，携带黄金百斤、车马十辆。淳于髡仰天大笑，帽带尽断。齐王问："先生嫌礼物少了吗？"淳于髡答："怎敢！"齐王问："你笑，是否有说法？"

淳于髡说："今天臣从东方来，看见路边有个为田地求福的人。他拿一只猪蹄、一钵盂酒，祝祷说：'高狭坡地收获满筐，低洼田畴收获满车。五谷茂盛成熟，禾茎稻秸满家。'臣见他所持的东西少，想要的东西多，所以笑他。"

于是齐威王增加送赵国的黄金千镒、白璧十双、车马百乘。淳于髡辞别而行，到了赵国。赵王支持他精兵十万、革车千乘。楚军听到信息，连夜引兵而去。

齐威王很高兴，在后宫设宴，召淳于髡赐酒，问道："先生能饮多少酒才会醉?"应答:"臣饮一斗也醉,一石也醉。"威王问:"先生饮一斗已经醉了,怎能饮一石呢?其中的说辞可得奏闻吗?"

淳于髡说:"赐酒大王之前,执法官站旁边,御史在后面。我恐惧俯伏,然后饮酒,不过一斗就醉了。如果父母有贵客,我卷起袖子捆扎臂套,鞠躬长跪在席前侍候。他们有时赐给剩余的酒液,我便频频起身捧杯祝寿,饮不过二斗就醉了。如果朋友交游,很久没见面,突然彼此观察,欢然回忆往事,私情互相交流,大约饮五六斗就醉了。至于像州同乡党聚会,男女混坐,依次敬酒,停留寒暄拖延时间。玩六博游戏和投壶游戏,互相招引成为队友。拉拉小手不处罚,眉目传情不禁止。前面有坠落的珠玉耳环,后面有遗失的插髻针簪。我私下以此为乐,约略饮八斗才二三分醉。到了日落天晚,酒筵将尽,人们合并酒樽残酒,促膝而坐。男女同席,皮鞋木屐交错。杯盘狼藉,堂上灯烛熄灭。主人留下我而去送客,绫罗短袄的前襟解开,微微闻到内衣的汗香。当此之时,我心最欢,能饮一石酒。所以说,酒到极点就乱套,乐到极点便生悲。万事皆如此。"他陈述不可走极端,到尽头了就会衰减的道理,用来讽谏齐王。

齐威王说:"好吧。"于是停止长夜之饮,用淳于髡做接待诸侯的主官。王室设筵,淳于髡常在旁边。

【评语】

前半段借兵,后半段饮酒,都是假借某事寄托己意。接着铺陈排比,用有文采的笔墨把事件写透,末尾委婉劝说。这种写法,跟今天的散文颇相近。清姚鼐《古文辞类纂》把此文放在辞赋类的首篇,于屈原、宋玉之外,又见传世散文的一个源头。

五柳先生传

[晋]陶渊明

陶渊明,一名潜,晋寻阳人。大司马陶侃的曾孙,曾为州祭酒,镇军参军,建威参军,后为彭泽令。因不愿为五斗米折腰,弃官归隐,以诗酒自娱。其诗文描写山川田园之美,质朴而流畅。

先生不知何许人也,亦不详其姓字。宅边有五柳树,因以为号焉。

闲静少言,不慕荣利。好读书,不求甚解。每有会意,便欣然忘食。性嗜酒,家贫不能常得。亲旧知其如此,或置酒而招之。造饮辄尽,期在必醉。既醉而退,曾不吝情去留。

环堵萧然,不蔽风日。短褐穿结,箪瓢屡空,晏如也。尝著文章自娱,颇示己志。忘怀得失,以此自终。

赞曰:黔娄有言:(黔娄:战国时齐隐士。家贫,不求仕进。齐鲁之君聘赐,俱不受。死时衾不蔽体。后以喻贫士。)不戚戚于贫贱,不汲汲于富贵。其言兹若人之俦乎。衔觞赋诗,以乐其志,无怀氏之民欤,葛天氏之民欤?

(选自清吴楚材、吴调侯编《古文观止》)

附:白话《五柳先生传》

先生不知什么地方的人,也不详悉姓氏表字。宅边有五棵柳树,因此用作别号。

　　闲静少言，不羡慕名位利禄。喜爱读书，不寻求深度解说。每当有所领悟，便欣喜得忘记吃饭。天性嗜酒，家贫，不能经常获得。亲旧知道如此，有人置酒邀约。他去饮便干杯，期望必醉。既醉就回家，径直不顾惜去留。

　　他的居室，四围土墙隘陋冷清，不蔽风吹日晒。粗布短衣破孔打结，盛饭竹器和酒瓢屡屡空虚，安然自若。曾经写文章自娱，略微展示一己志趣。忘怀得失，以此成就自我。

　　总结呈辞：隐士黔娄有句话，不忧惧于贫贱，不急切于富贵。他的话，如像今世某些人的同类哦。饮酒赋诗，以乐其志，是远古无怀氏时期的人呢，还是远古葛天氏时期的人？

丽人赋

[南朝宋] 沈约

沈约，南朝宋武康人。历仕宋齐梁三朝，官至尚书令，封建昌县侯。博通群籍，能为文。

有客弱冠未仕，缔交戚里，驰骛王室，遨游许史。

归而称曰：狭邪才女，（狭邪：窄街曲巷。多为娼妓所居，后因以"狭邪"指娼妓居处。）铜街丽人，（铜街：铜驼街。在洛阳宫南金马门外，人物繁盛。）亭亭似月，嬿婉如春。（嬿：读作"燕"，美好。）凝情待价，思尚衣巾。

芳逾散麝，色茂开莲。陆离羽佩，杂错花钿。（钿：读作"店"，金银镶制的花形首饰。）响罗衣而不进，隐明灯而未前。中步檐而一息，顺长廊而迥归。（迥：读作"窘"，远。）池翻荷而纳影，风动竹而吹衣。

薄暮延伫，宵分乃至。出暗入光，含羞隐媚。垂罗曳锦，鸣瑶动翠。来脱薄妆，去留馀腻。沾粉委露，理鬓清渠。落花入领，微风动裾。

（选自清许梿编《六朝文絜》）

附：白话《丽人赋》

有个游子年满二十，未任职事。他结交外戚，奔走王室，周旋在汉宣帝许皇后家，跟宣帝母亲史家那样的显贵之间。

返回后述说：窄街曲巷的才女，繁华铜驼街的丽人，遥远高洁好似月光，温柔和顺犹如春天。情意专注等待好身价，希望能侍奉穿锦衣戴头巾的有身份的男子。

她们芬芳赛过麝香气味，神色媲美盛开的莲花。绚丽羽毛装点衣带，错杂着金银镶花的首饰。罗衣飘飘，如闻轻响却不移步。明灯闪烁，若露其影而未上前。中途走到檐下稍事休息，再顺着长廊远远前行。池塘里荷花摇曳，纳入了她们的倩影。风振动竹林，吹拂着她们的衣衫。

薄暮中久立等候，夜半才到来。丽人步出暗影，进入灯光照耀之下。她们弱态含羞，隐匿娇媚。罗绮下垂，锦衣飘曳。鸣响玉佩，摇动翠饰。走近后恰好淡妆合宜，离去时余留光滑性感。但见丽人们听任露水沾湿脂粉，面对清渠整理鬓发。落花飘入领口，微风吹动衣襟。

采莲赋

[南朝梁] 梁元帝萧绎

萧绎，南朝梁武帝萧衍第七子，眇一目，初封湘东王。简文帝萧纲（武帝第三子）被侯景所弑，乃即位于江陵。在位三年，西魏兵入，被杀。

紫茎兮文波，红莲兮芰荷。（芰：读作"记"，菱角。）绿房兮翠盖，素实兮黄螺。

于时妖童媛女，荡舟心许。鹢首徐回，（鹢：读作"义"，水鸟名。古人在船头画鹢鸟，后泛称船为鹢首。）兼传羽杯。棹将移而藻挂，（棹：读作"照"，船桨，用桨划船。）船欲动而萍开。

尔其纤腰束素，迁延顾步。夏始春余，叶嫩花初。恐沾裳而浅笑，畏倾船而敛裾。（裾：读作"居"，衣服前襟，泛指衣襟。）故以水溅兰桡，（桡：读作"饶"，船桨，借指船。）芦侵罗袸。（袸：读作"见"，小带，衣襻。）菊泽未反，梧台迥见。（迥：读作"囧"，远，卓然独立貌。）荇湿沾衫，（荇：读作"幸"，荇菜，一种多年生水草。）菱长绕钏。（钏：读作"串"，腕环，俗称镯。）泛柏舟而容与，歌采莲于江渚。

歌曰：碧玉小家女，来嫁汝南王。莲花乱脸色，荷叶杂衣香。因持荐君子，愿袭芙蓉裳。

（选自清许梿编《六朝文絜》）

附：白话《采莲赋》

紫色茎干啊细纹清波，红色莲花啊荷叶菱角。满眼碧绿成房，青翠似盖。莲实纯白，莲蓬团团的螺纹已泛黄。

在这个季节，帅哥美女们荡漾轻舟，芳心暗许。船头徐徐曲折，频频传递状如羽翼的酒杯。船桨将移而水藻悬挂，船身欲动而浮萍散开。

就这样纤腰束一条素绢，停留拖延又回眸慢步。夏天刚开始，春意存余韵。树叶嫩弱，鲜花初绽。大家担心沾湿衣裳而浅浅嬉笑，畏惧倾斜船舷而提起衣襟。于是，水溅木兰制成的船体，芦苇擦挂丝织衣带。在甘芳的菊水尚未返回，已远远望见了古梧宫的楼台。荇菜潮湿，沾附衣衫。菱草长长，缠绕住手镯。泛一叶柏木舟纵放自适，在江边歌咏采莲新曲。

歌词唱道：有个贫家女孩叫碧玉，嫁给汝南王做妻子。莲花映衬她的脸庞，荷叶杂乱她的衣香。手捧莲子献给君子，愿加穿一件芙蓉制的花衣。

荡妇秋思赋

[南朝梁] 梁元帝萧绎

荡子之别十年，倡妇之居自怜。登楼一望，惟见远树含烟。平原如此，不知道路几千？天与水兮相逼，山与云兮共色。山则苍苍入汉，水则涓涓不测。谁复堪见鸟飞，悲鸣只翼。（只：通"双"，两，一对。）秋何月而不清，月何秋而不明。况乃倡楼荡妇，对此伤情。

于时露萎庭蕙，霜封阶砌。坐视带长，转看腰细。重以秋水文波，秋云似罗。日黯黯而将暮，风骚骚而渡河。妾怨回文之锦，君悲出塞之歌。相思相望，路远如何。鬓飘蓬而渐乱，心怀疑而转叹。愁索翠眉敛，啼多红粉漫。

已矣哉！秋风起兮秋叶飞，春花落兮春日晖。春日迟迟犹可至，客子行行终不归。

（选自清许梿编《六朝文絜》）

附：白话《荡妇秋思赋》

荡子分别十年，倡妇独居自怜。登楼一望，唯见远树含烟。平原如此，不知道路几千？天和水互相逼近，山跟云同一颜色。山则苍苍融入汉江，水则涓涓不可测量。谁又受得住看见鸟飞，悲鸣着扇动翅膀。秋天何处的月亮不清凉？月色在哪个秋天不明亮？何况这个倡楼荡妇，对此伤情哦。

此刻露水枯萎了庭院的蕙草，凝霜遮蔽了层层台阶。坐视衣带显长，转看腰肢变细。再加上秋水抖动细细的波纹，秋云好似轻软的罗绮。夕阳昏暗将近傍晚，风声骚骚刮过河面。妻妾哀怨，织出有回旋往返诗句的锦巾。郎君悲怆，思念汉高祖戚夫人所歌的《出塞曲》。相思相望，路途遥远怎么办啊？鬓发如飘蓬渐渐纷乱，心绪怀疑宛转叹息。忧愁牵扯，黛螺画的长眉正深锁。啼哭太多，化妆用的脂粉已模糊。

　　算了吧！秋风起啊秋叶飞，春花落啊春日晖。春日迟迟犹可至，游子不停前行，终不归来。

【评语】

　　汉高帝刘邦击筑《大风歌》，天纵英作。魏武帝曹操对酒当歌，古直悲凉。梁元帝萧绎落笔荡妇，稍嫌淫鄙吧？然而以其文词干净畅快，读者但觉真挚感人，一时忘言。

张益州画像记

[宋] 苏洵

苏洵，宋眉州眉山人。27岁始发愤读书，与儿子苏轼、苏辙同列唐宋八大家。本文叙事古劲，议论诸多斡旋回护。

至和元年秋，蜀人传言，有寇至边。边军夜呼，野无居人。妖言流闻，京师震惊。方命择帅，天子曰："毋养乱，毋助变。众言朋兴，朕志自定。外乱不作，变且中起。既不可以文令，又不可以武竞。惟朕一二大吏，孰为能处兹文武之间，其命往抚朕师。"乃推曰："张公方平其人。"天子曰："然。"公以亲辞，不可，遂行。

冬十一月至蜀，至之日，归屯军，撤守备。使谓郡县："寇来在吾，无尔劳苦。"明年，正月朔旦，蜀人相庆如他日，遂以无事。又明年正月，相告留公像于净众寺，公不能禁。

眉阳苏洵言于众曰：未乱易治也，既乱易治也。有乱之萌，无乱之形，是谓将乱。将乱难治，不可以有乱急，亦不可以无乱弛。惟是元年之秋，如器之攲，（攲：读作"期"，倾斜。）未坠于地。惟尔张公，安坐于其旁，颜色不变，徐起而正之。既正，油然而退，无矜容。为天子牧小民不倦，惟尔张公。尔繄以生，（繄：读作"衣"，语气词，相当于"惟""唯"。）惟尔父母。

且公尝为我言，民无常性，惟上所待。人皆曰蜀人多变，于是待之以待盗贼之意，而绳之以绳盗贼之法。重足屏息之民，而以鑕斧令。（鑕：读作"贞"，砧板。）于是民始忍以其父母妻子之所仰赖之身，而弃之于盗贼，故每每大乱。夫约之以礼，驱之以法，惟蜀人为易。至于急人而生变，虽齐鲁亦然。吾以齐鲁待蜀人，而蜀人亦自以齐鲁之人待其身。若夫肆意于法律之外，以威劫齐民，吾不忍为也。

呜呼！爱蜀人之深，待蜀人之厚，自公而前，吾未始见也。皆再拜稽首，曰然。

苏洵又曰：公之恩在尔心，尔死，在尔子孙。其功业在史官，无以像为也。且公意不欲，如何？皆曰：公则何事于斯？虽然，于我心有不释焉。今夫平居闻一善，必问其人之姓名与乡里之所在，以至于其长短大小美恶之状。甚者，或诘其平生所嗜好，以想见其为人。而史官亦书之于其传，意使天下之人，思之于心，则存之于目。存之于目，故其思之于心也固。由此观之，像亦不为无助。

苏洵无以诘，遂为之记。公，南京人，慷慨有大节，以度量容天下。天下有大事，公可属。

（选自清吴楚材、吴调侯编《古文观止》）

附：白话《张益州画像记》

宋仁宗至和元年秋天，蜀人传言，有贼寇到边界。戍边军士夜间呼喊，郊野没有居住的人。妖言辗转流传，京师震惊。正在选任军政主官，天子说："不要养乱，不可助变。众说蜂起，我心自有决定。外乱不发作，变故却从内部引起。既不可用文词说服，又不可凭武力较量。惟有朕的一二大臣，谁有能力审度这文武之间，将命令前往安抚朕的军队。"于是有人荐举："张公方平是合适人选。"天子说："好吧。"张方平以奉养父母推辞，天子不许可，就启行了。

冬十一月到达蜀地，刚来那天，即遣归陕西前来防守益州的步骑兵仗，撤回守备。派人通知郡县："贼寇来了由我处理，你们不必劳苦。"第二年正月初一，蜀人相庆如其他的新年，平安无事。又明年的正月，互相转告，在

成都西北的净众寺存留张公像，张公不能禁止。

眉山苏洵对众人说：未乱容易治理，已乱容易治理。有动荡的萌芽，无动荡的表现，这叫将乱。将乱难治，不可以有武力逼迫，也不可以无扰乱解除。在至和元年秋季，好像器皿倾斜了，尚未坠落地面。只有这张公，安坐于器皿旁边，颜色不变，徐徐起身扶正它。完全扶正后，自然而然退下，没有自负贤能的容貌。为天子治理小民不疲倦，唯独这位张公。这样使用生命财产，只有你的父母。

而且，张公曾经对我说，民众没有固定性情，在于上级适宜的对待。人们都说蜀人多变，于是，对待他们用抵御盗贼的思路，约束他们用制裁盗贼的方法。并脚站立不敢移动，抑制呼吸的民众，却凭砧板斧钺发出命令。于是民众开始狠心拿父母妻子所仰赖的身躯，捐弃到盗贼群里，故而每每大乱。凡是用礼仪约束，用法制驱使，唯独蜀人为容易。至于人逢危急生出变化，即使儒教发源的齐地鲁地也这样。我用齐鲁遗风对待蜀人，蜀人自然也按齐鲁人物看待自身。如果肆意于法律之外，用官威来胁迫平民，我不忍心做。

呜呼！爱蜀人之深，待蜀人之厚，自张公之前我没见过。听众全都再次行跪拜礼说，对呀。

苏洵又说：张公的恩情在你心里，你死了，在你子孙。其功业在史官，不用画像。况且张公的意思不想这样做，怎么办？大家回答：张公对此会做什么事？尽管这样，我辈心中有放不下的东西。现在，凡平素听闻一个善举，必询问当事人的姓名和乡里所在，以至于长短大小美恶状况。特殊对象，或要追问他平生所嗜好，以想见其为人。而史官也写入传记，要使天下人思念他在心里，存留他在条目。存留在条目，因此思念在心也稳固。由此看来，画像也不是无帮助。

苏洵再无纠正的话，就写了这篇文章。张公，南京人，慷慨有大节，以度量容天下。天下有大事，张公可托付。

秦士录

[元末明初] 宋濂

宋濂，元末明初金华潜溪人。元至正庚午进士，后归隐。明太祖朱元璋取金华，聘为五经博士，累官至翰林学士。

邓弼字伯翊，秦人也。身长七尺，双目有紫棱，开合闪闪如电，能以力雄人。邻牛方斗，不可擘。（擘：读作"簸"，分开。）拳其脊，折仆地。市门石鼓，十人舁弗能举，（舁：读作"于"，抬。）两手持之行。然好使酒，怒视人，人见辄避，曰："狂生不可近，近则必得奇辱。"

一日独饮娼楼，萧、冯两书生过其下，急牵入共饮。两生素贱其人，力拒之。弼怒曰："君终不我从，必杀君，亡命走山泽，耻不能忍君苦也！"两生不得已，从之。

弼自据中筵，指左右揖两生坐，呼酒啸歌以为乐。酒酣，解衣箕踞，拔刀置案上，铿然鸣。两生雅闻其酒狂，欲起走。弼止之曰："勿走也！弼亦粗知书，君何至竟视如涕唾？今日非速君饮，欲少吐胸中不平气耳。四库书从君问，即不能答，当血是刃！"

两生曰："有是哉？"遽摘《七经》数十义叩之。（遽：读作"巨"，匆忙，就。）弼历举传疏，不遗一言。复调历代史，上下三千年，纚纚如贯珠。（纚纚：读作"洗洗"，有次序，连绵不断。）弼笑曰："君等伏乎未也？"两生相顾惨沮，

不敢再有问。

弼索酒披发跳叫曰:"吾今日压倒老生矣!古者学在养气,今人一服儒衣,反奄奄欲绝,徒欲驰骋文墨。儿抚一世豪杰,此何可哉?此何可哉!君等休矣!"

两生素负多才艺,闻弼言大愧,下楼足不能成步。归询其所与游,亦未尝见其挟书呻吟也。

泰定间,德王执法西御史台。弼造书数千言,袖谒之。阍卒不为通。(阍:读作"昏",宫中守门人。)弼曰:"若不闻关中邓伯翊耶?"连击踣数人。(踣:读作"博",向前倒下。)声闻于王,王令隶人捽入,(捽:读作"昨",揪住头发,泛指揪,抓。)欲鞭之。

弼盛气曰:"公奈何不礼壮士?今天下虽号无事,东海岛夷,尚未臣顺,间者驾海舰,互市于鄞。(鄞:读作"银",春秋时越国地名,在今浙江鄞县境。)即不满所欲,出火刀斫柱,杀伤我中国民。诸将军控弦引矢,追至大洋,且战且却,其亏国体为已甚。西南诸蛮,虽曰称臣奉贡,乘黄屋左纛,(黄屋:黄丝里子的帝王车盖。纛:读作"稻",旗。牦牛尾或野鸡尾制成的帝王车装饰物,设在车衡左边,故称左纛。)称制与中国等,犹志士所同愤。诚得如弼者一二辈,驱十万横磨剑伐之,则东西指日所出入,莫非王土矣。公奈何不礼壮士!"庭中人闻之,皆缩颈吐舌,舌久不能收。

王曰:"尔自号壮士,解持矛鼓噪,前坚城乎?"

曰:"能。"

"百万军中,可刺大将乎?"

曰:"能。"

"突围溃阵,得保首领乎?"

曰:"能。"

王顾左右曰:"姑试之。"

问所需,曰:"铁铠良马各一,雌雄剑二。"

王即命给予。阴戒善槊者五十人,(槊:读作"朔",长矛。)驰马出东门外,然后遣弼往。王自临观，空一府随之。弼既至，众槊并进。弼虎吼而奔，人马辟易五十步，面目亡失。已而烟尘障天，但见双剑飞舞云雾中，连砍马首坠地，血涔涔滴。（涔：读作"岑"，雨、泪、血、汗滴落不止貌。）

王抚髀驩曰：（髀：读作"必"，大腿。驩：通"欢"，高兴。）"诚壮士！诚壮士！"命酌酒劳弼，弼立饮而不拜。由是狂名振一时，至比之王铁枪云。（王铁枪：王彦章，五代后梁末帝时为澶州刺史。骁勇有力，持长枪驰骋如飞，军中号称王铁枪。）

王上章荐诸天子。会丞相与王有隙，格其事不下。弼环视四体，叹曰："天生一具铜筋铁肋，不使立勋万里外，乃槁死三尺蒿下，命也，亦时也。尚何言！"遂入王屋山为道士，后十年终。

史官曰：弼死未二十年，天下大乱。中原数千里，人影殆绝。元鸟来降，（元：同"玄"，宋人避始祖玄朗讳，遇玄字改作元。玄鸟，燕子，因其羽毛黑，故名。）失家竟栖林木间。使弼在，必当有以自见。惜哉，弼鬼不灵则已，若有灵，吾知其怒发上冲也！

（选自清李扶九、黄仁黼编《古文笔法百篇》）

附：白话《秦士录》

邓弼字伯翊，秦地人。身长七尺，双眼有紫色威势，开合之间闪闪如电，能凭力气在人际称雄。邻家的牛打架，不可分开，他拳击牛脊，牛便骨折倒地。市场门口有面石鼓，十人不能抬起离地，他两手拿走。然而喜欢纵酒，怒视人，人们见了就躲开，说："狂生不可接近，靠近必遭奇辱。"

一天独自在娼楼饮酒，有萧姓、冯姓两位书生经过楼下，他急忙牵入共饮。两书生平素轻视此人，用力推拒。邓弼生气地说："你们终究不听从我，必杀你们。然后亡命走入山泽，不能忍受你们的侮辱，感到羞愧啊！"两书生不得已，顺从了。

邓弼自己占据筵席居中的位置，指左右拱手让两个书生坐下，呼酒啸歌以为乐趣。酒酣，解开衣襟，双腿前伸而坐，拔刀摆放桌上，铿然鸣响。两书生向来听说他酒后发狂，想起身离开。邓弼制止说："不许走！我也略知

043

书，你们何至竟视作鼻涕口水一般卑贱？今天不是要请你们喝酒，而是想稍微倾吐胸中的不平之气。经史子集任凭提问，要是不能回答，定让这把刀沾血。"

两书生说："有这回事？"匆忙选取《周易》《尚书》《诗经》《周礼》《仪礼》《礼记》《春秋》里的数十段议论来询问。邓弼历举书传和注解，不遗漏一句话。又调动历代史籍，上下三千年，连绵有序如联珠成串。邓弼笑道："你们服气了没？"两书生相顾羞愧沮丧，不敢再有问题。

邓弼尽饮杯中酒，披发跳叫着说："我今天压倒老书生了！古人做学问在于养气，今人一穿儒衣，反而气息微弱得快要断绝，只想驰骋文墨，婴儿般临视一世豪杰。这怎么可以啊？这怎么可以啊！你等算了吧！"

两书生素来仗恃多才多艺，听了邓弼的话大感惭愧，下楼时脚不能迈步。归家后询问邓弼交游的人，也未曾见他持书诵读过。

泰定年间，德王执法西御史台。邓弼上书数千言，藏在衣袖里进见。王府守门人不给通报。邓弼说："你们没听过关中邓伯翊吗？"一连击倒数人。声音传到德王那里，王令差役抓进来，要鞭打他。

邓弼气势旺盛地说："老领导为何不礼遇壮士？现在天下虽号称无事，但是，东海岛居的蛮夷尚未统属顺服，间或驾驶海舰，在浙江鄞县一带互相交易。如不满足欲望，就拔出火刀砍柱子，杀伤我中国人。众位将军拉弓持箭，追到大洋上，且战且却，这过分亏负国家政体了。西南各少数民族，虽说称臣进贡，却乘坐黄丝车盖，左边装饰帝王旗子的专车，行使的权力跟中原皇帝相同，更是志士所共愤。假如得到一两个像我这样的人，驱策十万横磨剑的精兵去讨伐，则东方西方指日出入，没有哪里不属于君王国土。老领导为什么不礼遇壮士！"厅堂中的人听见了，都缩颈吐舌，舌头久久不能收回。

德王问："你自称壮士，懂得手持长矛，击鼓呐喊在坚固的城墙前吗？"
答："能。"
"百万军中，可以刺杀大将吗？"

答："能。"

"突围冲破敌军队列，能够保全自己的头颈和部队首长吗？"

答："能。"

德王环顾左右说："姑且试试。"

问所需，说："铁铠甲一副，良马一匹，雌雄剑两柄。"

王立即命令给予。暗中叮嘱五十个善使长矛的人，驰马出东门外，然后派邓弼前往。王亲自站在高处观望，全王府的人都跟随。邓弼不久赶到，众长矛一起向前。邓弼虎吼追逐，人马惊退五十步，面目失色。随即烟尘障天，但见双剑飞舞在云雾中，连续砍断马头坠地，鲜血淋淋滴落不止。王拍打大腿高兴地说："果真是壮士！果真是壮士！"命令酌酒慰劳，邓弼站立饮酒而不拜谢。由是狂名震动一时，竟至跟五代名将王铁枪并列。

德王上书荐举给天子。恰逢丞相跟德王有嫌隙，搁置此事不下达。邓弼环视四肢，叹息说："天生一具铜筋铁肋，不让万里之外立大功，却枯死在三尺蓬蒿下，是命运，也是时机啊。还说什么！"于是进入王屋山当道士，过十年就死了。

史官说：邓弼死后不到二十年，天下大乱。中原数千里，人影几乎断绝。燕子来降落，失去住所，争着栖息林木间。假如邓弼在，必当有自己的表现。惋惜呀，邓弼的鬼魂不灵验就算了，若有效验，我知道他盛怒的头发会向上冲。

【评语】

叙事近乎小说，起笔"双目有紫棱，开合闪闪如电"已颇传神。其笔法继承太史公《淳于髡讽齐威王》。

窦祠记

[清] 刘大櫆

刘大櫆，清安徽桐城人。副贡生，晚年任黟县教谕，与方苞、姚鼐合称桐城派三祖。

桐城县治之西北有窦祠，邑之人所建以祀蜀人窦成者也。明之亡，流贼将破桐城，成有救城功，故邑人戴其德，而建祠以祀之也。

当是时，贼攻城甚急，城坚不可卒下，贼时去时来。巡抚安庆等处部将廖应登，率蜀兵三千人为防御。时贼不在，应登将兵往庐州，经舒城，方解鞍憩息，而贼骑突至，遂劫应登去。

贼顾谓应登曰："今欲诱降桐城，汝卒中谁可遣者？"应登曰："宜莫如窦成。"贼问成："若能往否？"成许之，无难色。

贼遂以二卒持兵夹成，拥至城下，使登高阜，呼城守而告之。成谛视，见所与相识者，乃大呼曰："我廖将军麾下窦成也。贼胁我诱若令降，若必无降。若谨守若城，且急使人请援。贼今穿洞，洞皆石骨不可穿，计穷且去矣。"夹成之二卒，猝出不意，相顾惊愕。遂以刀劈其头，脑出而死。

自是守兵始无降贼意，益昼夜谨护城，而密使人之安庆请援。援至而城赖以全。当明之季世，流贼横行，江之北鲜完邑焉。而桐以蕞尔独坚守得全，（蕞：读作"最"，渺小貌。）虽天命，岂非人力哉？

成本武夫悍卒，然能知大义，不为贼屈。捐一身之死，以卒全一邑数万之生灵。有功德于民，则庙而食之，宜矣。彼其受专城之寄，百里之命，君父之恩至深且渥也。（渥：读作"握"，优厚。）贼未至而开门迎揖者，独何心欤？夫以一卒之微，而使一邑之搢绅大夫莫不稽首跪拜其前，岂非以义邪？又况士君子之杀身以成仁者哉！

　　吾观有明之治，常贵士而贱民。诵读草茅之中，一日列名荐书，已安富而尊荣矣。系官于朝，则其尊至于不可指。而百姓独辛苦流亡，无处控诉。然卒亡明之天下者，百姓也。后之为人君者可以鉴矣。

（选自清姚鼐编《古文辞类纂》）

附：白话《窦祠记》

　　桐城县治西北有窦祠，邑人建造来祭祀蜀人窦成。明朝走向灭亡，流贼即将攻破桐城，窦成有救城功绩，所以邑人推戴他的恩德，建祠祭祀他。

　　在那时，流贼攻城很急，城墙坚固不能快速攻下，贼人时去时来。巡抚安庆等地的部将廖应登，率领蜀兵三千人做防御。当时贼寇不在，应登将兵前往庐州，经过舒城，正解鞍休息，贼方骑兵突然掩至，于是劫持应登而去。

　　贼人问应登："现在想要诱降桐城，你的士兵中谁可派遣？"应登答："没有谁比窦成更合适。"贼人问窦成："你能去吗？"窦成应允了，没有勉强不愿的神色。

　　贼人便派两个士兵，手持兵器左右紧贴，护卫窦成到城下，让登上土山，呼唤守城主官劝降。窦成仔细审视，看见亲近相识的人，才大声喊叫："我是廖将麾下的窦成。贼人胁迫我引诱你们投降，你们一定别出降。要谨守城池，急急派人请援。贼寇如今穿洞，洞里都是石骨，不可凿穿。他们计穷，快要离开了。"夹持窦成的两个贼兵猝出不意，相顾惊愕。于是挥刀劈窦成的头，脑髓流出而死。

　　从此守兵方始断了降贼的想法，更加小心地昼夜护城，还秘密派人到安庆请援。援兵赶来，桐城赖以保全。在明朝末年，流贼横行，长江以北很少

有完整无损的城镇。桐地凭蕞尔小城，独自坚守获得安全。虽说天意如此，难道没有人力吗？

窦成原属武夫悍卒，然而能够知晓大义，不被贼人屈服。捐弃一身之死，终于保全了一座城市的数万生灵。有功德于民，就立庙祭献他，很合适。那些受主政一方的州牧长官托付，辖制百里的县官，君父的恩惠至深且优厚。流贼未到就开门行礼迎接，算什么品行啊！以一名士兵的卑微，致使一座城市的士大夫莫不稽首跪拜在面前，难道不是因为利益庶物吗？又何况士君子为了理想正义而舍弃生命呢！

我观察明代政治，常常尊重士人而轻视平民。诵读在草芥之中，某一天中举列名荐举文书，已然安享富裕尊荣了。在朝中维系官位，则尊贵至于不可谈论。而百姓依然辛苦流亡，无处控诉。可是最终灭亡明朝天下的，是百姓。后世做人君者可以儆戒。

卷二 物色

山中何所有,岭上多白云。
只可自愉悦,不堪持赠君。

逍遥游（节选）

［战国宋］庄周

北冥有鱼，其名为鲲。鲲之大，不知其几千里也；化而为鸟，其名为鹏。鹏之背，不知其几千里也；怒而飞，其翼若垂天之云。

是鸟也，海运则将徙于南冥，南冥者，天池也。（天池：大海洪川，寓言虚构的水域。）《齐谐》者，志怪者也。《谐》之言曰："鹏之徙于南冥也，水击三千里，抟扶摇而上者九万里，（抟：读作"团"，盘旋。）去以六月息者也。"野马也，尘埃也，生物之以息相吹也。天之苍苍，其正色邪？其远而无所至极邪？其视下也，亦若是则已矣。

且夫水之积也不厚，则其负大舟也无力。覆杯水于坳堂之上，则芥为之舟，置杯焉则胶，水浅而舟大也。风之积也不厚，则其负大翼也无力。故九万里，则风斯在下矣，而后乃今培风；背负青天，而莫之夭阏者，（阏：读作"厄"，受阻折而中断。）而后乃今将图南。

蜩与学鸠笑之曰："我决起而飞，抢榆枋而止，时则不至，而控于地而已矣，奚以之九万里而南为？"适莽苍者，三飡而反，（飡：读作"孙"，晚餐，泛指熟食。）腹犹果然；适百里者，宿舂粮；适千里者，三月聚粮。之二虫又何知！

小知不及大知，小年不及大年。奚以知其然也？朝菌不知晦朔，（晦朔：天黑、月出和鸡鸣。）蟪蛄不知春秋，此小年也。楚之南有冥灵者，以五百岁为

春,五百岁为秋;上古有大椿者,以八千岁为春,八千岁为秋,此大年也。而彭祖乃今以久特闻,众人匹之,不亦悲乎!

汤之问棘也是已。穷发之北,有冥海者,天池也。有鱼焉,其广数千里,未有知其修者,其名为鲲。有鸟焉,其名为鹏,背若泰山,翼若垂天之云,抟扶摇羊角而上者九万里,绝云气,负青天,然后图南,且适南冥也。斥鴳笑之曰:"彼且奚适也?我腾跃而上,不过数仞而下,翱翔蓬蒿之间,此亦飞之至也。而彼且奚适也?"此小大之辩也。

(选自清王先谦著《庄子集解·逍遥游》)

附:白话《逍遥游》(节选)

北海有鱼,名字叫鲲。鲲的大,不知几千里长。转化变成鸟,名字叫鹏,鹏的背不知几千里阔。它奋发飞起,翅膀像垂在天边的云彩。

这只鸟翱翔海面,想要迁徙到南海。南海,是洪荒造化生出的水池。《齐谐》是一本志怪书,它记载"鹏往南海迁徙,水花溅射三千里,盘旋成龙卷风,升空九万里,行程中滋生出夏六月的气流"。遥望薮泽中的游气,像野马奔腾,像尘埃扬空,万千生物的呼吸互相吹嘘。天空浅青如苍莽草原,是它的本色吗?那么遥远,似乎到不了尽头。鹏朝下看,已如同这样尽收眼底。

再说,水积聚得不够深厚,就无力承载大船。倒杯水在厅堂低洼处,仅够漂浮一茎小草。放个杯子上去,杯底就着地了,水浅而船大呀。风积聚得不够强劲,就无力承托巨大的翅膀。所以九万里高空,风全在下方,然后才如此乘风,背负青天,没有夭折中断的样子。而后,才打算立刻谋向南行。

蝉和学飞的小鸠嘲笑鲲鹏:"我疾飞而起,冲抵榆树和枋树,有时或许达不到目标,掉落地面而已。哪个要高升九万里,去朝南方远行呢?"到郊野的人,三餐后回家,肚子还饱饱的。到百里之外的人,需要储备隔夜的干粮。到千里之外的人,则须积聚三个月的粮草。蝉和斑鸠,这两个小不点儿又知道什么呢?

小聪明比不上大智慧,短暂的生命比不上长久的生命,何以知其如此?

清晨生长、见日即死的菌芝，不懂天黑和月出。寒蝉不懂春季和秋季。这叫生命短暂。楚国南部有棵冥灵树，五百年当春天，五百年当秋天。上古传说里有株大椿树，八千年作春天，八千年作秋天。活了八百多岁的彭祖，如今仍然以特别长寿见闻，普通人跟他相比，岂不哀叹？

商汤和棘也有过前面所讲的谈话。在不毛之地北极有片远海，是造化形成的天然水池。海中有鱼，宽数千里，没法知晓它有多长，其名曰鲲。有鸟名鹏，背部宛如泰山，翅膀好比覆盖天际的云层。它盘旋而上涌起羊角形状的暴风，一冲九万里，超越云气，背靠青天，然后开始考虑迁移南方，到南海去。小鸟斥鹦讥笑说："那位傻大个想去哪儿？我舒展身心尽力一跃，向上不过数仞就降落下来，翱翔于蓬蒿草丛间，也称得上飞行绝技吧。而空中那个大呆鸟，它要飞到哪里？"这就叫小与大的区别。

【附笔】

《逍遥游》里，蝉鸠和篱鹦百般奚落鲲鹏。某时某地，当话语权掌握在阿猫阿狗手里时，那些冲抵灌木蓬蒿的雕虫小技，便会唧唧喳喳占据公共舆论空间，糊弄住一批跟屁虫。

文中实写的最小格局：智慧见效一任官职，品行和顺一方乡土，道德匹配一届君主，才能应验一国臣民。稍大的格局：宋荣子举世称誉不勉励，举世责怪不沮丧。列子御风轻妙美好，可是仍需等待风力承托。帝尧前往遥远的姑射山拜望师尊，油然萌生出逃避天下的念头。

而由鲲鹏比喻的最大格局，则是覆盖天地万物的本来样貌，驾驭阴阳四时的诸般变化，以遨游无穷。至人不为己身，神人不谈功利，圣人却弃名声。这就是庄子的自画像。我辈读《庄子》书，当从这儿起步。

秋水（节选）

[战国宋] 庄周

秋水时至，百川灌河。泾流之大，两涘渚崖之间，（涘：读作"四"，岸边。渚：读作"主"，水涯。）不辨牛马。于是焉河伯欣然自喜，以天下之美为尽在己。

顺流而东行，至于北海，东面而视，不见水端。于是焉河伯始旋其面目，望洋向若而叹曰：（若：传说中的海神名。）"野语有之曰：'闻道百，以为莫己若者。'我之谓也。且夫我尝闻少仲尼之闻，而轻伯夷之义者，始吾弗信。今我睹子之难穷也，吾非至于子之门则殆矣，吾长见笑于大方之家。"

北海若曰："井蛙不可以语于海者，拘于虚也。夏虫不可以语于冰者，笃于时也。曲士不可以语于道者，束于教也。今尔出于崖涘，观于大海，乃知尔丑，尔将可与语大理矣。"

（选自清王先谦著《庄子集解·秋水》）

附：白话《秋水》（节选）

秋天河水按时上涨，众多的水流注入黄河。河面波宽浪阔，致使两岸水涯山石间，无法辨认牛马。于是，黄河水神欣然自喜，认为天下的景物佳胜，全在自己这儿了。

他顺流东行，到了北海，面朝东方眺望，看不见海的边际。于是转变脸色，仰望海神叹息道："俗话说：'领会道理上百种，就以为没有谁比得上自己。'是在说我呀。我曾经听说，有人贬低仲尼的见识，轻视伯夷的义行，当初还不信哩。现在目睹你难以穷尽。我未到入海口就糗大了，会长久被博学有识者讥笑。"

北海海神说："废井的蛤蟆不可以谈论沧海，它局限于空间区域。夏天的昆虫不可以谈论凝冰，它蔽塞于季节时间。孤陋寡闻的人不可以谈论大道，他束缚于奉行的教化。现在你从山崖水岸走出来，观看大海，懂得了惭愧，可以参与交流大道理了。"

【附笔】

《秋水》可谓《逍遥游》的姊妹篇。成语"坎井之蛙"的出处，也颇值得关注。

坎井之蛙对东海甲鱼说：我出外跳跃井栏，入内休息在井壁边缘。跳水时承接腋窝，扶持面腮。踏泥则埋没下肢，掩盖脚背。看看孑孓、螃蟹和蝌蚪，没有像我这种状态的。况且，我独占一坑井水，跨越跱立废井的快乐，也算达到极致了。

东海甲鱼左脚没踏入井里，右膝已被拘执。于是徘徊退却，讲海给井蛙听：千里之远，不足以概括它的大。千仞之高，不足以穷尽它的深。夏禹时代十年九涝，海水不增加溢出。商汤时代八年七旱，海岸不因此毁坏。它不为时间长短而变易，不以数量多少而进退，这也是东海的大喜乐啊。

坎井之蛙听完，惊怖莫名，失落到无法自持。

风赋

［战国楚］宋玉

楚襄王游于兰台之宫，（兰台：楚国台名。）宋玉景差侍。有风飒然而至，王乃披襟而当之，曰："快哉此风，寡人所与庶人共者邪？"

宋玉对曰："此独大王之风耳，庶人安得而共之。"

王曰："夫风者，天地之气，溥畅而至，不择贵贱高下而加焉。今子独以为寡人之风，岂有说乎？"

宋玉对曰："臣闻于师：枳句来巢，（枳：读作"止"，一种灌木。句：读作"勾"，弯曲。）空穴来风。其所托者然，则风气殊焉。"

王曰："夫风始安生哉？"

宋玉对曰："夫风生于地，起于青苹之末。（苹：同"萍"，浮萍。）侵淫溪谷，盛怒于土囊之口。缘泰山之阿，舞于松柏之下。飘忽淜滂，（淜：读作"平"。淜滂：风击物声。）激飙熛怒。（飙：读作"阳"，飞扬。熛：读作"标"，迅疾。）耾耾雷声，（耾：读作"宏"，象声词。）回穴错迕。（回穴：转旋，纡曲。迕：读作"五"，违逆，抵触。）蹶石伐木，梢杀林莽。至其将衰也，被丽披离，冲孔动楗。眴焕粲烂，离散转移。

"故其清凉雄风，则飘举升降，乘凌高城，入于深宫。邸华叶而振气，（邸：通"抵"，触动。）徘徊于桂椒之间，翱翔于激水之上。将击芙蓉之精，猎蕙草，离秦衡，概新夷，被黄杨。迴穴冲陵，萧条众芳。然后倘佯中庭，北上玉堂，跻于罗帷，（跻：读作"机"，登，升。）经于洞房，乃得为大王之风也。

"故其风中人状，直憯悽惏慄，清凉增欷。清清泠泠，愈病析酲。（酲：读作"成"，酒醉后的病态。）发明耳目，宁体便人。此所谓大王之雄风也。"

王曰："善哉论事。夫庶人之风，岂可闻乎？"

宋玉对曰："夫庶人之风，塕然起于穷巷之间，（塕：读作"翁－上声"，飞尘。）堁堁扬尘。（堀：读作"枯"，冲起。堁：读作"客"，尘埃。）勃郁烦冤，冲孔袭门。动沙堁，吹死灰，骇溷浊，（溷：读作"混"，混乱，污浊。）扬腐余。邪薄入瓮牖，（牖：读作"有"，窗子。瓮牖：破瓮口作窗户。）至于室庐。

"故其风中人状，直憞溷郁邑，殴温致湿。中心惨怛，生病造热。中唇为胗，（胗：读作"枕"，唇疮。）得目为蔑。啖齰嗽获，（齰：读作"责"，咬。获：通"嚄"，叫唤，喧闹。啖齰嗽获：中风人口动之貌。）死生不卒。此所谓庶人之雌风也。"

（选自南朝梁昭明太子萧统编《文选》）

附：白话《风赋》

楚襄王在兰台的宫殿游玩，宋玉和景差侍奉身旁。有风飒飒吹来，襄王敞开衣襟面对，说："痛快啊，这阵风，寡人可以跟庶人共享吧？"

宋玉对答："这是大王的风，庶人安得共享。"

楚王说："但凡风，乃天地之气，广大普遍地通达而至，不择贵贱高下而施加。今天，先生以为是寡人的风，是否有说法呢？"

宋玉答："臣从老师那儿听闻：枳树弯曲，鸟喜欢筑巢。户穴空敞，风容易通过。它们所凭借的样子如此，则风的气流也不同。"

楚王问："风初始怎么生出？"

宋玉答："风生于大地，起于青青浮萍的末端，渐次游移溪谷，兴盛奋发于洞穴口。它沿着泰山山陵的弯曲处，摇动于松柏之下，飘忽乒乓，激飞疾起。轰轰声像打雷一样，旋转纡曲，杂错抵触。它摇动石头击伐树木，冲

激丛林败坏草芥。到将要衰微时,即披纷四散,冲撞门径振动门闩,鲜明灿烂地离散转移。

"于是清凉雄风,就飘举升降,乘凌高城,进入深宫。抵触花叶而振动气息,徘徊在肉桂花椒的芳香之间,翱翔于溅涌的水流之上。将要摩擦芙蓉精华,掠过蕙草,分离秦草和杜衡草,相摩新夷草,披散初生嫩芽的杨树。转旋纡曲,碰撞逾越,散漫漂流众多的香气。然后徘徊中庭,北上玉堂,登入丝织帷幔,经过深宫内室,乃得成为大王之风。

"所以那种风吹到人身上,直接深冷寒战,清凉徒增愀戚,清清泠泠,愈病解酒,启迪耳目,宁体便人。此所谓大王雄风也。"

襄王说:"善哉,像这样讨论事物。庶人之风,是否可以见识呢?"
宋玉答:"大抵庶人的风,飞尘突然起于穷巷之间,冲起尘埃,飞扬细土。它回旋的样子,直冲窟窿袭入家门,动沙尘,吹死灰,起污浊,举扬腐臭之余。其邪恶轻薄,进入破瓮口做的窗户,到达房屋棚舍。

"所以那种风吹到人身上,直接恶乱忧郁,驱使温热导致湿症,内心伤痛生病造热。它落到嘴唇为唇疮,遇到眼睛成模糊不明。吃东西咬舌头,吮吸时呻唤,像这般中风症状,死生没个终了。此所谓庶人雌风也。"

九辩（首章）

[战国楚] 宋玉

悲哉秋之为气也，萧瑟兮草木摇落而变衰。廖慄兮若在远行，（廖慄：读作"辽力"，凄怆。若：这样。在：正在。）登山临水兮送将归。泬寥兮天高而气清，（泬寥：读作"血辽"，清朗空旷貌。）寂寥兮收潦而水清。（寂寥：同"寂寥"，寂静，孤单冷清。）憯悽增欷兮薄寒之中人，（憯悽：读作"惨凄"，悲痛，残酷。欷：读作"希"，哀叹。）怆怳懭悢兮去故而就新。（怆怳：读作"创恍"，失意貌。懭：读作"匡－上声"，懭悢，不得志。）坎廪兮贫士失职而志不平，（坎廪：读作"坎览"。不平：不顺，不遇貌。）廓落兮羁旅而无友生，惆怅兮而私自怜。

燕翩翩其辞归兮，蝉寂寞而无声。雁雍雍而南游兮，（雍雍：读作"雍雍"，鸟和鸣貌。）鹍鸡啁哳而悲鸣。（鹍：读作"昆"。鹍鸡：鸟名，似鹤。啁哳：读作"招扎"，声音细碎杂乱貌。）独申旦而不寐兮，哀蟋蟀之宵征。时亹亹而过中兮，（亹亹：读作"伟伟"，勤勉不倦貌。）蹇淹留而无成。（蹇：读作"简"，难，困苦。）悲忧穷戚兮独处廓，有美一人兮心不绎。（绎：通"怿"，读作"义"，喜悦，快乐。）去乡离家兮来远客，超逍遥兮今焉薄？专思君兮不可化，君不知兮可奈何？蓄怨兮积思，心烦憺兮忘食事。（憺：读作"旦"，忧。）愿一见兮道余意，君之心兮与余异。车既驾兮揭而归，（揭：读作"窃"，离开，舍弃。）不得见兮心伤悲。倚结軨兮长太息，（軨：读作"灵"，车厢横木。）涕潺湲兮下沾轼。（潺湲：读作"蝉元"，泪流貌。）忼慨绝兮不得，中瞀乱兮迷惑。（瞀：读作"帽"，目眩，烦乱。）私自怜兮何极？心怊怊兮谅直。

（选自汉刘向编《楚辞》）

附：白话《九辩》（首章）

悲摧啊，秋天已成肃杀景象。萧瑟啊，草木摇落而变衰萎。凄怆啊，这样在远行，登山临水，送别的人将要返回。明朗空旷，天穹高远空气清新。寂静孤单，积水退尽水面清澈。惨酷倍增哀叹，薄寒阵阵侵人。失意不得志，离开故地到新环境。坎坷啊，贫穷士子丢掉职位心意难平。空寂寄止旅途，没有新朋友。惆怅啊，私下自哀自怜。

燕子翩翩辞北归南，秋蝉寂寞不再发声。雁阵嗈嗈和鸣向南飞翔，鹍鸡细碎喝嘶悲哀啼鸣。依然通宵达旦睡不着觉，怜悯蟋蟀在夜间振翅唧唧。时常勤勉不倦，人过中年，困苦久留却事业无成。悲忧困惑独处空虚，有位美人心中不快乐。去乡离家到远方寄居，边地漂泊今天何处落脚？笃诚想念君主啊，不可改变。君主不知道，能怎么办？蓄藏愁怨，积聚思考，希望见一面阐述我的意图。可惜，君主的心跟我不同。车已套在马身上了，想舍车而归。见不到君主，我心伤悲。倚靠车箱抓住围栏长长叹息，眼泪流下，沾湿了车前凭依的横木。慷慨断绝我做不到，内心忍不住烦乱迷惑。私下独自哀怜，何处是尽头？心怀忠忱啊精诚耿直。

【评语】

文士悲秋，此为源头文字。起笔"悲哉秋之为气也，萧瑟兮草木摇落而变衰"，直接把金秋肃杀、物我两伤的情绪点打穿打爆，自古尤多传诵。颇类似于今世自媒体的写作方法。

蜀都赋

[晋] 左思

左思，晋临淄人。官秘书郎，貌陋口讷而博学能文。曾作《三都赋》，十年始成，豪贵之家竞相传抄，洛阳为之纸贵。《蜀都赋》为《三都赋》的第一篇。

有西蜀公子者，言于东吴王孙曰：盖闻天以日月为纲，地以四海为纪。九土星分，万国错跱。（跱：读作"志"，对峙。）崤函有帝皇之宅，河洛为王者之里。吾子岂亦曾闻蜀都之事欤？请为左右扬榷而陈之。

夫蜀都者，盖兆基于上世，开国于中古。廓灵关以为门，包玉垒而为宇。带二江之双流，抗峨眉之重阻。水陆所凑，兼六合而交会焉；丰蔚所盛，茂八区而庵蔼焉。

于前则跨蹑犍牂，（牂：读作"赃"，牂牁的简称。治所在今贵州凯里西北。）枕辔交趾，（辔：读作"椅"，凭倚。）经途所亘，五千余里。山阜相属，含溪怀谷，冈峦纠纷，触石吐云。郁芬葘以翠微，崛巍巍以峨峨。（芬葘：读作"分氲"，香气浓郁，烟霭氤氲。）干青霄而秀出，舒丹气而为霞。龙池滈瀑濆其隈，（滈瀑：读作"血暴"，水沸涌貌。濆：读作"喷"，水波涌动。隈：读作"威"，山边或水流弯曲处。）漏江伏流溃其阿。汩若汤谷之扬涛，（汩：读作"玉"，迅疾貌。）沛若濛汜之涌波。

（汜：读作"四"，水边。濛汜：太阳没入的西极蒙水之涯。）于是乎邛竹缘岭，菌桂临崖。（菌桂：又名肉桂，月桂。）旁挺龙目，侧生荔枝。布绿叶之萋萋，结朱实之离离。迎隆冬而不凋，常晔晔以猗猗。（晔：读作"夜"，光明灿烂貌，盛貌。猗：读作"衣"，美盛貌。）孔翠群翔，犀象竞驰。白雉朝雊，（雊：读作"构"，野鸡鸣叫。）猩猿夜啼。金马骋光而绝景，碧鸡倏忽而曜仪。（金马、碧鸡：山名，又神名。云南昆明市东有金马山，西南有碧鸡山。《汉书·郊祀志下》：或言益州有金马碧鸡之神。）火井沈荧于幽泉，高焰飞煽于天垂。其间则有琥珀丹青，江珠瑕英，金沙银砾，符采彪炳，晖丽灼烁。

于后则却背华容，（华容：水名。）北指昆仑。缘以剑阁，阻以石门。流汉汤汤，惊浪雷奔。望之天回，即之云昏。水物殊品，鳞介异族。或藏蛟螭，（螭：读作"痴"，传说中一种无角的龙。）或隐碧玉。嘉鱼出于丙穴，（嘉鱼：鱼名。晋任豫《益州记》：嘉鱼生丙穴，蜀人谓之拙鱼，从石孔随泉出，大者五六尺。）良木攒于褒谷。（褒谷：在陕西省西南，山势险峻，历代凿山架木，在绝壁中修成栈道，旧时为川陕交通要道。）其树则有木兰梫桂，（梫：读作"寝"，肉桂。）杞櫹椅桐，（杞：读作"启"，枸杞，杞柳。櫹：读作"秋"，楸树。椅：梓树。）棕枒楔枞，（枒：同"椰"。楔：读作"歇"，樱桃。枞：读作"葱"，冷杉。）梗楠幽蔼于谷底，（梗：读作"骈"，木名。）松柏翁郁于山峰。擢修干，（擢：读作"卓"，拔，抽。）竦长条，（竦：读作"耸"，高耸。）扇飞云，拂轻霄。羲和假道于峻歧，（羲和：神话中的太阳御者。）阳乌回翼乎高标。（阳乌：神话里的日中三足乌。后用作太阳的代称。）巢居栖翔，聿兼邓林。（聿：读作"玉"，循，次序。兼：并，相从。邓林：神话中的树林。）穴宅奇兽，窠宿异禽。（窠：读作"科"，昆虫鸟兽的窝巢。）熊罴咆其阳，雕鹗欻其阴。（鹗：读作"恶"，鱼鹰。欻：读作"玉"，疾飞貌。）猿狖腾希而竞捷，（狖：读作"幼"，黑色长尾猴。希：寂静无声。）虎豹长啸而永吟。

于东则左绵巴中，百濮所充。（濮：读作"仆"，古代西南民族名。无君长总统，各以邑落自聚，故称百濮。）外负铜梁于宕渠，内涵要害于膏腴。其中则有巴菽巴戟，灵寿桃枝。樊以蒩圃，（蒩：读作"租"，蕺菜，又名鱼腥草，全草入药，嫩茎叶可作蔬菜。）滨以盐池。蟕蛦山栖，（蟕蛦：读作"币夷"，山鸡。）鼋龟水处。潜龙蟠于沮泽，应鸣鼓而兴雨。丹砂赩炽出其坂，（赩炽：读作"细赤"，深红如火。）蜜房郁毓被其阜。山图采而得道，赤斧服而不朽。若乃刚悍生其方，风谣尚其武，奋之则賨旅，（賨：读作"从"，四川、湖南等地的少数民族。《风俗通》：巴有賨人，剽勇。高祖为汉王时，阆中人范目，说高祖募取賨人定三秦。）玩之则渝舞。（《后汉书·南蛮列传》：阆中有渝水，其人多居水左右，天性劲勇，初为汉前锋，数陷阵。俗喜歌舞，高祖观之曰："此武王伐纣之歌也。"乃命乐人习之，所谓巴渝舞也。）锐气剽于中叶，（中：间隔。叶：世，朝代。左思为晋人，晋间隔魏为汉代。）躩容世于乐府。（躩：读作"佼"，威武强盛貌。）

于西则右挟岷山，涌渎发川。陪以白狼，（陪：家臣。白狼：西南少数民族之一。）夷歌成章。（《后汉书·西南夷列传》：益州刺史朱辅宣示汉德，自汶山以西，白狼、盘木、唐菆等百余国，举种奉贡，称为臣仆。朱辅上疏，今白狼王唐菆等慕化归义，作诗三章。帝嘉之，事下史官，录其歌焉。）垧野草昧，（垧：读作"同－阴平"，远郊。）林麓黝儵。（黝：读作"有"，微青黑色。儵：读作"书"，黑色。）交让所植，（交让：岷山的一种树。两树对生，一枯一荣，每年交换一次。）蹲鸱所伏。（蹲鸱：汶山沃野生长的一种形状像蹲坐鸱鹰的大芋。）百药灌丛，寒卉冬馥。异类众夥，（夥：读作"火"，盛多。）于何不育？其中则有青珠黄环，碧砮芒消。（砮：读作"努"，可制箭镞的石头。）或丰绿荑，（荑：读作"提"，茅草嫩芽。）或蕃丹椒。蘼芜布濩于中阿，（蘼芜：川芎苗。濩：读作"互"，散布。）风连莚蔓于兰皋。（莚：读作"延"，蔓莚，牵缠。）红葩紫饰，柯叶渐苞。敷蕊葳蕤，（葳蕤：读作"威瑞－阳平"，纷披貌，鲜丽貌。）落英飘飘。神农是尝，卢跗是料。（卢：卢人扁鹊，春秋时良医。跗：俞跗，相传黄帝时良医。）芳追气邪，味蠲疠痟。（蠲：读作"捐"，除去。痟：读作"消"，酸痛，头痛。）

其封域之内，则有原隰坟衍，通望弥博。演以潜沫，浸以绵雒。沟洫脉散，（洫：读作"序"，沟渠。）疆里绮错。黍稷油油，粳稻莫莫。指渠口以为云门，洒滮池而为陆泽。（滮：读作"彪"，蓄水。）虽星毕之滂沲，（沲：同"沱"，《诗经·小雅·渐渐之石》，"月离于毕，俾滂沲矣"，意谓月亮靠近毕星就要下大雨。）尚未齐其膏液。尔乃邑居隐赈，夹江傍山。栋宇相望，桑梓接连。家有盐泉之井，（盐：通"艳"，美好。）户有橘柚之园。其园则有林檎，（檎：读作"禽"。林檎：花红，又名沙果。）枇杷，橙，柿，楟，（楟：读作"影"，软枣。）椁，（椁：读作"亭"，山

梨。）槭桃函列，（槭：读作"思"，山桃。）梅李罗生。百果甲宅，（宅：通"坼"，裂开。）异色同荣。朱樱春熟，素柰夏成。（柰：读作"奈"，茉莉花。）

若乃大火流，凉风厉，白露凝，微霜结。紫梨津润，榛栗罅发，（罅：读作"下"，裂开。）蒲陶乱溃，（溃：通"遂"，生长。）若榴竞裂。甘至自零，芬芬酷烈。其园则有蒟，（蒟：读作"举"，蒌叶，依树蔓生，果实称蒟子，可作酱。）蒻，（蒻：读作"弱"，嫩蒲草；蒲、荷等水生植物茎没入泥中的白嫩部分。）茱萸，瓜畴芋区。甘蔗辛姜，阳蓲阴敷。（蓲：读作"须"，温暖，和煦。）日往菲薇，月来扶疏。任土所丽，众献而储。

其沃瀛则有攒蒋丛蒲，（瀛：读作"赢"，湖泽。沃瀛：肥美的池泽。攒：读作"窜－阳平"，丛聚。蒋：茭笋。）绿菱红莲。杂以蕴藻，糅以蘋蘩。总茎柅柅，（柅柅：读作"拟拟"，草木茂盛貌。）裛叶蓁蓁。（裛：读作"义"，缠绕，沾湿。）贲实时味，（贲：读作"焚"，杂草香气，草木果实繁茂貌。）王公羞焉。其中则有鸿俦鹄侣，振鹭鸦鹠，（振：读作"振"，鸟群飞貌。）晨凫旦至，候雁衔芦。木落南翔，冰泮北徂。（泮：读作"判"，碎裂，融化。徂：读作"促－阳平"，往。）云飞水宿，哢吭清渠。其深则有白鼋命鳖，（鼋：读作"元"，大鳖。）玄獭上祭。鳣鲔鳟鲂，鳜鲤鲹鲨，差鳞次色，锦质报章。跃涛戏濑，（濑：读作"赖"，沙石上流过的水。）中流相忘。

于是乎金城石郭，兼市中区。（市：读作"匝"，环绕。）既丽且崇，实号成都。辟二九之通门，画方轨之广途。营新宫于爽垲，（垲：读作"凯"，地势高而土质干燥。）拟承明而起庐。结阳城之延阁，飞观榭乎云中。开高轩以临山，列绮窗而瞰江。内则议殿爵堂，武义虎威。宣化之闼，崇礼之闱。华阙双邈，重门洞开。金铺交映，玉题相晖。外则轨躅八达，（躅：读作"卓"，迹。）里闬对出。（闬：读作"汉"，里巷的门。）比屋连甍，（甍：读作"蒙"，栋梁；屋顶四角伸出的飞檐。）千庑万室。（庑：读作"五"，堂下周围的廊屋。）亦有甲第，当衢向术。坛宇显敞，高门纳驷。庭扣钟磬，堂抚琴瑟。匪葛匪姜，（葛：丞相诸葛亮。姜：大将军姜维。）畴能是恤。（畴：谁。）

亚以少城，接乎其西。市廛所会，（廛：读作"蝉"，货物积存的栈房。）万商之渊。列隧百重，罗肆巨千。贿货山积，纤丽星繁。都人士女，袨服靓妆。

(袨：读作"炫"，盛服。)贾贸墆鬻，(墆：读作"滞"，贮积。)舛错纵横。(舛：读作"喘"，交错。)异物崛诡，奇于八方。布有橦华，(橦华：橦布，橦花织成的布。)面有桄榔。(桄榔：树名，茎髓可制淀粉。)邛杖传节于大夏之邑，蒟酱流味于番禺之乡。(蒟：读作"举"，植物名。果实蒟子，可作酱。)舆辇杂沓，冠带混并，累毂叠迹，叛衍相倾。喧哗鼎沸，则吪聒宇宙。(吪：读作"芒"，语言杂乱。聒：读作"郭"，吵扰，烦扰。)嚣尘张天，则埃壒曜灵。(壒：读作"爱"，尘埃。)阛阓之里，(阛阓：读作"环会"，市场。)伎巧之家，百室离房，机杼相合。贝锦斐成，濯色江波。黄润比筒，籯金所过。(籯：读作"迎"，箱笼类竹器。)侈侈隆富，卓郑埒名。(埒：读作"列"，齐等。)公擅山川，货殖私庭。藏镪巨万，(镪：读作"强"，钱贯。)鈲撝兼呈。(鈲：读作"披"，梁益之间裁木为器曰鈲。撝：读作"规"，梁益之间裂帛为衣曰撝。)亦以财雄，翕习边城。(翕：读作"西"，炽，盛。)

三蜀之豪，时来时往。养交都邑，结俦附党。剧谈戏论，扼腕抵掌。出则连骑，归从百两。若其旧俗，终冬始春。吉日良辰，置酒高堂，以御嘉宾。金罍中坐，(罍：读作"雷"，盛酒水的器皿。)肴核四陈。觞以清醥，(醥：读作"缥"，酒清澈貌。)鲜以紫鳞。羽爵执竞，丝竹乃发。巴姬弹弦，汉女击节。起《西音》于促柱，歌《江上》之飚厉。(飚：读作"辽"，微风，疾风声。)纡长袖而屡舞，翩跹跹以裔裔。合樽促席，引满相罚。乐饮今夕，一醉累月。

若夫王孙之属，(王孙：临邛富人卓王孙，卓文君的父亲。)郤公之伦，(郤：读作"细"，姓。郤公：蜀郡豪侠。)从禽于外，巷无居人。并乘骥子，俱服鱼文。玄黄异校，结驷缤纷。西逾金堤，东越玉津。朔别期晦，匪日匪旬。蹴蹋蒙茏，(蹴：读作"促"，踩，踏。)涉猎寥廓。鹰犬倏眒，(眒：读作"深"，迅疾。)罻罗络幕。(罻：读作"卫"，小网。)毛群陆离，羽族纷泊。翕响挥霍，(翕：读作"西"，翕响，奄忽之间。)中网林薄。屠麖麋，(麖：读作"京"，马鹿。)翦旄麈，(麈：读作"主"，驼鹿。)带文蛇，跨雕虎。志未骋，时欲晚，追轻翼，赴绝远。出彭门之阙，驰九折之坂，经三峡之峥嵘，蹑五屼之蹇浐。(屼：读作"务"，山秃貌。五屼：山名。蹇浐：读作"简产"，山势屈曲不平貌。)戟食铁之兽，射噬毒之鹿。皛貙氓于蓁草，(皛：读作"追"，拍打。貙氓：读作"初萌"，古代氏族名，居于江汉之间。

萋：读作"要"，草茂盛貌。）弹言鸟于森木。拔象齿，戾犀角，鸟铩翮，（铩：读作"杀"，伤残。翮：读作"合"，鸟的翅膀。）兽废足。

殆而竭来相与，（竭：读作"窃"，去，离去。）第如滇池，集于江洲。试水客，舣轻舟，（舣：读作"蚁"，停船靠岸。）娉江斐，（娉：读作"聘"，问名。斐：通"妃"，女神的尊称。）与神游。罼翡翠，（罼：读作"演"，用网捕取。）钓鰋鲉，（鰋：读作"眼"，鲇鱼。鲉：读作"由"，鱼名。）下高鹄，出潜虬。（虬：读作"求"，传说中的有角龙。）吹洞箫，发棹讴，（棹：读作"照"，船桨，用桨划船。）感鱏鱼，（鱏：读作"寻"，鲟鱼。）动阳侯。腾波沸涌，珠贝泛浮。若云汉含星，而光耀洪流。

将飨獠者，张帟幕，（帟：读作"义"，遮蔽尘埃的平幕。）会平原。酌清酤，割芳鲜。饮御酣，宾旅旋。车马雷骇，轰轰阗阗，（阗阗：读作"田田"，车马声。）若风流雨散，漫乎数百里间。斯盖宅土之所安乐，观听之所踊跃也。焉独三川为世朝市。

若乃卓荦奇谲，（荦：读作"络"，毛色不纯的牛，泛指斑驳颜色。卓荦：卓越出众。）倜傥罔已。一经神怪，一纬人理。远则岷山之精，上为井络。天帝运期而会昌，景福肸蠁而兴作。（肸蠁：读作"西响"，布散，传播。）碧出苌弘之血，鸟生杜宇之魂。妄变化而非常，羌见伟于畴昔。近则江汉炳灵，世载其英。蔚若相如，皭若君平。（皭：读作"叫"，洁白，洁净。）王褒韡晔而秀发，（韡：读作"伟"，明盛貌，灿烂。晔：读作"叶"，光明灿烂貌。）扬雄含章而挺生。幽思绚道德，摛藻掞天庭。（摛：读作"痴"，舒展，铺陈。掞：读作"艳"，光照。）考四海而为俊，当中叶而擅名。是故游谈者以为誉，造作者以为程也。

至乎临谷为塞，因山为障，峻岨塍埒长城，（岨：同"阻"，险要。塍：读作"成"，土埂，小堤。埒：读作"列"，等同。）豁险吞若巨防。一人守隘，万夫莫向。公孙跃马而称帝，刘宗下辇而自王。（刘宗：刘备，汉景帝子中山靖王刘胜之后，故曰"宗"。辇：读作"碾"，用人推挽的车。）由此言之，天下孰尚？故虽兼诸夏之富有，犹未若兹都之无量也。

（选自南朝梁昭明太子萧统编《文选》）

附：白话《蜀都赋》

有位西蜀公子，跟东吴王孙聊天：听说天空以日月为总纲，大地以四海为头绪。九州星散分布，万国错杂对峙。崤山函谷有帝皇住宅，黄河洛水是王者邑里。您是否听说过蜀都的事？请让我为诸君约略陈述。

蜀都，大概在没有文字记载的上古开始经营，在鲧禹治水后的中古建立邦国。它扩张灵关做门户，包含玉垒山为疆土，连接郫江流江到双流县境，收藏峨眉山的重重险阻。水陆聚集，兼同天地四方而交会。丰足华美，繁盛四方四隅而茂密。

在蜀都前方，跨踏犍为郡（治所在今四川宜宾县西南）、牂柯郡（牂柯：读作"脏哥"，治所在今贵州凯里市西北），靠近五岭以南的交趾，南北道路横贯五千余里。群山相连，包容溪涧怀藏川谷。冈峦叠交，触碰岩石吞吐云气。郁勃烟霭氤氲在山腰深处，突出高大形象在崇山峻岭。触犯青天长出秀美，舒展红云成为彩霞。龙池（池名）水波腾涌在弯曲处，漏江（水名）潜地冲破了岸边。疾去像日出东方汤谷扬起的巨涛，充沛像日落西极濛水涌动的细浪。于是乎邛竹围绕山岭，月桂靠近崖际，旁边挺拔龙眼，侧边生出荔枝。它们散布茂盛的绿色枝叶，结出并蒂的红色果实。迎接隆冬而不凋谢，常年灿烂盛美。孔雀翠鸟成群飞翔，犀牛大象竞相奔驰。白色野鸡在清晨鸣叫，猩猩猿猴在夜晚啼呼。金马驰骋光波断绝踪影，碧鸡倏忽之间显现仪容。天然气井煮盐，在深泉投入荧火，高高的光焰炽盛到天边。其间还有琥珀、丹青、江珠、赤玉、金沙和银砾，它们的纹理光彩焕发，辉映华丽鲜明闪烁。

在蜀都后方，正对华容河，北指昆仑山。凭借剑阁栈道做边缘，仗恃石门险隘为阻隔。汉水浩浩荡荡，惊浪如雷奔涌。远望天穹回旋，近倚云气昏暗。水中物产殊品，鳞甲异族。或者藏匿蛟龙，或者隐蔽碧玉。嘉鱼出于汉中沔阳县的丙穴，良木丛聚在陕西的褒斜谷。其中的树，有木兰、肉桂、枸杞、楸树、梓树、梧桐、棕榈、椰子树、樱桃和冷杉。梗木楠木幽荫在谷底，松树柏树茂密在山峰。它们挺拔修长的茎干，耸起长长的枝条，遮蔽飞飘的云彩，拂过轻灵的天空。驾驭日光的羲和，借路于高峭的岔道。太阳中的三足乌，在树梢回旋翅膀。栖息树上的飞鸟，或停留，或飞翔，按次序相

从在神话中的邓林。洞穴居住珍奇的走兽，窝巢歇宿不同的飞禽。熊罴咆哮在向阳的山南，雕鹗疾飞在背阴的山北。猿猴静静腾跃竞争敏捷，虎豹长声呼啸久久啼叫。

在蜀都东部，向左绵延到巴中，西南各民族邑落自聚充实其间。外层在宕渠县，倚靠铜梁山。内里膏腴沃土，包含险隘要害。其中有果实药用的巴豆，根茎药用的巴戟，有顶端自曲可做手杖的灵寿木，和织席做杖的桃枝竹。篱笆围住蕺菜园，地下涌泉可煮盐。山鸡栖息山上，鼋龟居住水里。潜龙盘曲在湿润的沼泽，回应人们击鼓的声音而降雨。丹砂深红似火，出产在山坡。蜂房酝酿养育，遍布于高地。有仙人名叫山图，追随道士进山采药而得道。有仙人名叫赤斧，吞服丹砂炼制的药丸而不朽。至于刚强勇悍生长在这片土地，风俗民谣崇尚征伐示威，振奋起来就是賨人军队，玩耍起来就是渝水流域的舞蹈。锐气在汉代剽勇，威武强盛的仪容继承在乐府。

在蜀都西部，右边倚仗岷山，腾涌沟渠，发端河流。西南夷白狼、盘木等百余部落，向大汉奉贡称臣，慕化归义作诗三章。郊野一派天地初开时的混沌，山脚竹木青黑郁郁。适宜蕃植交让树，伏藏状如坐鹰的大芋。百种药材灌木一样生长，凋零的花草在冬季香气弥漫。它们异类众多，有什么不能养育？其中有药用矿物青珠、黄环，有可作箭头的碧石和药用的芒消。或者丰腴绿茅芽，或者蕃茂红辣椒。川芎苗散布在大山山湾，风连（植物名）蔓延在长兰草的沼泽。红花倚着紫花，枝叶丛生滋长。连串硕果鲜丽纷披，鲜花跟落花随风飘摇。神农在这儿尝过百草，扁鹊与俞跗用过此地的药材。其芳香补救人体邪气，其滋味除去瘟疫和头痛病。

在都畿蜀郡的疆界之内，则有高原、湿地和肥沃的平原，整体看上去深远广博。长流渠江和大渡河，灌溉绵水和雒江。田间沟渠像人体血脉一样散开，疆界邑里像纹花细绫一样交错。黍稷光润苗壮，粳稻茂密宽广。人们指点都江堰闸口，认为分散江流灌溉平地，好比云来则雨至。它散布蓄水池，成为陆地的滋润。纵使月亮靠近毕星，降下滂沱大雨，也赶不上该水利工程的肥沃润泽。这样一来，城镇积蓄殷富，邻近江河，依傍山丘。屋梁屋檐相望，桑树梓树连接。家家有甘泉水井，户户有橘柚果园。园中有花红、枇杷、橙、柿、软枣和山梨。毛桃甜桃函容陈列，梅树李树分布生长。百果裂开外壳，异色一同繁茂。朱红樱桃在春季成熟，素白茉莉在夏季盛开。

若是火星偏西下行，凉风猛烈，白露凝成，微霜聚积。这时紫梨滋润，榛子板栗破壳，葡萄随意生长，石榴竞相裂口。它们甘美到极点而自然脱落，香气分布滋味浓烈。园中还有依树蔓生的蒌叶，嫩蒲草，和埋入泥中的莲藕白茎。有重阳节佩戴的茱萸，有瓜田、芋垅、甘蔗和辛辣的生姜。它们和煦暖阳，分摊寒冷。太阳离去时草木茂密，月亮升起后纷披起舞。任由土地施加美妙，众多馈赠能够储存。

那些肥美的池泽，有聚集的茭笋，丛生的香蒲，绿色的菱角，红色的莲花。混杂滞积的水藻，糅合大萍和白蒿。聚合的茎干茂盛润泽，缠绕沾露的叶片繁密积聚。盛产的香果和时令菜品，王公们食用。池泽中还有鸿雁同类、天鹅伴侣、群飞的白鹭和沉水食鱼的鹈鹕。清晨野鸭飞来，随气候迁徙的大雁口衔芦苇。雁阵在树叶脱落的秋天向南飞翔，在凝冰融化的春天到北方去。它们云间飞动，水畔住宿，在清澈的沟渠引吭鸣叫。池泽深处，则有白色大鳖呼唤小鳖。黑色水獭把吃剩的鱼陈列水边，像人类在祭祀。黄鳝、鲟鱼、鳟鱼、武昌鱼、鲇鱼、乌鱼、吹沙小鱼和黄鲿鱼，它们区分鳞片排列颜色，鲜美形体合成彩章。跳跃波涛嬉戏流水，在江河中互相忘记。

于是乎内城坚如金铸，垒石加筑的外围城墙，双倍环绕市区。既美丽又高大，富裕号称成都。它开辟十八座通达的城门，划分两车并行的宽阔道路。在开阔干燥的高地经营新皇宫，比照汉承明殿的旁屋兴建房舍。盘旋阳城门的绵延栈道，在云中飞架观景台榭。导引高处长廊可以面对山峰，站位华丽窗口能够俯瞰江流。皇宫内则有议事大殿，封爵前堂。有武义门，虎威门。有名叫宣化的小宫门，名叫崇礼的宗庙门。门两边华丽的楼台皆可远望，层层大门洞开。门上铜制的兽面环钮交错映照，椽头上的玉饰相互晖明。皇宫外则轨迹八达，里巷的门对应进出。房屋并列房屋，飞檐连接飞檐，千座廊屋，万间内室。又有豪门贵族住宅，对着通道，临近大街。堂基

屋边显敞，高门进出四马乘车。正厅敲击钟磬，前殿弹奏琴瑟。不是诸葛丞相，不是姜维大将军，谁能这样安置？

其次讲少城，接壤皇城西，是市场栈房会合，万类商家的聚集处。它布列的通道重叠百层，包罗的店铺千间万间。财物货品堆积如山，纤细华丽似满天繁星。都市男女，盛服靓妆。商人交易贮积卖出，交错纵横。不同物品突出而特异，罕见于八方。有橦树绒花织成的布，桄榔茎髓制作的面粉。邛杖在大夏的城镇传递符节，蒟酱在番禺乡间流行滋味。箱车和人力车纷乱聚集，戴帽束带的士族官吏混在一起。连续轮毂，重叠车迹，绵延不断互相压过。嘈杂叫嚷像鼎中沸水，杂乱吵扰宇宙。喧嚣尘土扩张到天空，尘埃遮蔽了太阳。在市场聚落和技巧人家，百间内室附着房舍，织布机的转轴跟梭子互相配合。贝纹锦缎五彩织成，在江波中濯洗，颜色愈加鲜明。黄润细布排列布筒，成箱的黄金由此经过。其间有隆盛巨富，卓氏跟郑氏齐名。他们公开据有山川，经营私门生意。藏钱巨万，裁竹木做器具和裂布帛制衣服同时呈现。还以财力雄厚，威势炽盛边城。

蜀郡、广汉郡、犍为郡的英豪时来时往，在都市里培养互通关系，结识同伴，依附亲族朋党。他们剧烈对话，戏谑议论，扼住手腕激怒、振奋跟惋惜，或击掌深谈。出门坐骑连着坐骑，返回车辆跟从百乘。如遇旧俗送冬迎春，在吉日良辰置酒高堂，招待嘉宾。金质酒具居中摆放，荤菜果品四方陈列。敬人用清澈的酒，鲜味用紫鳞的鱼。手持羽状酒爵并坐拼酒，弦乐管乐于是响起。巴郡的美妇弹弦，广汉郡的少女击节。引动《西音》乐曲于急弦，唱起《江上曲》微风高飞的歌声。曲折长袖屡屡起舞，疾飞摇曳旋转飘逸，步履轻盈鱼贯前行。给足盛酒器推动筵席，斟满酒杯互相罚酒。今夜开怀畅饮，一醉接连几月。

至于临邛巨富卓王孙之类，蜀郡豪侠郤公之辈，在外田猎时追逐禽兽，里巷没有停留的人。他们并排乘坐良马，全都携带鱼纹箭袋。黑马黄马分在不同马群，组合四马驾车繁盛纷呈。往西经过岷山都安县的金堤，往东跨越犍为郡的璧玉津。月初分别，月底会合。不是一天天，不是十天半月地计算行程。踩踏茂密的草木，经过幽远的山谷。鹰犬迅疾，捕获鸟兽的网络已张开。兽群参差离散，鸟族纷乱栖止，在轻捷迅疾的奄忽之间，陷入了草木丛杂中的网罟。猎人们屠宰马鹿麋鹿，割截牦牛驼鹿，捆缚花纹蛇虫，跨骑彩斑老虎。志趣尚未放纵，时间将到傍晚。追随猎队轻捷行动的两翼，赶赴隔绝难通的远地。奔出岷山都安县彭门两山对峙的缺口，驰过邛崃山九折坂，经历巴东郡永安县三峡的高峻深邃，踩踏越巂郡五岊山的屈曲不平。戟刺舔食铜铁的貊兽，箭射食毒鹿。在茂盛草丛拍打貑人民族，在森林里弹击会说话的鸟。拔出象牙，破裂犀牛角，飞鸟折断翅膀，走兽残废腿脚。

也许还要去来相互亲近，且前往云南滇池，或聚集在巴郡的江洲。测试水深寄居，靠岸停泊轻身。询问长江神女的名字，跟神灵交游。网捕翠雀，垂钓鲇鱼鲉鱼，降下高天的鸿鹄，出水深潜的虯龙。吹奏洞箫，高唱船歌，感应到鲜鱼，触动了波涛之神阳侯。但见腾跃的波浪沸水般翻涌，产珠的贝壳浮行其间。好比天河包含繁星，光明照耀洪大的水流。

这才设宴款待打猎的人，张开帐篷和遮蔽尘埃的平幕，会聚在平原。酌取清酒，切割香喷喷的鲜肉。吃喝的侍从们畅快尽兴，贵宾和旅客随意盘桓。车马雷鸣般骇人，轰轰阗阗作响，像风在流动，如雨在飘散，漫漫无涯数百里间。这大概就是家宅土地的安乐，观览听闻的踊跃吧？怎么只说伊水、洛水跟黄河流域是天下的市集跟名利场呢？

若像卓越出众奇特诡变，豪迈洒脱不已，忽而纵线穿梭神怪，忽而横线交叉人理。远则岷山神灵，在天上为井宿区域。天帝运行到一定时日，就在这里聚会庆贺，大福布散而兴建起来。碧玉出自苌弘的血，子规鸟生于杜宇的魂。随意变化不同寻常，往昔见到奇伟。近则长江汉水显耀灵气，世世代代生长精英。文采华美如司马相如，洁净无垢像严君平。王褒光明灿烂而秀丽呈现，扬雄含美于内而耿直生存。深远思考，点缀通物得理的意识形态。铺陈辞藻，光照帝王朝廷。考察全天下，这些人可谓才智出众，在间隔魏朝的汉代享有盛名。因此，游玩谈论的人认为获得了愉悦，创造制作的人认为是效法的程式。

至于靠近山谷设置关塞，凭借山势构筑小城，其陡峭险要，堤埂等同长城。其深邃艰险，吞敌如像巨防。一人据守险隘，万夫不能趋近。公孙述在这儿跃马称帝，刘备下车自立为王。由此说来，天下何处优质？即使合并原周代各诸侯国的富有，仍然不如蜀都的无法计量。

【附笔】

左思在《三都赋序》里，不认可汉赋的一些语言风格。例如，司马相如《上林赋》引"卢橘夏熟"，意谓蜀中有一种卢橘，冬夏华实相继。晋灼曰："此虽赋上林，博引异方珍奇，不系于一也。"又如扬雄《甘泉赋》陈"玉树青葱"。师古曰："玉树者，武帝所作，集众宝为之，用供神也，非谓自然生之。"又班固《西都赋》叹"出比目"。《尔雅》曰："东方有比目鱼，不比不行。"又张衡《西京赋》述"游海若"。海若，海神也。

左思批评这类语言假称珍怪，以为润色。考察果木，不是生长在这片土壤。比较神物，不是出于赋所在的地方。于辞则易为藻饰，于义则虚而无征。

他作《蜀都赋》，先访问岷山岷江和邛州的旧事。写山川城邑则稽之地图，写鸟兽草木则验之方志，写风谣歌舞各附其俗。他说，升高能赋者，颂其所见也。美物者，贵依其本。赞事者，宜本其实。

月赋

[南朝宋]谢庄

谢庄,南朝宋阳夏人。七岁能文,仕至光禄大夫,善歌赋。

陈王初丧应刘,(陈王:假设陈王曹植。应刘:假设建安七子中的应玚和刘桢。)端忧多暇。(端:六朝时对幕僚的尊称。)绿苔生阁,芳尘凝榭。悄焉疚怀,不怡中夜。乃清兰路,肃桂苑。腾吹寒山,弭盖秋阪。(弭:读作"米",遗忘。)临濬壑而遥怨,(濬:读作"俊",深。)登崇岫而伤远。(岫:读作"秀",峰峦,岩穴。)于时斜汉左界,北陆南躔。(躔:读作"蝉",运行,经历。)白露暧空,(暧:读作"爱",昏暗,隐蔽。)素月流天。沉吟齐章,殷勤陈篇。(毛诗齐风曰:东方之月兮,彼姝者子,在我闼兮。又陈风曰:月出皎兮,佼人憭兮。)抽毫进牍,以命仲宣。(仲宣:假设建安七子的王粲,字仲宣。)

仲宣跪而称曰:臣东鄙幽介,长自丘樊。昧道懵学,孤奉明恩。臣闻沉潜既义,高明既经。日以阳德,月以阴灵。

擅扶光于东沼,(扶光:日光。扶桑为神树名,传说日出其下。东沼:汤谷,传说中的日出之处。)嗣若英于西冥。(若英:神树若木的花。西冥:昧谷,传说为日入之处。)引玄兔于帝台,集素娥于后庭。朒朓警阙,(朒:读作"女一去声",农历月初月见于东方。朓:读作"窕",农历月底月见西方。)胐魄示冲。(胐:读作"匪",新月初现光明。)顺辰通烛,从星泽风。增华台室,扬采轩宫。委照而吴业昌,(吴录:孙

策母吴氏，有身，梦月入怀。）沦精而汉道融。（汉书：元后母李氏，梦月入怀而生后，遂为天下母。）

若夫气霁地表，（霁：读作"记"，雨止，明朗。）云敛天末。洞庭始波，木叶微脱。菊散芳于山椒，（山椒：山顶。）雁流哀于江濑。（濑：读作"赖"，水流沙上，浅水。）升清质之悠悠，降澄辉之蔼蔼。列宿掩缛，（缛：读作"入"，繁密的采饰。）长河韬映。柔祇雪凝，（祇：读作"齐"，地神。柔祇：大地。）圆灵水镜。（圆灵：天空。）连观霜缟，周除冰净。

君王乃厌晨欢，乐宵宴，收妙舞，弛清县。去烛房，即月殿，芳酒登，鸣琴荐。

若乃凉夜自凄，风篁成韵。亲懿莫从，羁孤递进。聆皋禽之夕闻，（皋禽：鹤也。诗曰：鹤鸣九皋。）听朔管之秋引。（朔管：羌笛。秋引：商声。）于是弦桐练响，（练：通"拣"，挑选、选择。）音容选和。徘徊房露，惆怅阳阿。（房露、阳阿：皆古曲。）声林虚籁，沦池灭波。情纡轸其何托？（纡轸：读作"迂枕"，纡曲哀痛，郁结不解。）诉皓月而长歌。

歌曰：美人迈兮音尘阙，隔千里兮共明月。临风叹兮将焉歇，川路长兮不可越。歌响未终，余景就毕。满堂变容，迴遑如失。

又称歌曰：月既没兮露欲晞，岁方晏兮无与归。佳期可以还，微霜沾人衣。陈王曰善，乃命执事，献寿羞璧。敬佩玉音，复之无斁。（斁：读作"义"，厌倦，懈怠。）

（选自南朝梁昭明太子萧统编《文选》）

附：白话《月赋》

陈思王曹植，刚刚死去建安七子中的应场和刘祯。幕僚们丧期多闲暇，绿苔生于楼阁，芳尘凝聚台榭。他悄悄伤心，中夜不乐。于是清扫兰花暗香的路径，整理桂蕊湿落的园林。在冷落寂静的山岭腾马嘘气，在秋天的斜坡遗忘伞盖。下临深壑遥遥悲哀，上登高峰忧思远方。至此时，斜斜的银河在左方画界，太阳行经的北方七星在南方运行。白露弥漫空中，素月流辉天际。他沉吟《诗经·齐风》"东方之月"的章节，情意恳切于《诗经·陈风》

"月出皎兮"的章节,抽出笔毫,递上书版,命令仲宣作文。(王粲:字仲宣,建安七子之一。)

仲宣跪拜陈述:臣东方边邑的纤芥之人,长自篱笆围绕的山丘。不懂道理,学问昏惑,孤单地承受着圣明恩德。臣听说,像大地一样含蕴,达到众适合宜的极限。像天空一样高爽,达到常理常法的极限。太阳因为阳刚而得福,月亮因为阴柔而美善。

在日出东方的汤谷,据有扶桑之光。在日落西方的昧谷,延续若木之花。向渐台四星牵引玉兔,在天帝后宫降下嫦娥。月亮在月初出现于东方,在月底出现于西方,让人们警惕亏缺。乍明乍灭的新月,向人们垂示谦和。它依顺十二时辰,通畅烛照天下。随从列星,可以雨,可以风。它发扬光彩于轩辕星座,增添荣华在三公人家。垂临照耀孙策的母亲(梦月入怀而受孕),东吴的帝业开始昌盛。坠落精华给元后的母亲(梦月入怀而生后),汉朝的行辈能够和乐。

至于空气明朗地表,云层收聚天末,洞庭开始扬波,树叶微微脱落。菊丛在山顶散发芳香,雁阵在江畔流传哀声。升起悠悠的清澈质底,降下蔼蔼的澄明光辉。群星掩蔽彩饰,天河隐藏映照。柔顺的大地像凝聚白雪,圆圆的天空像明镜,像水面。连绵的宫观如霜晶一般洁白,四周的殿阶像冰体一般明净。

君王于是厌足了清晨的娱乐,喜欢夜里的宴会。停止妙舞,卸掉悬架上清越的钟磬。离开燃烛的房间,走到赏月大殿。芳酒自下而上进献,陈设的鸣琴屡屡奏响。

如果等到凉夜自然冷清,风吹竹篁发出悦耳的声音。没有哪位至亲跟从,孤身寄客依次前移。听鹤群在傍晚声闻旷野,闻羌笛在深秋凄怆的曲音。于是琴弦拣择声响,音容选择和谐。徘徊古曲《房露》,惆怅古曲《阳阿》。发声的丛林虚寂了音响,细纹的池塘消失了波痕。情绪纤曲哀痛怎堪托付?向着皓月悠悠歌吟。

歌曰:美人远离啊,声音尘迹暂缺。相隔千里啊,共此一轮明月。临风叹息啊,将在何处停歌?平野道路漫长,遥远不可逾越。歌声未毕,残剩的

月影接近消逝，满堂的人变容改色，彷徨若有所失。

又称颂歌谣曰：月亮已经沉没啊，露水将要消除。时光正当深夜啊，没有朋友可归属。佳期可以回家，微霜沾人衣服。陈思王曹植点赞。于是命令专职人员敬酒，馈赠玉璧结纳宾客。他敬佩仲宣的歌赋像瑞玉一般精美，反复吟哦，没有倦怠。

答谢中书书

[南朝梁]陶弘景

陶弘景,丹阳秣陵人,南朝齐梁思想家,隐居句曲山。因辅佐梁武帝萧衍建立梁朝,时称山中宰相。曾作诗:"山中何所有,岭上多白云。只可自愉悦,不堪持赠君。"萧然超脱于尘累之外。

山川之美,古来共谈。高峰入云,清流见底。两岸石壁,五色交辉。青林翠竹,四时俱备。晓雾将歇,猿鸟乱鸣。夕日欲颓,沉鳞竞跃。实是欲界之仙都。自康乐以来,未复有能与其奇者。

(选自清许梿编《六朝文絜》)

附:白话《答谢中书书》

山川的美,古来共同称颂。高峰入云,清流见底。两岸石壁,五色交辉。青林翠竹,四时俱备。晨雾即将消散,猿猴鸟群混杂鸣叫。夕阳快要西斜,沉潜的鱼儿竞相跳跃。这实在是人欲世界的仙境荟萃,自山水文章甲江左的康乐公谢灵运以来,不再有能赞美奇景的人了。

三峡

[北魏] 郦道元

郦道元，北魏范阳涿县人。为御史中尉，后任关右大使。旧有《水经》，记述河流水道一百三十七条。道元作注，增至一千二百五十条，成《水经注》四十卷，是我国古代的地理学名著。

自三峡七百里中，两岸连山，略无阙处。重岩叠嶂，隐天蔽日，自非亭午夜分，不见曦月。

至于夏水襄陵，沿溯阻绝。或王命急宣，有时朝发白帝，暮到江陵，其间千二百里，虽乘奔御风，不以疾也。

春冬之时，则素湍绿潭，回清倒影，绝巘多生怪柏，（巘：读作"眼"，险峻的山峰或山崖。柽：读作"称"，河柳。）悬泉瀑布，飞漱其间，清荣峻茂，良多趣味。

每至晴初霜旦，林寒涧肃，常有高猿长啸，属引凄异，空谷传响，哀转久绝。故渔者歌曰："巴东三峡巫峡长，猿鸣三声泪沾裳。"

（选自北魏郦道元《水经注》）

附：白话《三峡》

自三峡东流七百里内，两岸连山，全然没有空缺。重岩叠嶂，隐天蔽日，如果不是在正午或者夜半，就看不见阳光月色。

到了夏季洪水期，大水漫上丘陵，溯江而上的船都阻绝了。或许王命急召，有时日出从白帝城启行，傍晚已到江陵。其间一千二百里，即使驾驭奔马乘风而行，也不如轻舟迅疾。

春冬时节，白色急流相伴绿潭，回旋的清波倒映物影。险绝的山崖上长满河柳翠柏，悬泉瀑布飞流冲刷其间，清秀，光润，陡峭，茂盛，甚多趣味。

每逢初晴或凝霜的早晨，竹木寒冷，山涧萧瑟。高处常有猿猴长啸，连续久远特别悲凉，空谷传响，凄清婉转很久才断绝。所以渔夫唱道：巴东三峡巫峡长，猿鸣三声泪沾裳。

枯树赋

[北周] 庾信

庾信，北周南阳新野人。初仕南朝梁，奉使西魏，被留不放还。西魏亡，仕北周，官至骠骑大将军。虽居高位，常怀念南朝。唐杜甫《咏怀古迹》赞誉说："庾信平生最萧瑟，暮年诗赋动江关。"

殷仲文风流儒雅，海内知名。代异时移，出为东阳太守。尝忽忽不乐，顾庭槐而叹曰："此树婆娑，生意尽矣！"

至如白鹿贞松，（《十三州记》：甘肃敦煌有白鹿塞，多古松，白鹿栖息于下。）青牛文梓，（《史记·秦本纪》[正义]引《录异传》：秦文公时，雍南山有大梓树。文公伐之，有一青牛出，走入丰水中。）根柢盘魄，（盘魄：同"盘薄"，据持牢固貌。）山崖表里。桂何事而销亡，桐何为而半死？

昔之三河徙殖，九畹移根。（畹：读作"晚"，三十亩为一畹。泛指花圃或园地。）开花建始之殿，落实睢阳之园。声含嶰谷，（嶰：读作"谢"，山间沟壑。嶰谷：在今甘肃酒泉市南祁连山；相传黄帝命伶伦取嶰谷之竹作乐器。）曲抱云门。将雏集凤，比翼巢鹓。（鹓：读作"鸳"，与凤凰同类的鸟。）临风亭而唳鹤，对月峡而吟猿。

乃有拳曲拥肿，盘坳反覆。熊彪顾盼，鱼龙起伏。节竖山连，文横水蹙。（蹙：读作"促"，聚拢，皱。）匠石惊视，公输眩目。雕镌始就，剞劂仍加。（剞劂：读作"机决"，雕刻用的曲刀和曲凿。）平鳞铲甲，落角摧牙。重重碎锦，片片真花。纷披草树，散乱烟霞。

若夫松子古度，（唐代李善注《吴都赋》曰：古度，树也；不华而实，子皆从皮中出，大如安石榴。）平仲君迁。（唐代李善注《吴都赋》曰：平仲之木，实白如银。君迁之树，子如瓠形。）森梢百顷，槎枿千年。（槎枿：读作"察聂"，树木砍伐后重新生长的枝条。）秦则大夫受职，（《史记·秦始皇本纪》：始皇下泰山，风雨暴至，休于树下，因封其树为五大夫。）汉则将军坐焉。（《后汉书·冯异传》：诸将并坐论功，冯异常独屏树下，军中号曰大树将军。）莫不苔埋菌压，鸟剥虫穿。低垂于霜露，撼顿于风烟。

东海有白木之庙，西河有枯桑之社，北陆以杨叶为关，南陵以梅根作冶。小山则丛桂留人，扶风则长松系马。岂独城临细柳之上，（细柳：地名，在今陕西咸阳市西南。汉将军周亚夫屯军细柳营以备匈奴。）塞落桃林之下？（桃林：地名，约在今河南灵宝县以西。《左传·文公十三年》：晋侯使詹嘉处瑕，以守桃林之塞。）

若乃山河阻绝，飘零离别。拔本垂泪，伤根流血。（《三国志·魏书·武帝纪》注引《曹瞒传》：王使工苏越徙美梨，掘之，根伤尽出血。）火入空心，膏流断节。横洞口而欹卧，（欹：读作"启"。倾斜不正。）顿山腰而半折。文邪者合体俱碎，理正者中心直裂。戴瘿衔瘤，藏穿抱穴。木魅睒睗，（睒睗：读作"闪视"，疾视。）山精妖孽。

况复风云不感，羁旅无归。未能采葛，还成食薇。沉沦穷巷，芜没荆扉。既伤摇落，弥嗟变衰。淮南云："木叶落，长年悲。"斯之谓矣。

乃为歌曰：建章三月火，（建章：汉宫名，后泛指宫阙。《三国志·魏书·董卓传》：初平元年二月，焚烧洛阳宫室。）黄河千里槎。（槎：同"查"，读作"查"，木筏。）若非金谷满园树，（《晋书·石崇传》：崇有别馆在河阳之金谷。石崇《思归引序》：河阳别业"百木几于万株"。）即是河阳一县花。（《白氏六帖》：潘岳为河阳令，树桃李花，人号曰河阳一县花。）

桓大司马闻而叹曰："昔年移柳，依依汉南。今看摇落，凄怆江潭。树犹如此，人何以堪！"（《晋书·桓温传》：桓温自江陵北伐，行经金城，见年轻时任琅邪太守所种柳树皆已十围，慨然曰："木犹如此，人何以堪！"攀枝执条，泫然流涕。）

（依据唐褚遂良刻本，参考民国谭延闿楷书）

附：白话《枯树赋》

晋殷仲文风流儒雅，海内知名。朝代变异时光流逝，外放做东阳太守。曾经恍然若失不开心，看着堂前槐树叹息道："这棵树扶疏纷披，生机殆尽了。"

至于像敦煌白鹿塞挺直的古松，雍南山走出青牛的白纹大梓树，它们的根须牢固据持土壤，跟山崖做内外邻居。而一般的桂树，为了什么事就衰削灭亡了？一般的桐树，做过什么就半死不活？

昔日从河内、河南、河东三郡迁徙种植，从众多园圃移动木株，开花在洛阳曹操营造的建始殿，结果在睢阳的梁孝王园圃。发声包含嶰谷竹管创制的律吕，和声环绕《云门》古乐。携带幼鸟栖息凤凰，翅膀挨翅膀巢居鹓鸟。临近乘风亭榭有白鹤高叫，面对月光峡谷听猿猴长啼。

于是树木有拳曲隆起，盘错转角，翻覆倾动。像熊彪顾盼，鱼龙起伏。它们枝节竖立如山山相连，纹理横遮似水面柔波。庄子《人间世》的匠人阿石惊讶观察，鲁国巧匠公输班眼光迷惑。然后，开始遭遇雕镂凿刻，频繁施加曲刀曲凿。平舒表层薄片，铲削外皮硬壳，除去突起的疙瘩，折断枝桠的尖角。刻出重重碎锦，雕出片片真花，精细成纷披的草树，配饰散乱的烟霞。

如果像那些松子可食的青松，不开花就结果的古度树，果实银白的平仲树，果实像葫芦的君迁树，高耸繁密的枝梢百顷宽广，砍伐后重生的枝条千年长久。泰山有古松，秦始皇授职五大夫。汉代有大树，将军冯异独坐其下。它们莫不苔藓掩埋，菌芝逼压，鸟雀剥裂，昆虫穿孔。在霜露下低俯垂挂，在风烟中撼动僵仆。

东海有白木庙宇，西部黄河有枯桑被奉为神社，北方陆地以杨叶做关卡名称，南方山陵拿梅树根冶炼金属。汉淮南小山《招隐士》篇，有"桂树丛生兮山之幽"，"攀援桂枝兮聊淹留"的文句。晋刘琨《扶风歌》，有"系马长松下"的诗句。难道仅仅城郭守卫在细柳之上（汉将军周亚夫屯军细柳营以备匈奴），边塞居处在桃林之下？（春秋时晋侯使詹嘉守桃林塞。）

至于山河阻绝，飘零离别。拽出茎干枝叶垂泪，损伤根部根须流血。火中投入空心的朽木，油脂流出断裂的枝节。横遮洞口像似斜卧，僵仆山腰已是半折。纹理歪斜的树，整体完全破碎。纹理端正的树，中心径直开裂。它们还覆载缠绕的疙瘩，互联郁结的包块，匿藏穿透的虫眼，引聚孵卵的鸟巢。树妖藉此闪烁疾视，山神以为怪异反常。

况且，局势际遇做不到同类互相感应，我寄居客途无法回家。未能吟唱采摘葛藤，一日不见如隔三月的姑娘。反而成了采薇而食，即将饿死的伯夷叔齐。沉沦穷巷，淹没在杂草丛生的柴门里。既忧伤草木凋谢零落，更叹惜事物由强变衰。《淮南子》说："树木叶落，老人悲哀。"就是讲的这种情况。

于是作歌曰：建章宫三月大火所焚烧的木材，黄河千里木筏使用的原料，如果不是晋石崇金谷别墅满园的树木，就是晋潘岳任河阳令时一县的春花。

晋桓温大司马知道此身无常，慨然叹息道："昔年移栽柳树，茂盛轻柔生长在汉南。今看絮叶凋落，凄凉怆恻在江水边。树已经这样了，人怎么经受得住哦！"

【附笔】

据说毛泽东晚年患病，常常吟哦《枯树赋》而流泪。见一叶落即知岁之将暮，睹一树枯已叹老病渐至。何年的秋风不萧瑟，何方的草木不摇落，何人逃得过由盛转衰的那一天？由是知《枯树赋》乃吾辈必读短什。

秋声赋

[宋] 欧阳修

欧阳修，宋庐陵吉水人。天圣八年进士，官至枢密副使，参知政事。因议新法，跟王安石不合，退居颍川。一生博览群书，以文章著名，为唐宋八大家之一。

欧阳子方夜读书，闻有声自西南来者，悚然而听之，曰："异哉，初淅沥以萧飒，忽奔腾而砰湃，如波涛夜惊，风雨骤至。其触于物也，鏦鏦铮铮，（鏦：读作"匆"，用矛戟撞刺。铮：读作"争"，金属撞击声。）金铁皆鸣。又如赴敌之兵，衔枚疾走，不闻号令，但闻人马之行声。"余谓童子曰："此何声也？汝出视之。"童子曰："星月皎洁，明河在天。四无人声，声在树间。"

余曰："噫嘻悲哉，此秋声也，胡为乎来哉？盖夫秋之为状也，其色惨淡，烟霏云敛。其容清明，天高日晶。其气慄冽，砭人肌骨。其意萧条，山川寂寥。故其为声也，凄凄切切，呼号奋发。丰草绿缛而争茂，（缛：读作"入"，繁密的彩饰。）佳木葱茏而可悦。草拂之而色变，木遭之而叶脱。其所以摧败零落者，乃一气之余烈。

"夫秋，刑官也，于时为阴。又兵象也，于行为金。是谓天地之义气，常以肃杀而为心。天之于物，春生秋实。故其在乐也，商声主西方之音，夷则为七月之律。（夷：平也。则：法也。言万物既成可法则。）商，伤也，物既老而悲伤。夷，戮也，物过盛而当杀。

"嗟乎！草木无情，有时飘零。人为动物，惟物之灵。百忧感其心，万事劳其形。有动乎中，必摇其精。而况思其力之所不及，忧其智之所不能？宜其渥然丹者为槁木，（渥：读作"卧"，光润，光泽。）黟然黑者为星星。（黟：读作"衣"，黑色。）奈何非金石之质，欲与草木而争荣！念谁为之戕贼，（戕：读作"枪"，残杀，毁坏。）亦何恨乎秋声？"

童子莫对，垂头而睡。但闻四壁虫声唧唧，如助予之叹息。

（选自清吴楚材、吴调侯编《古文观止》）

附：白话《秋声赋》

欧阳先生夜间正读书，耳闻有声音从东南方传来。他惊惧地倾听，说："奇怪哦，初始渐渐沥沥，萧萧飒飒。忽然飞奔腾跃，撞击相激，像波涛夜惊，风雨骤至。接触到物体，鏦鏦铮铮如金铁鸣响。又如奔赴仇敌的军队，口含筷子形状防止喧哗的小棍，急速移动。听不见号令，只闻人马行走声。"我对童子说："这是什么声音？你出去看看。"童子答："星月洁净明亮，银河在天。四处没有人声，鸣声在树林间。"

我说："天哪悲怆啊，这是秋天的声音，它是怎样生成和到来的？但凡秋季成形，景色寒冷消瘦，浮烟弥漫云气聚集。容貌清净明朗，天空高远阳光明亮。气息瑟缩凌冽，刺激人的肌肤骨骼。感受凋零闲逸，山野河流寂静空旷。所以它发声，凄凄切切，呼号奋发。在丰草碧绿彩饰繁密争相茂盛之时，佳木青葱茏茸深处正堪愉悦之际，草被它拂过即变色，树遭遇它就落叶。它可以如此推动衰朽、凋零脱落的原因，是因为这一轮气候的饱和威烈。

"秋，掌管刑杀，在季节为寒冷。又象征战争，在行为是顺从与变革。这叫天地的尊严之气，常以峻急削杀为主旨。自然界给与万物，春天生长，秋天结实。所以，秋在音乐里属商声，主象西方的声音。寓意万物既成可以法则的夷则，（夷则：古乐十二律之一。）为农历秋七月的乐律。商，是伤创，万物已经衰老，像似在悲伤。夷，是戮灭，万物经过茂盛顶点便承受削杀。

"哎呀，草木没有情志，自有飘飞零落的季节。人是动物，得万物灵秀而通晓事理。百种忧虑感应在心头，万般事务疲劳于形体。内心有感动，必定摇晃其精神。何况思考自己力量所达不到的东西，担心自己智慧所不擅长的东西？当然色泽红润的人将变成枯树，乌黑头发将变成闪亮的斑白。怎么安顿并非金石的躯体，想要跟草木争竞美色啊！考虑谁充当了摧残因素，又岂会怨恨秋天的声音？"

童子不回答，垂头睡觉。只听四壁虫声唧唧，像在助力我的叹息。

木假山记

[宋] 苏洵

木之生，或蘖而殇，（蘖：读作"聂"，植物萌芽。殇：读作"伤"，未成年而死。）或拱而夭。幸而至于任为栋梁则伐。不幸而为风之所拔，水之所漂，或破折，或腐。幸而得不破折不腐，则为人之所材，而有斧斤之患。

其最幸者，漂沉汩没于湍沙之间，不知其几百年。而其激射啮食之余，或仿佛于山者，则为好事者取去，强之以为山，然后可以脱泥沙而远斧斤。

而荒江之濆，（濆：读作"焚"，水边高地。）如此者几何？不为好事者所见，而为樵夫野人所薪者，何可胜数？则其最幸者之中，又有不幸者焉。

予家有三峰，予每思之，则疑其有数存乎其间。且其蘖而不殇，拱而不夭，任为栋梁而不伐，风拔水漂而不破折不腐。不破折不腐，而不为人所材，以及于斧斤。出于湍沙之间，而不为樵夫野人之所薪，而后得至乎此，则其理似不偶然也。

然予之爱之，则非徒爱其似山，而又有所感焉。非徒爱之，而又有所敬焉。予见中峰，魁岸踞肆，意气端重，若有以服其旁之二峰。二峰者，庄栗刻峭，凛乎不可犯。虽其势服于中峰，而岌然无阿附意。吁！其可敬也夫！其可以有感也夫！

（选自清姚鼐编《古文辞类纂》）

附：白话《木假山记》

树木生长，有的初萌嫩芽就死了，有的两手合围便夭折。幸而至于堪为栋梁，则遭砍伐。不幸被风拔出，被水冲走，或破折，或腐烂。幸而能不破折不腐烂，则被人认为有用，而有斧斤祸患。

其中最幸运的，漂沉沦没在湍急河流的泥沙间，不知几百年。它们在水浪激射、砂石咬蚀之后，或许仿佛像山峰，就有好事者取去，勉强制成假山，然后可以逃脱泥沙，远离斧斤。

而在荒野江边，如此像山峰的残木有多少？它们不被好事者看见，却遭樵夫野人砍做柴火，怎么数得完？就是说，最幸运的树木中，又有不幸者。

我家木假山有三座山峰，我常思考，怀疑有运气存在其间。假如萌芽状态不早死，两手合围不夭折，成为栋梁不砍伐，风拔水漂不破折不腐烂。不破折不腐烂，还不被人认为有用，连及到斧斤。出于湍急河流的泥沙之间，不被樵夫野人砍做柴火，然后才能到达此地。那么，其间的顺遂似乎不偶然。

可是我爱它，不仅爱它像山，还又有所感动。不仅爱它，还又有所敬肃。我看见中峰魁梧伟岸，蹲坐正直，意气端重，若有命令慑服旁边的两峰。两旁山峰则庄重谨敬，陡峻秀拔，凛然不可触犯。虽说态势服从中峰，却高耸无迎合附和的意思。嗨，木假山可敬吧！可以有感动吧！

核舟记

[明] 魏学洢

魏学洢，明末嘉善人。清代张潮编《虞初新志》，收入了《核舟记》。

明有奇巧人曰王叔远，能以径寸之木，为宫室、器皿、人物，以至鸟兽、木石，罔不因势象形，各具情态。尝贻余核舟一，盖大苏泛赤壁云。

舟首尾长约八分有奇，高可二黍许。中轩敞者为舱，箬篷覆之。（箬：读作"若"，箬竹，叶阔大，可以编笠。）旁开小窗，左右各四，共八扇。启窗而观，雕栏相望焉。闭之，则右刻"山高月小，水落石出"，左刻"清风徐来，水波不兴"，石青糁之。（糁：读作"伞"，散开，黏。）船头坐三人，中峨冠而多髯者为东坡，佛印居右，鲁直居左。苏、黄共阅一手卷。东坡右手执卷端，左手抚鲁直背。鲁直左手执卷末，右手指卷，如有所语。东坡现右足，鲁直现左足，各微侧，其两膝相比者，各隐卷底衣褶中。（褶：读作"者"，衣裙的褶皱。）佛印绝类弥勒，袒胸露乳，矫首昂视，神情与苏、黄不属。卧右膝，诎右臂支船，（诎：读作"曲"，屈曲，折卷。）而竖其左膝，左臂挂念珠倚之——珠可历历数也。舟尾横卧一楫。楫左右舟子各一人。居右者椎髻仰面，左手倚一衡木，右手攀右趾，若啸呼状。居左者右手执蒲葵扇，左手抚炉，炉上有壶，其人视端容寂，若听茶声然。

其船背稍夷，则题名其上。文曰"天启壬戌秋日，虞山王毅叔远甫刻"，

细若蚊足，钩画了了，其色墨。又用篆章一，文曰"初平山人"，其色丹。通计一舟，为人五；为窗八；为箬篷，为楫，为炉，为壶，为手卷，为念珠各一；对联、题名并篆文，为字共三十有四。而计其长曾不盈寸。盖简桃核修狭者为之。(简：通"柬"，选择。) 嘻，技亦灵怪矣哉！

(选自清张潮编《虞初新志》)

附：白话《核舟记》

明代有个奇巧人，叫王叔远，能用直径一寸的木材，雕刻宫室、器皿、人物，以及鸟兽、树木和石头，无不顺随原料形貌模拟物象，各个完备情态。曾经送我一条果核舟，刻着宋代东坡居士苏轼泛舟赤壁的形态。

舟从头至尾长八分有余，高约二分。中间高起宽敞的部分是船舱，箬竹篷覆盖。舱旁开小窗，左右各四，共八扇。启窗观看，雕纹栏杆互相对望。闭窗，则右边刻着《后赤壁赋》语"山高月小，水落石出"，左边刻着《前赤壁赋》语"清风徐来，水波不兴"，涂石青色。船头坐着三个人，当中戴高帽多胡须的是东坡，僧人佛印居右，文友黄庭坚(字鲁直)居左。苏、黄两人共阅一幅书画长卷。东坡右手持画卷顶端，左手抚摩鲁直的背。鲁直左手握画卷末尾，右手指向画卷，像有所谈论。东坡露出右脚，鲁直露出左脚，各自微微侧身，两膝互相亲近，都隐藏在画卷底下的衣服褶皱里。佛印极像弥勒佛，袒胸露乳，举头昂视，神情跟苏、黄不同类。他横陈右膝，曲卷右臂支撑船板，竖立左膝，左臂挂念珠倚靠左膝，念珠可以清晰地逐一数出来。舟尾横卧一只船桨，桨左右船工各一人。居右的船工椎形发髻，仰面朝天，左手倚靠着一根横木，右手拉拽右脚趾头，像在撮口长呼的情形。居左的船工右手拿蒲葵扇，左手按炉灶，炉灶上有水壶。此人眼神端正，容貌闲静，像在倾听煮茶的声音。

这条船的顶部略微平坦，就在上面题名。文字为"天启壬戌秋日，虞山王毅叔远甫刻"，字迹细得像蚊子脚，勾画清楚明白，字色黑。又用一方篆字图章，文字为"初平山人"，字色朱红。通计一条船上，刻了五个人，八扇窗。刻了箬竹篷，船桨，炉灶，水壶，书画长卷，念珠各一件。对联、题名和篆文，共刻三十四字。而计算船的长度，竟然不满一寸，大概是挑选狭长桃核雕镂的。嘻，技艺确实灵巧奇异啊！

卷三　聚会

夫天地者，万物之逆旅。光阴者，百代之过客。而浮生若梦，为欢几何？古人秉烛夜游，良有以也。

兰亭集序

[晋] 王羲之

王羲之，晋琅琊临沂人。官至右军将军、会稽内史，世称书圣。晋和帝永和九年三月上巳，与同伴谢安、孙绰、郄昙、魏滂等三十二人，并其弟凝之、涣之、元之、献之辈九人，宴集于浙江绍兴府西南的兰亭，据传为越王勾践种兰的地方，作《兰亭集序》。

永和九年，岁在癸丑，暮春之初，会于会稽山阴之兰亭，修禊事也。（禊：读作"细"，古俗，三月上旬巳日在水滨洗濯，袚除不祥，清去宿垢。携饮食在野外宴饮，称为禊饮。自三国魏之后，但用三月三日修禊事。）群贤毕至，少长咸集。

此地有崇山峻岭，茂林修竹，又有清流激湍，映带左右，引以为流觞曲水，列坐其次。虽无丝竹管弦之盛，一觞一咏，亦足以畅叙幽情。是日也，天朗气清，惠风和畅。仰观宇宙之大，俯察品类之盛，所以游目骋怀，足以极视听之娱，信可乐也。

夫人之相与，俯仰一世。或取诸怀抱，悟言一室之内；或因寄所托，放浪形骸之外。虽取舍万殊，静躁不同，当其欣于所遇，暂得于己，快然自足，不知老之将至；及其所之既倦，情随事迁，感慨系之矣。向之所欣，俯仰之间，已为陈迹，犹不能不以之兴怀，况修短随化，终期于尽！古人云："死生亦大矣。"岂不痛哉！

每览昔人兴感之由，若合一契，未尝不临文嗟悼，不能喻之于怀。固知一死生为虚诞，齐彭殇为妄作。后之视今，亦犹今之视昔，悲夫！故列叙时人，录其所述，虽世殊事异，所以兴怀，其致一也。后之览者，亦将有感于斯文。

（选自清吴楚材、吴调侯编《古文观止》）

附：白话《兰亭集序》

永和九年，岁在农历癸丑。暮春之初，聚会在会稽山北坡的兰亭，修治祓禊之礼。朋辈贤达悉数到来，年轻人和老年人全都集合。

此地有崇山峻岭，茂林修竹。又有清澈流水飞溅冲刷，映照围绕左右，延伸作放置酒杯的环曲水渠，杯顺水流，停在谁面前谁就取饮。大家列坐渠畔，虽然没有丝竹管弦的隆重，然而一杯酒，一首诗，也足以畅叙深情。这一天啊，天朗气清，惠风和畅。仰观宇宙的广大，俯察品类的盛多，适宜放眼观览，驰骋襟怀。足以极尽视听欢乐，确实值得喜悦。

人与人相交，周旋应付一辈子，或者坦露胸怀抱负，面对面交谈在一室之内。或者凭借合宜的寄托，恣纵谑浪在形骸之外。尽管取舍万般差异，静止躁动不同，当其欣喜于所遇，暂时投契于己，喜滋滋自我满足，竟然不知道衰老将到来。等到其中所滋生的东西已厌倦，情绪随着事物迁化，感慨顺势产生。从前喜悦的东西，低头抬头之间已为陈旧事迹，尚且不能不因为它们而兴起思念。何况寿命长短跟随造化，最终会合在生命尽头。古人说："死生的确重大。"岂不悲伤哦！

每当看到前人引发感动的缘由，好像符合一份契约。未曾不对着文章慨叹哀伤，不能开解心结。确知划一死生是虚幻荒唐，整齐彭祖那样的长寿跟未成年而死，是狂乱操作。后人观察今人，也犹如今人看待昔人。悲哀呀！所以依次记述聚会的人，收录他们的撰述。纵使时代超越，事物不同，为了什么而奋发胸怀，其情趣意志是一样的。后世读者，也将有感于今天的雅聚。

春赋

[北周] 庾信

宜春苑中春已归，披香殿里作春衣。新年鸟声千种啭，二月杨花满路飞。河阳一县并是花，金谷从来满园树。一丛香草足碍人，数尺游丝即横路。

开上林而竞入，拥河桥而争渡。出丽华之金屋，下飞燕之兰宫。钗朵多而讶重，髻鬟高而畏风。眉将柳而争绿，面共桃而竞红。影来池里，花落衫中。苔始绿而藏鱼，麦才青而覆雉。吹箫弄玉之台，鸣佩凌波之水。移戚里而家富，入新丰而酒美。石榴聊泛，蒲桃酸醅。（酸醅：读作"破胚"，重酿未滤的酒。）芙蓉玉碗，莲子金杯。新芽竹笋，细核杨梅。绿珠捧琴至，文君送酒来。

玉管初调，鸣弦暂抚，《阳春》《渌水》之曲，对凤回鸾之舞。更炙笙簧，（炙：读作"制"，受熏陶，受教诲。）还移筝柱。月入歌扇，花承节鼓。协律都尉，射雉中郎，停车小苑，连骑长杨。金鞍始被，柘弓新张。（柘：读作"蔗"，树名。又名黄桑，叶子可养蚕，木材可作弓。）拂尘看马埒，（埒：读作"列"，矮墙。马埒：习射驰道，两侧有矮墙，使不外骛。）分朋入射堂。马是天池之龙种，带乃荆山之玉梁。艳锦安天鹿，新绫织凤皇。

三日曲水向河津，（曲水：古俗，农历三月上旬巳日，到东流水上洗濯宴乐，祓除不祥，称曲水。自三国魏后，但用三月三日。）日晚河边多解神。（解神：祈神还愿。）树下流杯客，沙头渡水人。镂薄窄衫袖，（薄：后作"箔"，金属薄片，涂过金属粉的纸。）穿珠帖领巾。（穿：同"串"，连贯成串的东西。）百丈山头日欲斜，三晡未醉莫还

家。(三晡：傍晚时分。) 池中水影悬胜镜，(影：同"映"，照射。) 屋里衣香不如花。

(选自清许梿编《六朝文絜》)

附：白话《春赋》

宜春苑中春天已归来，披香殿里正制作春衣。新年鸟声千百种婉转，二月杨花满路飘飞。河阳一县遍开桃花，金谷从来满园绿树。一丛丛兰草值得牵挂，数尺游动的柳丝遮挡道路。

打开上林苑门，游客竞相踏入。拥挤的河桥下，人们争先渡过。美女们走出阴丽华的藏娇金屋，舍去赵飞燕兰房椒壁的后宫。花钗朵朵，因为量大而惊讶太重。发髻如环，高高耸起而害怕吹风。眉似柳叶在较量谁更绿，面如桃花在比赛谁更红。倩影倒映池水里，花瓣斜飘衣衫中。但见水苔开始泛绿，下藏游鱼。麦垄青翠连天，遮盖住野鸡。胜景有《列仙传》萧史吹箫，跟秦穆公女儿弄玉结为夫妻的凤凰台。有《洛神赋》曹子建解玉佩相邀，神女凌波微步的洛水。人情好似万石君石奋徙居乡里，能够家庭富裕。如同步入汉高祖为父亲思乡而建的新丰城，酒水特别甘美。石榴略微裂开，葡萄初酿新酒。描画芙蓉的玉碗，彩绘莲子的金杯，盛着新芽竹笋和细核杨梅。美貌善吹笛的绿珠，捧琴而至。当垆卖酒的卓文君，送酒前来。

玉制的管乐器初次调试，鸣声的琴弦暂时抚弄。奏响《阳春》《渌水》乐曲，跳起凤凰成对鸾鸟回旋的舞蹈。又熏陶笙簧，还欣慕筝柱。圆月契合歌者的合欢扇，鲜花簇拥节日的大鼓。协律都尉和射雉中郎，停车在小苑，连骑于长杨榭。他们金鞍刚披挂，柘弓新张开。拂拭尘土，看看习射驰道。分配同伴，进入宽阔平坦的射箭场。马是天池龙种，腰带上配饰荆山玉梁产的美玉。艳丽锦袍安排有天鹿，崭新绫罗上织着凤凰。

三月三日面向河水洗濯宴乐，祓除不祥。日已向晚，河边还有许多人祈神还愿。树下移动着纵酒游客，沙滩上等候渡水的人。镂刻金箔成窄袖单衣的人形，戴在鬓边，寓意人入新年改旧从新。珍珠项链紧贴披巾。百丈山头夕阳快倾斜了，傍晚没喝醉不准回家。池中春水映照，胜过悬挂的镜子。屋里衣香不如野花。

滕王阁序

[唐]王勃

王勃，唐绛州龙江人。少有逸才，曾做沛王府修撰。因作《斗鸡檄》文，高宗担心他辅佐王子滋生争斗之渐，黜之。上元二年赴交趾省父，渡海溺死。

豫章故郡，（豫章：汉朝设置的郡，治所在南昌。汉高帝六年置南昌县。隋开皇九年以郡名邑。）**洪都新府。**（隋唐置洪州。唐上元二年改置南昌军，设大都督府。句中"洪"即洪州；"都"指唐代军队编制单位。）**星分翼轸，**（翼：星名，南方朱雀七宿中的第六宿。轸：读作"枕"，星名，南方朱雀七宿的最末一宿。）**地接衡庐。襟三江而带五湖，**（三江：泛指长江中下游。旧说长江流过鄱阳湖，分成三道入海，称三江。五湖：太湖及附近湖泊。）**控蛮荆而引瓯越。**（蛮：古时对南方少数民族的泛称。荆：古九州之一，包括今湖北省中南部，湖南省中北部，四川省和贵州省的一部分。瓯越：其一指广东海南岛地区。其二指秦汉时分布在浙江南部的部族，因地濒瓯江，故名；也叫东越。）**物华天宝，龙光射牛斗之墟；人杰地灵，徐孺下陈蕃之榻。**（《后汉书·徐稚传》：徐稚，字孺子。家贫，常自耕稼，非其力不食。时陈蕃为太守，在郡不接宾客，唯稚来特设一榻，去则悬之。）

雄州雾列，俊采星驰。台隍枕夷夏之交，宾主尽东南之美。都督阎公之雅望，棨戟遥临；（棨：读作"启"，官吏仪仗，木制，形如戟，外罩赤黑色缯衣，出行时执以前导。）**宇文新州之懿范，襜帷暂驻。**（襜：读作"搀"，车帷，襜帷，代指车驾。）

十旬休假,(唐代官吏每十日休息一天,称旬休。)胜友如云;千里逢迎,高朋满座。腾蛟起凤,孟学士之词宗;紫电清霜,王将军之武库。家君作宰,路出名区;(《新唐书·文艺上·王勃传》:父亲左迁交趾令,勃往省。)童子何知,躬逢胜饯。

时维九月,序属三秋。潦水尽而寒潭清,烟光凝而暮山紫。俨骖騑于上路,(俨:读作"演",昂头。骖騑:读作"餐非",驾车时位于两旁的马。)访风景于崇阿;临帝子之长洲,(帝子:帝王儿女。此指唐高祖第二十二子李元婴,封滕王,曾任洪州都督。)得天人之旧馆。层峦耸翠,上出重霄;飞阁流丹,下临无地。鹤汀凫渚,(汀:读作"听",水边小洲。凫:读作"伏",野鸭。渚:读作"主",水中小块陆地。)穷岛屿之萦回;桂殿兰宫,即冈峦之体势。披绣闼,俯雕甍,(甍:读作"蒙",栋梁,屋顶四角伸出的飞檐。)山原旷其盈视,川泽纡其骇瞩。(纡:读作"迂",纡回曲折。)闾阎扑地,钟鸣鼎食之家;舸舰迷津,青雀黄龙之舳。

云销雨霁,彩彻区明。(区:天空。)落霞与孤鹜齐飞,秋水共长天一色。渔舟唱晚,响穷彭蠡之滨;(彭蠡:湖名。隋时因湖接鄱阳山,故又名鄱阳湖。)雁阵惊寒,声断衡阳之浦。遥襟甫畅,逸兴遄飞。(遄:读作"传",疾速。)爽籁发而清风生,纤歌凝而白云遏。睢园绿竹,(睢园:汉梁孝王刘武筑。为游赏延宾之用,当时名士司马相如、枚乘、邹阳皆为座上客。)气凌彭泽之樽;(彭泽:县名。晋陶潜曾为彭泽令。公田悉令种酿酒的秫谷,曰:"令吾常醉于酒,足矣。")邺水朱华,(邺县,汉末封曹操,魏置邺都。曹植《公宴诗》有"朱华冒绿池"句。朱华:指红色的荷花。)光照临川之笔。(临川:地名。南朝宋谢灵运曾为临川内史。南朝梁钟嵘《诗品·宋临川太守谢灵运诗》:"其源出于陈思。")四美具,二难并。

穷睇眄于中天,(睇眄:读作"地免",流观,环视。)极娱游于暇日。天高地迥,(迥:读作"窘",远。)觉宇宙之无穷;兴尽悲来,识盈虚之有数。望长安于日下,目吴会于云间。地势极而南溟深,天柱高而北辰远。关山难越,谁悲失路之人?萍水相逢,尽是他乡之客。怀帝阍而不见,(阍:读作"昏",天门,比喻宫门。)奉宣室以何年?(汉未央宫有宣室殿,孝文帝曾于此见贾谊,问鬼神事。)

嗟乎!时运不齐,命途多舛。(舛:读作"喘",相违背,不顺。)冯唐易老,(《史记·冯唐传》:武帝立,求贤良,举冯唐。唐时年九十余,不能复为官。)李广难封。(《汉书·李广传》:"自汉征匈奴,广未尝不在其中","然终无尺寸功以得封邑"。)屈贾谊于长沙，（《汉书·贾谊传》：文帝"议以谊任公卿之位。绛、灌、东阳侯、冯敬之属尽害之"。"于是天子后亦疏之，不用其议，以谊为长沙王太傅"。）非无圣主；窜梁鸿于海曲，（海曲：犹言海隅，指沿海偏僻地区。《后汉书·逸民传》：梁鸿适吴，作诗曰："求鲁连兮海隅"，意谓去海边感应战国齐人鲁仲连不受爵位的美德。吴，泛指我国东南地区。）岂乏明时？所赖君子见机，达人知命。老当益壮，宁移白首之心？穷且益坚，不坠青云之志。酌贪泉而觉爽，（贪泉：在今广东南海县西北，世传饮之者其心无厌。晋吴隐之性廉洁，酌而饮之曰："试使夷齐饮，终当不易心。"）处涸辙以犹欢。北海虽赊，扶摇可接；东隅已逝，桑榆非晚。（日出东方，故以东隅指早晨。《太平御览》引《淮南子》："日西垂景在树端，谓之桑榆。"故以桑榆指日暮。《后汉书·冯异传》有"失之东隅，收之桑榆"句，比喻先负后胜。）孟尝高洁，空余报国之情；阮籍猖狂，岂效穷途之哭？（《晋书·阮籍传》：时率意独驾，不由径路，车迹所穷，辄恸哭而反。）

勃，三尺微命，（三尺：古时在三尺长的竹简上刻写法律，使百官万民循守，称三尺法，简称三尺。）一介书生。无路请缨，等终军之弱冠；（《汉书·终军传》：南越与汉和亲。军自请："愿受长缨，必羁南越王而致之阙下。"军遂往说越王。越相吕嘉不欲内属，发兵攻杀其王，及汉使者皆死。军死时年二十余。）有怀投笔，（《后汉书·班超传》：家贫，常为官佣书以供养。尝辍业投笔叹曰："大丈夫无他志略，犹当效傅介子、张骞立功异域，以取封侯。"）慕宗悫之长风。（《宋书·宗悫传》：悫年少时，叔父问其志。悫曰："愿乘长风破万里浪。"）舍簪笏于百龄，（簪：读作"暂一阴平"。笏：读作"互"。官吏奏事，插笔于发簪，手执笏板，因指为官。）奉晨昏于万里。非谢家之宝树，（《晋书·谢玄传》：谢安问子侄："怎样预做人事准备，才恰使子弟美好？"谢玄答："譬如芝兰玉树，要使他们生在庭阶。"宝树犹玉树，比喻姿貌秀美才干优异的人。）接孟氏之芳邻。他日趋庭，叨陪鲤对；（《论语·季氏》：孔子尝独立，鲤趋而过庭。曰："学诗乎？"对曰："未也。""不学诗，无以言。"鲤退而学诗。）今兹捧袂，喜托龙门。（《后汉书·李膺传》：膺独持风裁，以声名自高。士有被其容接者，名为登龙门。）杨意不逢，（《史记·司马相如传》：蜀人杨得意为狗监侍上。上读《子虚赋》而善之，曰："朕独不得与此人同时哉！"得意曰："臣邑人司马相如自言为此赋。"上惊，乃召问相如。）抚凌云而自惜；（《史记·司马相如传》：相如既奏《大人之颂》，天子大说，飘飘有凌云之气，似游天地之间意。）钟期既遇，奏流水以何惭？

呜呼！胜地不常，盛筵难再，兰亭已矣，梓泽丘墟。临别赠言，幸承恩于伟饯；登高作赋，是所望于群公。敢竭鄙怀，恭疏短引，一言均赋，四韵俱成：滕王高阁临江渚，佩玉鸣鸾罢歌舞。画栋朝飞南浦云，珠帘暮卷西山雨。闲云潭影日悠悠，物换星移几度秋。阁中帝子今何在？槛外长江空自流。

（选自清吴楚材、吴调侯编《古文观止》）

附：白话《滕王阁序》

南昌旧郡治，今世称洪州，新设了大都督府。它星座分属翼宿轸宿，地理连接衡山庐山。长江入海的三条河道屏障在前，太湖和附近的湖泊环绕四周。操控湘鄂川黔的少数民族地区，牵制广东海南岛和浙南瓯江的东越部族。万物精华产出天然珍宝，有龙泉剑光直射牛宿斗宿。杰出人物生在灵秀之地，有徐孺子留宿陈蕃的卧榻。

今天，雄伟的州府云蒸雾萃，俊杰神采如群星闪烁。高台城池，靠近东部民族跟中原民族接壤的地区，宾主达到了东南方极致的完美。都督阎公有严正仪容，荣载仪仗由远而近。宇文新刺史有美好风范，车驾刚刚停下。十日一逢的旬休假，良友如云。千里而来逢合迎接，高朋满座。宛如蛟龙腾飞，凤凰起舞，孟学士是词章大师。号称紫电宝剑青霜利刃，王将军有兵器仓库。家父任职交趾令，我省亲路过滕王阁。小孩子懂什么，亲历如此盛大宴会。

时值九月，季节属暮秋。积水枯竭，寒冷的深潭清澈。烟景凝滞，傍晚的山脉泛紫。昂首骏马在升高的道路上拉车，去崇山峻岭探寻风景。临近唐高祖第二十二子李元婴到过的长洲，遇见仙人旧宅。层层峰峦高耸翠绿，向上超出青天。凌空楼阁流溢丹红，向下不见地面。白鹤小洲和野鸭江渚，穷尽岛屿的曲折回旋。桂树大堂和兰草宫室，陈列冈峦的形体姿势。依傍五色门扉，俯视彩饰飞檐，高山平原开阔圆满视野，河流湖泊睁眼播散远景。里巷大门中门，遍地钟鸣鼎食人家。大船遮阻渡口，船头刻画青雀黄龙。

此刻虹霓消退，雨止天朗，七彩铺满云路。落霞与孤鹜一齐飞翔，秋水同长天一样颜色。渔舟傍晚长歌，响彻鄱阳湖畔。雁阵惊警寒意，声断衡阳水滨。长吟俯饮，清雅兴致疾速飞扬。爽朗声响兴发，然后清风产生。纤柔歌声徐缓，于是白云稍止。汉梁孝王延请名士的绿竹睢园，气势超过晋彭泽令陶潜的樽酒独酌。魏邺都陈思王吟出"朱华冒绿池"诗句，光采照耀宋临川内史谢灵运的文章技巧。今日盛宴啊，同时具备睢园气势、陶潜独酌、曹植佳句和灵运文笔四种美好，也并存着高卑对比，前后传承的不容易。

　　向中天穷尽望眼，在暇日极限娱游。天高地远，觉悟宇宙无穷尽。兴尽悲来，懂得盛衰有运数。从阳光下眺望长安，自云层间指点吴郡会稽郡。地势尽头南海深广，天柱山顶北极星遥远。关塞山岳难以跨越，谁悲悯迷失道路的人？漂泊浮萍偶然相遇，尽是他乡的游子。思念宫门却看不见，哪年哪月，才能像贾谊那样在宣室侍奉皇帝？

　　唉，时运无成，命途多不顺。冯唐容易衰老，李广难得封邑。贾谊委曲任长沙王太傅，并非没有圣主。梁鸿隐居东南沿海，难道缺乏政治清明？所幸君子安处贫穷，达人认识天命。年老应当更加壮烈，愿展白发人的心意。贫穷需要愈益坚强，不坠高显志向。酌饮贪泉而感觉清爽，陷身干涸车辙里的鲫鱼那般的困境，仍然欢乐。北海虽然遥远，盘旋的龙卷风可以到达。清晨已成过去，薄暮收获也不算晚。孟尝君高尚纯洁，空怀一门报国心思。阮籍肆意妄行，曾经显露道路尽头的恸哭。

　　我王勃，遵守三尺法的微贱生命，一介书生。在等同终军的二十多岁，没有门路自请长缨出使擒敌。具备班超辍业掷笔的情怀，仰慕宗悫乘长风破万里浪的志向。放弃百年官职，到万里之外侍奉父亲。不是谢玄家族玉树临风的人才，接交了孟母三迁的芳邻。他日快步过庭，承受孔子对孔鲤那种父子间的训话。今晨举袖拱手，很高兴依托到崇高声望的人。杨得意没能碰上，司马相如纵有凌云之气，也只能独自哀伤。钟子期既已遇到，像伯牙演奏高山流水，又有什么惭愧？

　　啊，胜地不常有，盛筵难再续。王羲之《兰亭集序》所描写的雅集结束了，石崇在河阳的梓泽别馆已成废墟。临别赠言，壮美的送行宴上我蒙受了恩惠。登高作赋，此时此景寄望于衮衮诸公。冒昧竭尽诚意，恭敬陈述短

序。附小诗一首，皆铺陈文采体物写志，四句押韵写成：滕王高阁临江渚，佩玉鸣鸾罢歌舞。画栋朝飞南浦云，珠帘暮卷西山雨。闲云潭影日悠悠，物换星移几度秋。阁中帝子今何在？槛外长江空自流。

【附笔】

滕王阁，唐高祖子元婴封滕王，任洪州刺史时建造。后来，洪州牧阎伯屿重修此阁，大宴宾客。想夸耀女婿吴子章的才华，令宿构序文，以示众人。因出纸笔遍请，无人敢当。当时王勃赴交趾省父，路过洪州得会于此，慨然不辞。阎州牧很是怨恨，密令吏员得句即报。起初数联，阎曰"老生常谈"。后渐渐称奇，到吏员报告"落霞与孤鹜齐飞，秋水共长天一色"，乃矍然曰："天才也！"于是请成文，极欢而罢。

春夜宴桃李园序

[唐] 李白

　　李白，唐陇西成纪人。天宝初年入长安，经贺知章、吴筠推荐，任翰林院供奉。因蔑视权贵，遭谗出京。后坐永王李璘之乱，被流放夜郎，途中遇赦，不久病卒。他爽朗交友，纵情诗酒，气势雄伟，后世誉为诗仙。

　　夫天地者，万物之逆旅。（逆旅：客舍。）光阴者，百代之过客。而浮生若梦，为欢几何？古人秉烛夜游，良有以也。

　　况阳春召我以烟景，大块假我以文章。（大块：大自然，造物。）会桃李之芳园，序天伦之乐事。群季俊秀，皆为惠连。（南朝宋谢惠连能文，受族兄谢灵运赏识。后以"惠连"作从弟的美称。）吾人咏歌，独惭康乐。（南朝宋谢灵运袭封康乐公。）

　　幽赏未已，高谈转清。开琼筵以坐花，飞羽觞而醉月。不有佳作，何伸雅怀？如诗不成，罚依金谷酒数。（晋石崇有别庐在洛阳金谷涧中，与友人游宴赋诗，以叙中怀。或不能者，罚酒三斗。）

（选自清吴楚材、吴调侯编《古文观止》）

附：白话《春夜宴桃李园序》

　　天地，是万物的旅馆。光阴，是百代的过客。浮生若梦，为欢几何？古人手执火炬在夜里遨游（喻及时行乐），的确有缘由。

况且，阳春用烟景召唤我，造物拿文章授予我。聚会在这片桃李芳园，叙说天伦乐事。众位弟弟才智超群，都像谢惠连，能写文章而受族兄赏识。我自己吟诗，却羞愧于谢灵运。

幽静的赏玩未曾停下，高雅的谈吐宛转清越。摆开珍美宴席落座花间，速传鸟形酒器醉倒月下。没有佳作，怎么表白向来的情怀？如果赋诗未成，依照石崇在金谷别墅宴客的先例，罚酒三斗。

虎丘记

[明] 袁宏道

　　袁宏道，明湖北公安人。万历二十年进士，为吴县令，官至稽勋郎中。与兄宗道、弟中道并有才名，主张独抒性灵，不拘格套，号为公安体。

　　虎丘去城可七八里。其山无高岩邃壑，独以近城故，箫鼓楼船，无日无之。凡月之夜，花之晨，雪之夕，游人往来，纷错如织。而中秋为尤胜。每至是日，倾城阖户，连臂而至。衣冠士女，下迨蔀屋，（迨：读作"代"，到，趁着。蔀：读作"部"，席棚。）莫不靓妆礼服，重茵累席，置酒交衢间。从千人石上至山门，栉比如鳞。檀板丘积，樽罍云泻。（罍：读作"雷"，盛酒器。）远而望之，如雁落平沙，霞铺江上，雷辊电霍，（辊：读作"滚"，滚动。）无得而状。

　　布席之初，呕者百千，声若聚蚊，不可辨识。分曹部署，竞以新艳相角，雅俗既陈，妍媸自别。（妍媸：读作"严痴"，美好和丑恶。）未几而摇首顿足者，得数十人而已。已而明月浮空，石光如练，一切瓦釜寂然停声。属而和者，才三四辈。一箫，一寸管，一人缓板而歌，竹肉相发，清声亮彻，听者销魂。比至夜深，月影横斜，荇藻凌乱，（荇：读作"杏"；荇菜，一种多年生水草，嫩茎可食。藻：水藻。）则箫板亦不复用。一夫登场，四座屏息。音若细发，响彻云际。每度一字，几尽一刻。飞鸟为之徘徊，壮士听而下泪矣。

　　剑泉深不可测，（剑泉：又称剑池，在今江苏苏州市虎丘山。相传秦始皇东巡时，在

此寻找过吴王阖闾的宝剑。）飞岩如削。千顷云得天池诸山作案，（千顷云、天池：皆虎丘山名。）峦壑竞秀，最可觞客。但过午则日光射人，不堪久坐耳。文昌阁亦佳，晚树尤可观。面北为平远堂旧址，空旷无际，仅虞山一点在望。堂废已久，余与江进之谋所以复之。（江盈科，字进之，时任长洲县令。）欲祠韦苏州、（唐韦应物，曾任苏州刺史。）白乐天诸公于其中。（唐白居易，字乐天，曾任苏州刺史。）而病寻作，余既乞归，恐进之亦兴阑矣。山川兴废，信有时哉。

吏吴两载，登虎丘六。最后与江进之、方子公同登。（方子公：方文僎，字子公，袁宏道的幕僚。）迟月生公石上，歌者闻令来，皆避匿去。余因谓进之曰："甚矣，乌纱之横，皂隶之俗哉！他日去官，有不听曲此石上者，如月！"（如：不如。古人语急，有以"如"为"不如"者。）今余幸得解官，称吴客矣。虎丘之月，不知尚识余言否耶？

（选自《袁中郎全集》）

附：白话《虎丘记》

虎丘离城约七八里。此山没有高岩深壑，只因靠近城邑的缘故，吹箫击鼓的楼船，没有哪天不存在。凡在明月之夜，开花的清晨，下雪的黄昏，游人往来，纷纭交错如穿梭织布。而中秋节尤其佳妙。每当这天，全城关门闭户，携手并肩到来。上至官绅男女，下到草屋贫民，莫不靓丽打扮礼仪穿戴，重叠褥垫累积席子，摆酒在交会的大路旁。从千人石上行到山门，像梳篦和鱼鳞一样密密排列。打节拍的檀木板山丘一般堆积，酒壶酒坛云气一般倾泻。远远望去，如雁落平沙，霞铺江上，惊雷滚滚霍闪阵阵，不能尽述此间盛况。

陈设筵席的初始，唱歌的人成百上千，声音好比聚集的蚊子，不可辨识。分组安置后，争着凭新颖和艳丽互相较量，雅俗既然施展了，美丑自有区别。没多久，摇头顿足的人仅数十人而已。随即明月漂浮天空，岩石反光如同白绢，一切凡庸人物寂然停声。邀请唱和的人，才三四位。一只洞箫，一对短笛，一人慢节奏歌唱，竹制乐器和金嗓子伴随着高扬，清声亮彻，听者销魂。等到夜深，月影横斜，水中荇菜水藻与竹树倒影交错凌乱，洞箫檀板也不再用。一个成年男子登场，四座抑制呼吸不敢出声。他的声音，时而柔细如头发丝，时而响彻云际。每延长一字，几乎用一刻钟。飞鸟为他徘徊，壮士听了下泪。

剑泉（虎丘水名）深不可测，高岩陡峭如刀削。千顷云（虎丘山名）得到天池（虎丘山名）等山作界限，峰峦沟壑争竞秀丽，最可在此请客饮酒。但是一过中午就日光射人，不堪久坐。文昌阁也很美，晚间树林尤其值得一看。向北是平远堂旧址，空旷无际，仅虞山一点在望。堂废已久，我跟长洲县令江进之商议，用适宜的方式恢复它，想供奉韦应物、白居易等人在其中。可是随后疾病发作，我已请求辞官返乡，恐怕进之也兴致衰退了。山川兴废，确实有时运啊。

任职吴县两年，六次登上虎丘山。最后一次跟江进之和本县同事方子公同登。在生公石上等待月出时，唱歌的人听闻县令来此，都躲开了。我于是对进之说："太过分了，权贵的豪横，差役的粗俗。他日弃官，谁不在这块石头上听曲，不如今夜的明月！"现在我幸得解脱官身，称为吴地客人。虎丘的月亮，不知还记得我说过的话吗？

卷四 游记

晋太元中，武陵人捕鱼为业，缘溪行，忘路之远近。忽逢桃花林，夹岸数百步，中无杂树，芳草鲜美，落英缤纷。

登楼赋

[三国魏] 王粲

王粲,三国魏山阳人。博学多识,文思敏捷。献帝西迁,因西京扰乱,乃避地荆州依刘表十五年。后归曹操,任右丞相掾。魏国建立,官至侍中。为建安七子之一。

登兹楼以四望兮,聊暇日以消忧。览斯宇之所处兮,实显敞而寡仇。挟清漳之通浦兮,倚曲沮之长洲。背坟衍之广陆兮,临皋隰之沃流。北弥陶牧,西接昭丘。华实蔽野,黍稷盈畴。虽信美而非吾土兮,曾何足以少留。

遭纷浊而迁逝兮,漫逾纪以迄今。情眷眷而怀归兮,孰忧思之可任?凭轩槛以遥望兮,向北风而开襟。平原远而极目兮,蔽荆山之高岑。路逶迤而修迥兮,(迥:读作"窘",远。)川既漾而济深。悲旧乡之壅隔兮,涕横坠而弗禁。

昔尼父之在陈兮,有归欤之叹音。(《论语》:子在陈曰,归欤,归欤。)钟仪幽而楚奏兮,(《左传·成公九年》:晋侯观于军府,见钟仪,问:戴南方帽子被拘执的人,是谁呀?有司对曰:郑国所献的楚囚。晋侯命令解脱钟仪,问他的族类。对曰:伶人也。让人给他琴,弹奏出南方音调。晋侯说:乐曲奏土风,是不忘旧啊。)庄舄显而越吟。(舄:读作"细"。《史记·张仪列传》:越人庄舄仕楚执珪,有顷而病。侍御官告诉楚王:"凡人之思故,在其病也。彼思越则越声,不思越则楚声。"使人往听之,犹尚越声也。)人情同于怀土

兮，岂穷达而异心。

惟日月之逾迈兮，俟河清其未极。冀王道之一平兮，假高衢而骋力。惧匏瓜之徒悬兮，（匏：读作"袍"。葫芦的一种。《论语》：子曰，吾岂匏瓜也哉，焉能系而不食？郑玄注：冀往仕而得禄。）畏井渫之莫食。（渫：读作"谢"，淘去污泥。《周易》曰：井渫不食，为我心恻。郑玄注：谓已浚渫也，犹臣修正其身，以事君也。）

步栖迟以徙倚兮，白日忽其将匿。风萧瑟而并兴兮，天惨惨而无色。兽狂顾以求群兮，鸟相鸣而举翼。原野阒其无人兮，（阒：读作"去"，寂静，空虚。）征夫行而未息。心凄怆以感发兮，意忉怛而憯恻。（忉怛：读作"刀达"，忧伤，悲哀。憯恻：读作"惨侧"，悲痛伤感。）循阶除而下降兮，气交愤于胸臆。夜参半而不寐兮，怅盘桓以反侧。

（选自南朝梁昭明太子萧统编《文选》）

附：白话《登楼赋》

登上当阳县城楼四望，暂借闲暇日子来消解忧愁。观看这楼宇所处的位置，实在显敞而绝少同类。它挟带清澈漳河的畅通水面，倚仗弯曲沮水的长长陆地，背靠水涯低平的广阔土地，面对沼泽湿地的灌溉水道。北端终极于陶朱公家的郊外，西方交接楚昭王墓的山丘。鲜花果实遮蔽原野，黍稷百谷盈满田畴。虽然真美，却非我的乡土，何足以片刻滞留？

遭逢纷浊乱世而迁移逝去，迄今度过了漫长的十二年。情眷眷而怀想归期，谁的忧思可以负荷？凭依轩槛眺望啊，面向北风敞开衣襟。平原遥遥而极目，掩蔽了荆山高峻的岑岩。道路逶迤而修远，河川既长流又深渡。悲痛旧乡的壅隔，涕泪横坠不须禁止。

昔日孔子在陈国，有"归来吧，归来哟"的叹息。钟仪囚禁而弹奏楚曲，庄舄显贵而吟哦越声。人情相同地怀念故土，怎么会因为穷达而变心？

思考日月逾越远行，等待黄河水清般的太平尚未到来。希望王道统一平定，凭借高大上的仕途施展力量。惧怕像葫芦空悬似的无职无薪，担心井水已然淘净，却没人取用（比喻士人已经修正身心，仍然不获任用）。

脚步游息以流连徘徊，白日忽忽将隐匿。风萧瑟而一并刮起，天惨惨而失去颜色。走兽遑急顾盼,以寻求群聚。飞鸟互相鸣叫,而腾起翅膀。原野寂静空虚没有农夫,远行出征的人,行色匆匆未及休息。我心凄怆生出感慨,情意忧戚而悲痛伤感。顺着楼梯台阶下降,气息交互愤懑在胸臆。夜色过半犹耿耿不寐,惆怅盘桓,辗转反侧。

桃花源记

[晋] 陶渊明

晋太元中，武陵人捕鱼为业。缘溪行，忘路之远近。忽逢桃花林，夹岸数百步，中无杂树，芳草鲜美，落英缤纷。渔人甚异之，复前行，欲穷其林。

林尽水源，便得一山，山有小口，仿佛若有光。便舍船，从口入。初极狭，才通人。复行数十步，豁然开朗。土地平旷，屋舍俨然。有良田、美池、桑竹之属。阡陌交通，鸡犬相闻。其中往来种作，男女衣着，悉如外人。黄发垂髫，（髫：读作"条"，儿童下垂的短发。）并怡然自乐。见渔人，乃大惊，问所从来。具答之。便要还家，设酒杀鸡作食。

村中闻有此人，咸来问讯。自云先世避秦时乱，率妻子邑人来此绝境，不复出焉，遂与外人间隔。问今是何世，乃不知有汉，无论魏晋。此人一一为具言所闻，皆叹惋。余人各复延至其家，皆出酒食。停数日，辞去。此中人语云："不足为外人道也。"

既出，得其船，便扶向路，处处志之。及郡下，谒太守，说如此。太守即遣人随其往，寻向所志，遂迷，不复得路。南阳刘子骥，高尚士也，闻之，欣然规往。未果，寻病终。后遂无问津者。

（选自清吴楚材、吴调侯编《古文观止》）

附：白话《桃花源记》

晋太元年间，武陵郡有人捕鱼为业。他沿着溪流行船，忘了路途远近。忽然遇见一片桃花林，夹岸数百步，中间无杂树。芳草鲜美，落英缤纷。渔夫很诧异，又前行，想看完桃林。

林子终点是溪水源头，到了一座山。山有小洞口，仿佛若有亮光，便舍船从洞口进入。起初很狭窄，仅容一人通过。再走几十步，豁然开朗。土地平旷，屋舍整齐。有良田美池桑竹连续，田间小路交相通达，鸡犬之声相闻。其中男女往来种植劳作，穿戴像另一个世界的人。黄发老人和下垂短发的儿童，一并怡然自乐。看见渔夫，竟然大惊。询问来处，皆作答。便邀请回家，设酒杀鸡做饭。

村民们听到有此渔夫，都来问讯。自言祖先躲避秦时祸乱，率领妻子儿女和同乡人，来到这方绝境，不再出去，于是跟外人间隔。问今世是哪个朝代，居然不知有汉代，更不要说魏晋了。渔夫一一为村民详尽谈论所见所闻，大家都叹惜不已。其他人又各自迎请到家，皆出酒食，停留数日才辞去。村中人叮嘱，不必对外面的人讲起哦。

已然出山洞口，寻得渔船，便循旧路处处做标记。到了武陵郡后禀告太守，说如此状况。太守即派人随渔夫前往，寻找原来的标记。竟犯迷糊，不再识路。南阳刘子骥是高尚人士，听说此事，欣然规划前往。未能实施，不久病故。后来就没有探访的人了。

【附笔】

宋欧阳修《梅圣俞诗集序》说，士人蕴其所有，不得施展于世，多喜自放山巅水涯之外。看见虫鱼、草木、风云、鸟兽的状类，往往探其奇怪。内心郁积忧思感愤，而写难言的人情。这就产生了游记散文最大的分支——山水游记。它始于晋陶潜《桃花源记》，成于唐柳宗元《永州八记》，神于宋欧阳修《醉翁亭记》，苏轼前后《赤壁赋》。其余韵，在明张岱《湖心亭看雪》和清姚鼐《登泰山记》等。所谓"山川之美，古来共谈"是也。

与朱元思书

[南朝梁] 吴均

吴均，南朝吴兴故鄣人。好学有俊才，太守柳恽推荐给临川靖惠王，王称赞于武帝。即日召之赋诗，受赏识，任待诏著作，累迁奉朝请。文体清拔，好事者仿效，称吴均体。

风烟俱净，天山共色。从流飘荡，任意东西。自富阳至桐庐一百许里，奇山异水，天下独绝。

水皆缥碧，千丈见底。游鱼细石，直视无碍。急湍甚箭，（湍：读作"团－阴平"，水势很急。）猛浪若奔。夹岸高山，皆生寒树，负势竞上，互相轩邈，争高直指，千百成峰。泉水激石，泠泠作响。好鸟相鸣，嘤嘤成韵。蝉则千转不穷，猿则百叫无绝。

鸢飞戾天者，（《诗经·大雅·旱麓》：鸢飞戾天。鸢：读作"鸳"，老鹰。戾：至。全句意谓：苍鹰翱翔蓝天，喻求上进而得其所。）望峰息心；（息心：排除杂念。）经纶世务者，窥谷忘反。横柯上蔽，在昼犹昏；疏条交映，有时见日。

（选自清许梿编《六朝文絜》）

附：白话《与朱元思书》

微风中烟霞洁净如洗，天穹和群山相同颜色。跟从河流飘荡，任意由东往西。自富阳至桐庐大约一百里，奇山异水天下独绝。

水皆苍青泛绿，千丈见底。游鱼影子散布在细石上，直视无碍。迅疾的水流胜过射箭，猛烈的波浪像在奔跑。夹岸的高山长满枯树，它们背靠山势强劲向上，互相仰举超越，争高直指，千株百株并列山顶。泉水腾涌飞溅青石，泠泠作响。好鸟交相啼叫，嘤嘤成韵。蝉鸣则千般婉转不止息，猿吟则百仞哀啸无断绝。

求上进得其所，好比鹞鹰高飞蓝天的人，望见此等峰峦，亦当排除杂念。筹划治理尘世冗务的人，窥探此等溪谷，忽然忘了回家。横亘的茎柯遮蔽上空，白昼如在黄昏。分散的枝条交相映衬，有时露出阳光。

始得西山宴游记

［唐］柳宗元

柳宗元，唐河东人。贞元九年进士，任礼部员外郎，参与王叔文为首的政治活动，败后贬为永州司马，后改任柳州刺史。尤善散文，峭拔简练，独具一格，为唐宋八大家之一。

自余为僇人，居是州，恒惴慄。其隙也，则施施而行，漫漫而游。日与其徒上高山，入深林，穷回溪，幽泉怪石，无远不到。到则披草而坐，倾壶而醉。醉则更相枕以卧，卧而梦。意有所极，梦亦同趣。觉而起，起而归。以为凡是州之山有异态者，皆我有也。而未始知西山之怪特。

今年九月二十八日，因坐法华西亭，望西山，始指异之。遂命仆过湘江，缘染溪，（染溪：一名冉溪，在零陵县西南。）斫榛莽，焚茅茷，（茷：读作"伐"，草叶盛多。）穷山之高而止。攀援而登，箕踞而遨，则凡数州之土壤，皆在衽席之下。其高下之势，岈然洼然，（岈：读作"虾"，深邃貌。）若垤若穴，（垤：读作"迭"，蚂蚁洞口的小土堆。）尺寸千里，攒蹙累积，莫得遁隐。萦青缭白，外与天际，四望如一。然后知是山之特出，不与培塿为类，（培：读作"剖—上声"。塿：读作"篓"。培塿：小土丘。）悠悠乎与灏气俱，而莫得其涯。洋洋乎与造物者游，而不知其所穷。引觞满酌，颓然就醉，不知日之入。苍然暮色，自远而至。至无所见，而犹不欲归。心凝形释，与万化冥合。然后知吾向之未始游，游于是乎始，故为之文以志。是岁，元和四年也。

（选自清姚鼐编《古文辞类纂》）

附：白话《始得西山宴游记》

　　自从我成为罪人，居住永州，经常忧惧不安。如有空闲就缓缓行走，随意游览。整天跟同伴上高山，入深林，穷尽萦回曲折的溪涧和幽泉怪石，没有远地不曾到达。到了就拨开荒草坐下，倾壶醉饮。醉了就互相靠近寝卧，卧倒就做梦。意向有所到达，梦也趣味相同。睡醒就坐起，立即回家。自以为凡是本州奇异姿态的山，都游览过。然而未曾知晓西山的怪异独特。

　　今年九月二十八日，就坐法华寺西亭，远望西山，开始指点惊异它。于是召唤仆人渡过湘江，沿着冉溪，砍伐草木杂丛，焚烧茅草乱叶，到达山顶才停歇。攀援登高之后，伸足抚膝坐地观赏，附近几州的土壤，全在衽席之下。其高下态势，深邃跟低洼，像蚂蚁洞口的小土堆，像鸟兽巢穴。俯瞰尺寸之地，实际上当为千里之遥。它们聚集压缩着，重叠堆积着，没有什么能逃遁隐匿。萦带青山，缭绕白水，远接天际，四望如一。

　　然后懂得这座山的特出，不跟小土堆同类。悠悠乎与弥漫天地的浩气在一起，没有谁懂得它们的涯际。洋洋乎与造物者同游，而不知它们穷尽的位置。由是举杯满饮，倾斜着逐渐醉了，不知太阳已下山。青黑的暮色自远方而来，直到看不见东西，还不想返回。心思凝止形体放松，跟万物的生育转化默契融合。然后知道我往日未尝游览过，所谓遨游，从这里才开始。所以写文章记住它。这一年，是元和四年。

【附笔】

　　本文为《永州八记》的首篇。西山，在今湖南零陵县西。

钴鉧潭记

[唐] 柳宗元

钴鉧潭在西山西,(钴鉧:读作"古母",熨斗,潭的形状像熨斗。)其始盖冉水自南奔注,抵山石,屈折东流。其颠委势峻,荡击益暴,啮其涯,故旁广而中深,毕至石乃止。流沫成轮,然后徐行,其清而平者且十亩。有树环焉,有泉悬焉。

其上有居者,以予之亟游也,一旦款门来告曰:"不胜官租私券之委积,既芟山而更居,愿以潭上田贸财以缓祸。"

予乐而如其言。则崇其台,延其槛,(槛:读作"见",栏杆,栏板。)行其泉于高者坠之潭,有声潀然。(潀:读作"从",水流声。)尤与中秋观月为宜,于以见天之高,气之迥。孰使予乐居夷而忘故土者,非兹潭也欤?

(选自清姚鼐编《古文辞类纂》)

附:白话《钴鉧潭记》

钴鉧潭在西山的西面。当初大概是冉水从南方奔流灌注,抵触山石,再曲折东流。它的上下游地势陡峭,碰撞冲击更加急骤,侵蚀了涯岸,故而边侧广阔而中间深凹,皆到山石才停止。水沫成车轮状,然后徐徐流淌。其清澈平舒的潭面将近十亩。有树环绕四周,有泉悬挂山壁。

潭上有居民,认为我经常游玩,忽然敲门来请求:"不能承担官租私债的累积，已经移居山区开荒，愿用潭上田地卖钱，可以缓和祸殃。"

我高兴地依从了他的话。就加高观景平台，延长轩前的栏杆栏板。从高处疏通泉水坠落潭中，有声淙淙作响。尤其赞许中秋观月为适宜，于此能看见天空的崇高，云气的迥远。谁使我快乐地居处少数民族地区，像似忘了故土，不是这片潭水吗？

【附笔】

本文为《永州八记》的第二篇。宋范成大《骖鸾录》：渡潇水即至愚溪，"路旁有钴𬭁潭，钴𬭁，熨斗也，潭状似之。"

钴鉧潭西小丘记

[唐] 柳宗元

得西山后八日，寻山口西北道二百步，又得钴鉧潭。潭西二十五步，当湍而浚者为鱼梁。梁之上有丘焉，生竹树。其石之突怒偃蹇，负土而出，争为奇状者，殆不可数。其嵚然相累而下者，（嵚：读作"亲"，山势高峻，高险。）若牛马之饮于溪。其冲然角列而上者，若熊罴之登于山。丘之小不能一亩，可以笼而有之。

问其主，曰："唐氏之弃地，货而不售。"问其价，曰："止四百。"余怜而售之。李深源、元克己时同游，皆大喜，出自意外。即更取器用，铲刈秽草，（刈：读作"义"，割。）伐去恶木，烈火而焚之。嘉木立，美竹露，奇石显。由其中以望，则山之高，云之浮，溪之流，鸟兽鱼之遨游，举熙熙然回巧献技，以效兹丘之下。枕席而卧，则清泠之状与目谋，潺潺之声与耳谋，（潺潺：读作"营营"，水流声。）悠然而虚者与神谋，渊然而静者与心谋。不匝旬而得异地者二，虽古好事之士，或未能至焉。

噫！以兹丘之胜，致之沣镐鄠杜，则贵游之士争买者，日增千金而愈不可得。今弃是州也，农夫渔父过而陋之，贾四百，连岁不能售。而我与深源、克己独喜得之，是其果有遭乎？书于石，所以贺兹丘之遭也。

（选自清姚鼐编《古文辞类纂》）

附：白话《钴鉧潭西小丘记》

了解西山八天之后，沿山口西北经二百步，又遇钴鉧潭。潭西二十五步，面对湍急深流，是留有捕鱼缺口的拦河堰。堰堤上有山丘，生竹树。山石凸立，盘曲高耸，破土而出，争为奇美形状的，近乎不可数。其中险峻连绵重叠而下的石头，像牛马在饮溪水。其中突前如兽角并列上斜的石头，像熊罴在登山岭。山丘之小不足一亩，可以装进竹笼里拥有。

询问小丘的主人，说："这是唐家废弃的土地，想出售却卖不掉。"问地价，说："只四百文。"我怜爱它就买下来。当时，李深源、元克己同游，皆大喜，出自意外。随即轮番拿起农具，铲割秽草，伐去恶木，用烈火焚烧掉。于是嘉木竖立，美竹庇覆，奇石显露。由其中远望，但见山的崇高，云的漂浮，溪的流淌，鸟兽鱼的遨游，全都和和乐乐生机勃勃地运巧献技，展示在小丘之下。头枕凉席而卧，清凉明净的景致跟眼睛接触，潺潺流水声跟耳朵接触，悠然虚空的样貌跟精神会合，渊深静谧的气氛跟心境会合。不满十天而得两处特异土地，纵使古代喜欢多事的人，也许未能达到此种极致吧。

噫！凭这个山丘的佳妙，送到周文王沣京遗址，周武王镐京遗址，以及鄠县和古杜国一带，仅热衷旅游的人争购，日增千金也愈加不可得。现今遗弃在永州，农夫渔父经过还鄙视它。卖四百文钱，连续几年不能售出。唯独我和深源、克己，特别喜悦得到它。是此间果真有际遇吗？书写此文在石头上，所以庆贺小丘的际遇。

【附笔】

本文为《永州八记》的第三篇。

至小丘西小石潭记

[唐]柳宗元

从小丘西行百二十步,隔篁竹,闻水声,如鸣珮环,心乐之。伐竹取道,下见小潭,水尤清冽。全石以为底,近岸,卷石底以出,为坻,为屿,为嵁,(嵁:读作"战",悬崖峭壁。)为岩。青树翠蔓,蒙络摇缀,参差披拂。

潭中鱼可百许头,皆若空游无所依,日光下澈,影布石上。佁然不动,(佁:读作"以",静止貌。)俶尔远逝,(俶尔:读作"触尔",忽然。)往来翕忽,(翕忽:读作"西忽",疾速貌。)似与游者相乐。

潭西南而望,斗折蛇行,明灭可见。其岸势犬牙差互,不可知其源。坐潭上,四面竹树环合,寂寥无人,凄神寒骨,悄怆幽邃。以其境过清,不可久居,乃记之而去。

同游者:吴武陵,龚古,余弟宗玄。隶而从者,崔氏二小生,曰恕己,曰奉壹。

(选自清姚鼐编《古文辞类纂》)

附:白话《至小丘西小石潭记》

从小丘西行一百二十步,隔竹林听到水声,如同珮环鸣响,心中喜悦。伐竹寻路,在丘下发现小潭,水特别清冽。它整块石头做底,靠岸边卷曲的石底露出,成为小洲,成为小岛,成为峭壁,成为涯岸。深青树木和翠绿藤蔓遮蔽盘绕，摇动连缀，参差不齐地随风飘拂。

潭中鱼约百来条，都像空中游动无所依托。阳光下穿，影子散布石上，静止不动。忽然远逝，往来疾速，好似跟游人互动取乐。

潭西南望，如斗宿曲折，蛇虫行走，忽明忽暗可以显现。涯岸态势犬牙交错，溪涧源头不可知。坐潭上，四面竹树环合，寂寥无人，凄凉神志，寒冻骨骼，忧伤寂寞，僻远深奥。因为环境过分冷清，不可久留，于是记录了就离开。

同游者吴武陵，龚古，我的弟弟宗玄。跟从者崔氏两个小伙子，叫恕己，叫奉壹。

【附笔】

本文为《永州八记》的第四篇。"潭中鱼可百许头，皆若空游无所依。日光下澈，影布石上，怡然不动。俶尔远逝，往来翕忽，似与游者相乐。"此数语，乃古今游记的神来之笔。

袁家渴记

[唐] 柳宗元

由冉溪西南水行十里,山水之可取者五,莫若钴鉧潭。由溪口而西陆行,可取者八九,莫若西山。由朝阳岩东南水行至芜江,可取者三,莫若袁家渴。皆永中幽丽奇处也。

楚越之间方言,谓水之反流者为渴,音若"衣褐"之"褐"。渴上与南馆高嶂合。下与百家濑合。(濑:读作"赖",沙石上的流水。)其中重洲小溪,澄潭浅渚,间厕曲折。平者深黑,峻者沸白。舟行若穷,忽又无际。

有小山出水中,山皆美石。石上生青丛,冬夏常蔚然。其旁多岩洞,其下多白砾。其树多枫柟石楠,(柟:读作"然",梅树。)梗楮樟柚。(梗:读作"骈",树名。楮:读作"朱",树名。)草则兰芷。又有异卉,类合欢而蔓生,轇轕水石。(轇轕:读作"交葛",纵横交杂貌。)

每风从四山而下,振动大木,掩苒众草,纷红骇绿,蓊葧香气。(蓊葧:读作"翁勃",蓬勃貌。)冲涛旋濑,退贮溪谷。摇飏葳蕤,(葳蕤:读作"威蕊-阳平",草木开花下垂貌。)与时推移。其大都如此,余无以穷其状。

永之人未尝游焉,欲得之不敢专也,出而传于世。其地世主袁氏,故以名焉。

(选自清姚鼐编《古文辞类纂》)

附：白话《袁家渴记》

由冉溪往西南方走水路十里，山水可取的景点有五处，没有哪里比得上钴鉧潭。由溪口向西走陆路，可取景点八九处，没有哪里比得上西山。由朝阳岩东南走水路到芜江，可取景点三处，没有哪里比得上袁家渴。它们都是永州中部幽静美丽的奇特地方。

楚越之间方言，称反流的水为渴，读音像"衣褐"的"褐"。渴的上游跟南馆的高山合拢，下游跟百家濑合拢。其中重叠的水中淤积陆地，细小溪涧，清澄深潭，浅浅水涯，间杂曲折。平舒的地方深黑，陡峭的地方腾涌白浪。船行好似到了尽头，忽然又无边无际。

有座小山出水中，山体全是美石。石上生长青绿草木丛，冬夏常茂。山边多岩洞，山下多白色碎石。树木多枫树、梅树、石楠、梗树、楮树、樟树和柚子树。草则多兰草和白芷。又有一种奇异花草，类似合欢却覆盖生长，杂乱纠缠住水中的石头。

每当风从四周山峰吹下，振动大树，吹伏众草，纷乱红花，播散绿叶，蓬勃香气。还涌摇波涛，旋转沙石上的流水，然后退却等待在溪谷中。万物摇摆飘荡，鲜丽萎顿，跟随季节变迁转易。它们大都如此，我无法穷尽其形貌。

永州人未曾游览过，我想获得却不敢独占，所以作文显露于世。这片土地继承的物主姓袁，于是用来命名。

【附笔】

本文为《永州八记》的第五篇。袁家渴，今名沙沟湾。《永州府志》："袁家渴，水中一山，皆缀细石结成者。清流绕之，澄如练，碧如环。"

石渠记

[唐] 柳宗元

自渴西南行不能百步,得石渠,民桥其上。有泉幽幽然,其鸣乍大乍细。渠之广,或咫尺,或倍尺,其长可十许步。其流抵大石,伏出其下。逾石而往,有石泓,菖蒲披之,青鲜环周。(鲜:通"藓",读作"眼",与大山不相连的小山。)又折西行,旁陷岩石下,北堕小潭。

潭幅员减百尺,清深,多鲦鱼。(鲦:读作"条",鲦鱼。)又北曲行纡余,睨若无穷,然卒入于渴。其侧皆诡石怪木,奇卉美箭,可列坐而庥焉。(庥:同"休",休息。)风摇其巅,韵动崖谷。视之既静,其听始远。

予从州牧得之,揽去翳朽,(翳:读作"义",枯死倒伏的树木。)决疏土石,既崇而焚,既酾而盈。(酾:读作"师",疏导,分流。)惜其未始有传焉者,故累记其所属,遗之其人,书之其阳,俾后好事者求之得以易。

元和七年正月八日,蠲渠至大石。(蠲:读作"捐",清洁。)十月十九日,逾石得石泓小潭。渠之美于是始穷也。

(选自清姚鼐编《古文辞类纂》)

附:白话《石渠记》

自袁家渴西南行不到百步,遇石渠,当地人建桥其上。有泉水黝黑幽深,鸣响乍大乍细。渠宽或咫尺,或两尺多,长约十来步。渠水抵拢大石,伏低出石下。越过大石前流，有石泓，菖蒲覆盖，青山环绕四周。又曲折西行，旁陷在岩石下，北向掉落小潭。

潭的广狭周长少于百尺，水深而清澈，多黑脊鯈鱼。又往北曲折延伸，看上去好像无穷，然后末端流入袁家渴。渠旁都是诡石怪树，奇花美竹，可以列坐休息。风摇竹树顶梢，音韵振动崖谷。瞻视已然安静，聆听方才遥远。

我跟随永州刺史到达石渠，揽去枯朽倒伏的树木，挖掘疏通土石。既聚集又焚烧，既分导泉源，又充盈渠水。惋惜未曾有文字记载，所以总记石渠的附属物，给与他人，书写在北岸，使后来喜欢多事的人，求得它容易些。

元和七年正月八日，清洁石渠到达大石。十月十九日，越过大石遇见石泓和小潭。石渠的美到此结束。

【附笔】

本文为《永州八记》的第六篇。

石涧记

[唐] 柳宗元

石渠之事既穷,上由桥西北,下土山之阴,民又桥焉。其水之大,倍石渠三之。亘石为底,达于两涯。若床若堂,若陈筵席,若限阃奥。(阃:读作"捆",门槛。阃奥:内室深隐之处。)水平布其上,流若织文,响若操琴。

揭跣而往,(跣:读作"显",赤脚。)折箭竹,扫陈叶,排腐木,可罗胡床十八九居之。交络之流,触激之音,皆在床下。翠羽之木,龙鳞之石,均荫其上。古之人其有乐乎此耶?后之来者有能追余之践履耶?得意之日,与石渠同。

由渴而来者,先石渠,后石涧。由百家濑上而来者,先石涧,后石渠。涧之可穷者,皆出石城村东南,其间可乐者数焉。其上深山幽林逾峭险,(逾:愈益,更加。)道狭不可穷也。

(选自清姚鼐编《古文辞类纂》)

附:白话《石涧记》

石渠的事已结束,由桥的西北登高,下到土山北坡,当地人又建了一座桥。桥下涧水之大,三倍于石渠。横贯的石头做涧底,直达两岸。像床,像殿堂,像陈列筵席,像门槛里的内室深处。溪水平铺石上,流淌如编织花纹,响声如弹琴。

提起裤脚赤足前往，折断箭竹，扫除陈叶，排开腐木，可安置十八九张轻便折叠椅来坐。交错环绕的流水，触碰清亮的声音，都在椅下。好比翠鸟羽毛的树木，好比龙鳞的山石，均遮庇在石涧上方。古代的人，有比这样更快乐的吗？后来的人，有能追随我身体力行的吗？称心如意的日子，跟发现石渠是同一天。

　　由袁家渴而来的人，先到石渠，后到石涧。由百家濑登高而来的人，先到石涧，后到石渠。石涧可寻根究源的景点，都出自石城村东南，其间可供游乐的有好几处。石涧之上，深山幽林愈加峭险，道路狭窄不可穷尽。

【附笔】

本文为《永州八记》的第七篇。

小石城山记

［唐］柳宗元

　　自西山道口径北，逾黄茅岭而下，有二道。其一西出，寻之无所得。其一少北而东，不过四十丈，土断而川分，有积石横当其垠。其上为睥睨梁欐之形，(睥睨：读作"辟逆"，城上短墙。欐：读作"丽"，屋梁。)其旁出堡坞，有若门焉。窥之正黑，投以小石，洞然有水声，其响之激越，良久乃已。环之可上，望甚远，无土壤而生嘉树美箭，益奇而坚，其疏数偃仰，类智者所施设也。

　　噫！吾疑造物者之有无久矣。及是，愈以为诚有。又怪其不为之于中州，而列是夷狄，更千百年不得一售其伎。是固劳而无用，神者傥不宜如是，则其果无乎？或曰：以慰夫贤而辱于此者。或曰：其气之灵不为伟人，而独为是物，故楚之南少人而多石。是二者，余未信之。

（选自清姚鼐编《古文辞类纂》）

附：白话《小石城山记》

　　自西山道口往北走小路，越过黄茅岭而下，有两条路。其一临西，探求无所得。其一稍北然后向东，不到四十丈，泥土截断，平川分开，有积石横挡路侧。积石上为城垛和屋梁形状，旁边出现土堡，像有门。窥探它正黑，投入小石头，穿透幽深有叮咚水声，其响之激越，很久才停止。绕过积石可登石城山，遥望甚远。山上无土壤，却生嘉树美竹，超级奇妙和强劲。它们疏密俯仰，类似智者在设计实施。

噫！我怀疑造物者有没有很久了。到了此地，愈以为确实有。我又埋怨石城山不长在九州中部，而位于夷狄地区，经历千百年不能为人呈现一次美景。这已属劳而无用，天神或许不宜如此，那么它果真不存在吗？有人说，石城山用来安慰贤人才埋没于此。有人说，造物者的灵气不给予伟人，而特地给予这种美景，所以楚之南人少而石多。这两种说法，我都不信。

【附笔】

本文为《永州八记》的最后一篇。小石城山，位于零陵县西，是芝山的一个山峦。

岳阳楼记

[宋]范仲淹

范仲淹，宋苏州吴县人。大中祥符八年进士，官至陕西四路安抚使，参知政事。仁宗时，与韩琦率兵拒西夏，边境得相安无事。尝言"士当先天下之忧而忧，后天下之乐而乐"，以天下为己任。工于诗词散文。

庆历四年春，滕子京谪守巴陵郡。（南朝宋元嘉十六年置巴陵郡，唐乾元元年改称岳州。郡治在今湖南岳阳县。）越明年，政通人和，百废具兴，乃重修岳阳楼，增其旧制，刻唐贤今人诗赋于其上，属予作文以记之。

予观夫巴陵盛状，在洞庭一湖。衔远山，吞长江，浩浩汤汤，横无际涯，朝晖夕阴，气象万千，此则岳阳楼之大观也，前人之述备矣。然则北通巫峡，南极潇湘，迁客骚人，多会于此，览物之情，得无异乎？

若夫霪雨霏霏，连月不开，阴风怒号，浊浪排空，日星隐曜，山岳潜形，商旅不行，樯倾楫摧，薄暮冥冥，虎啸猿啼。登斯楼也，则有去国怀乡，忧谗畏讥，满目萧然，感极而悲者矣。

至若春和景明，波澜不惊。上下天光，一碧万顷，沙鸥翔集，锦鳞游泳。岸芷汀兰，（芷：读作"旨"，香草名，即白芷。汀：读作"厅"，水边平地，小洲。）郁郁青青。而或长烟一空，皓月千里，浮光跃金，静影沉璧，渔歌互答，此乐何极！登斯楼也，则有心旷神怡，宠辱皆忘，把酒临风，其喜洋洋者矣。

嗟夫！予尝求古仁人之心，或异二者之为，何哉？不以物喜，不以己悲，居庙堂之高则忧其民，处江湖之远则忧其君。是进亦忧，退亦忧。然则何时而乐耶？其必曰"先天下之忧而忧，后天下之乐而乐"乎！噫！微斯人，吾谁与归？

时六年九月十五日。

（选自清吴楚材、吴调侯编《古文观止》）

附：白话《岳阳楼记》

宋仁宗庆历四年春天，滕子京因罪降职掌管巴陵郡。(古巴陵郡，唐乾元元年改称岳州，在今湖南岳阳县。)跨过第二年，各种旷废的事都兴办起来，政令畅通，人民满意。于是重修岳阳楼，增加原有式样，在楼上雕刻唐代贤达和今人的诗赋，嘱托我作文记载此事。

我观察巴陵郡的盛状，在洞庭一湖。它衔接远山，吞并长江，浩浩荡荡，横无涯际。早晨阳光明媚，傍晚阴云密布，气象万千。这只是岳阳楼的大致景观，前人记述很详尽了。然而它北通巫峡，南直到潇水湘江。贬谪在外的官吏和文人多于此聚会，游览事物的情趣能无差异吗？

如果久逢大雨，连月不晴，阴风怒号，浊浪排空。太阳和星辰隐藏光芒，山峦高峰潜匿形迹。商旅不行走，桅杆倾斜，船桨折断。薄暮昏暗之际，虎在长啸，猿在悲啼。登上这座楼，则有远离国都怀念家乡，忧虑谗言畏惧非议，满目萧条冷落，感伤至极而悲痛莫名。

至于春日温暖阳光灿烂，它波澜不惊，上下天光一碧万顷。沙鸥飞翔栖止，鲜艳的鱼龙在湖里游泳。岸边白芷和洲头兰草，青油油茂盛。如果又长烟一空，皓月千里。浮光闪耀金黄，静影沉落玉璧。渔歌互相对答，此间的欢乐多么高远。登上这座楼，则有心旷神怡，宠辱皆忘，把酒临风，其中的快乐宽舒自得。

啊，我曾经探求古代仁人的心思，常常不同于前述两种览湖思维。为什么？不因为外物而欢喜，不因为一己而悲伤。占有了庙堂的高位，就忧虑百姓。暂止于江湖的僻远，就忧虑君主。这叫进也忧思，退也忧思。如此倒是

何时才快乐呢？古代的仁人们必定说：先于天下的忧患而忧思，后于天下的喜悦而快乐吧。噫，没有此等人物，我跟从谁的旨意？

时宋仁宗庆历六年九月十五日。

醉翁亭记

[宋]欧阳修

环滁皆山也。其西南诸峰,林壑尤美,望之蔚然而深秀者,琅琊也。山行六七里,渐闻水声潺潺,而泻出于两峰之间者,酿泉也。峰回路转,有亭翼然临于泉上者,醉翁亭也。作亭者谁?山之僧智仙也。名之者谁?太守自谓也。

太守与客来饮于此,饮少辄醉,而年又最高,故自号曰醉翁也。醉翁之意不在酒,在乎山水之间也。山水之乐,得之心而寓之酒也。

若夫日出而林霏开,云归而岩穴暝,晦明变化者,山间之朝暮也。野芳发而幽香,佳木秀而繁阴,风霜高洁,水落而石出者,山间之四时也。朝而往,暮而归,四时之景不同,而乐亦无穷也。至于负者歌于涂,(涂:后作"途",道路。)行者休于树,前者呼,后者应,伛偻提携,(伛偻:读作"宇屡",弯腰曲背。)往来而不绝者,滁人游也。临溪而渔,溪深而鱼肥,酿泉为酒,泉香而酒洌。山肴野蔌,(蔌:读作"素",蔬菜。)杂然而前陈者,太守宴也。宴酣之乐,非丝非竹,射者中,弈者胜,觥筹交错,(觥:读作"工",盛酒饮酒的器具。)起坐而喧哗者,众宾欢也。苍颜白发,颓然乎其间者,太守醉也。

已而夕阳在山,人影散乱,太守归而宾客从也。树林阴翳,鸣声上下,游人去而禽鸟乐也。然而禽鸟知山林之乐,而不知人之乐;人知从太守游而乐,而不知太守之乐其乐也。醉能同其乐,醒能述以文者,太守也。太守谓

谁？庐陵欧阳修也。

（选自清吴楚材、吴调侯编《古文观止》）

附：白话《醉翁亭记》

环绕滁州都是山，其中西南各峰，竹树涧谷尤其美丽。远望草木茂盛大范围俊秀的，是琅琊山。山行六七里，逐渐听闻水声潺潺，自两峰间泻出的，是酿泉。峰回路转，有亭子飞鸟似的展翅泉上，叫醉翁亭。修亭人是谁？是山僧智仙。命名人是谁？是太守自己。

太守跟客人来这儿饮酒，饮少量就醉了。唯其年龄最高，所以自号醉翁。醉翁的情趣不在酒，在于山水之间哩。山水的愉悦投契心性，寄寓在酒中。

如果太阳出来，林中雾气散开，云归附因而岩穴幽深，明暗变化的样子，是山间的朝暮。野花发出幽香，佳木茂盛繁荫，风霜高洁，水落石出的样子，是山间的四季。清晨进山，傍晚返回，四季景色不同，乐趣也无穷。至于背物者在途中唱歌，出行者于树下休息，前面的人呼唤，后面的人应答，弯腰曲背牵引帮扶，往来不绝的状况，是滁州人在旅游。临溪捕鱼，溪深而鱼肥。酿泉做酒，泉香而酒洌。山肴野蔬纷纷陈列面前，是太守宴席。宴会尽兴的乐趣，不是管弦乐曲，而是投壶赌博从器皿里取筹码，是下棋获胜。酒器和酒令交相错杂，或起或坐喧哗着的人，是众位宾客在友好交往。苍颜白发醉倒其中，则是太守醉了。

后来夕阳在山，人影散乱，太守回家而宾客跟从。树林里阴影遮蔽，兽虫啼叫忽上忽下，游人离去禽鸟正撒欢。然而，禽鸟懂得山林的安乐，却不懂人类的安乐。旁人了解跟从太守游玩而愉悦，却不了解太守的愉悦另存至乐。醉了能够同他人高兴，醒来能够记述作文，是太守哦。太守是谁？是庐陵欧阳修。

丰乐亭记

[宋] 欧阳修

修既治滁之明年，夏，始饮滁水而甘。问诸滁人，得于州南百步之近。其上丰山，耸然而特立。下则幽谷，窈然而深藏。中有清泉，滃然而仰出。（滃：读作"翁"，云气涌起，水势盛大。）俯仰左右，顾而乐之。于是疏泉凿石，辟地以为亭，而与滁人往游其间。

滁于五代干戈之际，用武之地也。昔太祖皇帝尝以周师，破李景兵十五万于清流山下，生擒其将皇甫晖、姚凤于滁东门之外，遂以平滁。修尝考其山川，按其图记，升高以望清流之关，欲求晖、凤就擒之所，而故老皆无在者。

盖天下之平久矣。自唐失其政，海内分裂，豪杰并起而争，所在为敌国者，何可胜数。及宋受天命，圣人出而四海一。向之凭恃险阻，划削消磨，（划：读作"产"，铲平。）百年之间，漠然徒见山高而水清。欲问其事，而遗老尽矣。

今滁介于江淮之间，舟车商贾，四方宾客之所不至。民生不见外事，而安于畎亩衣食，（畎：读作"犬"，田间垄沟，山谷。）以乐生送死。而孰知上之功德，休养生息，涵煦百年之深也！

修之来此，乐其地僻而事简，又爱其俗之安闲。既得斯泉于山谷之间，乃日与滁人仰而望山，俯而听泉。掇幽芳而荫乔木，（掇：读作"多"，拾取。）风

霜冰雪，刻露清秀，四时之景，无不可爱。又幸其民乐其岁物之丰成，而喜与予游也。因为本其山川，道其风俗之美，使民知所以安此丰年之乐者，幸生无事之时也。

夫宣上恩德，以与民共乐，刺史之事也。遂书以名其亭焉。

（选自清吴楚材、吴调侯编《古文观止》）

附：白话《丰乐亭记》

我治理滁州的第二年夏天，才饮到甘甜的滁水。向滁人询问，得于州南百步近郊。那儿上方是丰山，高耸而特立。底部是幽谷，静远而深藏。中有清泉，云气般向上涌出。上下左右，环视开心。于是疏通泉源，凿穿岩石，开辟荒地建亭，与滁人往来游览其间。

滁州在五代干戈之际，是用武之地。昔日太祖皇帝指挥后周军队，于清流山下大败李景兵十五万，在滁州东门外生擒敌将皇甫晖、姚凤，终于平定滁州。我曾经考察山川，审阅地理志，登高眺望清流关，想要寻找皇甫晖跟姚凤就擒的地方，可是年老多闻的人都不在了。

天下太平很久了。自从唐朝丧失权柄，海内分裂，豪杰并起竞争，所在之地皆为敌国，哪能数得完。到大宋承受天命，圣人出现，四海统一。向来凭恃的险阻，皆铲削消磨。百年之间宁静无事，但见山高水清。想询问旧事，前朝历练过的老人已离世。

现在，滁州介于长江淮河之间，舟车商贾和四方宾客不到来。百姓生计不见外界事物，安于田间衣食，可以快乐生活和为父母送终。谁懂得皇上的功德，休养生息，滋润温暖百年的深厚啊！

我来这里，喜欢它地理偏僻，事务简单，又爱风俗安闲。既然在山谷间遇见这眼甘泉，就每天跟滁人抬头望山，俯身听泉。拾取隐藏的香花，庇荫在高大的树木下。风霜冰雪，刻画显露清秀。四季景色，无不可爱。又希望百姓乐于年谷丰收，喜庆地跟我同游。于是考虑依据山川，讲述风俗之美。使百姓懂得之所以安享丰年欢乐，是因为侥幸生活在无事的时代。

宣扬圣上恩德，能够与民同乐，是刺史职事。于是记载此意来命名亭子。

前赤壁赋

[宋]苏轼

苏轼,宋眉州眉山人。嘉祐二年进士,英宗时为直史馆。神宗时王安石行新法,轼上书论其不便,自请出外通判杭州,徙湖州。因言者摘其诗句为讪谤朝政,贬谪黄州。哲宗时召还,为翰林学士、端明殿侍读学士,曾知登州、杭州、颍州,官至礼部尚书。绍圣中又贬谪惠州、琼州。赦还,次年卒于常州。他的文章纵横奔放,是唐宋八大家里最著名的一位。诗飘逸不群,词开豪放一派,书画亦有名。

壬戌之秋,(壬:读作"人",天干的第九位。戌:读作"须",地支的第十一位。天干地支相配,用以纪年月日。此处壬戌,指宋神宗元丰五年,公元1082年。)七月既望,(既望:农历十五为望,望后一日为既望。)苏子与客泛舟游于赤壁之下。清风徐来,水波不兴。举酒属客,诵明月之诗,歌窈窕之章。少焉,月出于东山之上,徘徊于斗牛之间。白露横江,水光接天。纵一苇之所如,(一苇:捆苇草当筏,代称小船。)凌万顷之茫然。浩浩乎如冯虚御风,而不知其所止;飘飘乎如遗世独立,羽化而登仙。

于是饮酒乐甚,扣舷而歌之。歌曰:"桂棹兮兰桨,(棹:读作"照",船桨;又代称船。兰:木兰,一种香木。)击空明兮溯流光。渺渺兮予怀,望美人兮天一方。"客有吹洞箫者,倚歌而和之。其声呜呜然,如怨如慕,如泣如诉,余

音袅袅，不绝如缕。舞幽壑之潜蛟，泣孤舟之嫠妇。（嫠：读作"梨"，寡妇。）

苏子愀然，（愀：读作"巧"，容色改变。）正襟危坐而问客曰："何为其然也？"客曰："'月明星稀，乌鹊南飞'，此非曹孟德之诗乎？西望夏口，东望武昌，山川相缪，郁乎苍苍，此非孟德之困于周郎者乎？方其破荆州，下江陵，顺流而东也，舳舻千里，（舳舻：读作"竹庐"，船尾和船头，借指船只。）旌旗蔽空，酾酒临江，（酾：读作"诗"，酒自壶注入杯子。）横槊赋诗，（槊：读作"硕"，长矛。）固一世之雄也，而今安在哉？况吾与子渔樵于江渚之上，侣鱼虾而友麋鹿，驾一叶之扁舟，举匏樽以相属。寄蜉蝣于天地，渺沧海之一粟。哀吾生之须臾，羡长江之无穷。挟飞仙以遨游，抱明月而长终。知不可乎骤得，托遗响于悲风。"

苏子曰："客亦知夫水与月乎？逝者如斯，而未尝往也；盈虚者如彼，而卒莫消长也。盖将自其变者而观之，则天地曾不能以一瞬；自其不变者而观之，则物与我皆无尽也，而又何羡乎！且夫天地之间，物各有主，苟非吾之所有，虽一毫而莫取。惟江上之清风，与山间之明月，耳得之而为声，目遇之而成色，取之无禁，用之不竭，是造物者之无尽藏也，而吾与子之所共适。"

客喜而笑，洗盏更酌。肴核既尽，杯盘狼籍。相与枕藉乎舟中，不知东方之既白。

（选自清吴楚材、吴调侯编《古文观止》）

附：白话《前赤壁赋》

壬戌，宋神宗元丰五年秋天，农历七月十六日，苏先生和客人泛舟，游玩在赤壁山下。清风徐徐吹来，水面波浪不兴。举酒劝客，朗诵魏武帝曹操《短歌行》的"明明如月"诗句，歌咏《诗经·周南·关雎》的"窈窕淑女"段落。不久，月亮从东山上升起，徘徊在斗宿牛宿之间。白露横遮江面，水光连接天际。脚踏小船随波而去，超越万顷江面的迷濛旷远。心胸开阔如凌空乘风而行，不知停留何处。轻举飘扬如避世自行其事，飞升进入仙境。

于是很高兴地饮酒，敲击船舷咏唱。歌词唱道："桂木造的船啊，木兰

144

制的桨，撞击明澈江水，迎着闪动的月光。我的心情幽远辽阔，盼望的美人啊，在天的另一方。"有个吹洞箫的客人，应和歌咏伴奏。箫声呜呜，像抱怨，像思恋，像哭泣，像倾诉。余音细长回荡，如同丝线连续不断。令深谷的潜蛟振奋，使孤舟的寡妇哭泣。

苏先生容色改变，整理好衣襟端坐，问客人："箫声为什么这样？"客人答："月明星稀，乌鹊南飞，这不是曹孟德的诗句吗？西望夏口，东望武昌，山川互相交错，郁郁苍苍，这不是孟德被周瑜困窘的地方吗？当他才攻破荆州，自江陵征刘备，顺流东下，战船千里，旌旗遮蔽天空，斟酒临江，横握长矛赋诗，确实是一个时代的杰出强者啊！如今在哪里呢？何况，我和你在江中小洲上捕鱼砍柴，跟鱼虾结伴，与麋鹿交友，驾一叶小舟，举起葫芦互相劝酒，像朝生夕死的蜉蝣寄身于天地间，渺小如沧海中的一颗谷粒。哀悯我辈生命片刻即逝，羡慕长江无穷无尽。想要携手飞天的仙人遨游，和明月长寿而终。知道这些不能骤然得到，只好在悲凉秋风中寄托未尽讯息。"

苏老师说："客人也懂得水和月吧？逝去的事物如近身的江水，像似未曾消失离去。盈虚的事物如高远的月亮，像似终究没有消长。想要从变化的样子观察，天地竟不能认为有一眨眼时间。想要从不变的样子观察，万物与我皆无极限。你又羡慕什么呢？而且天地之间物各有主，如果不是我所拥有的东西，即使一毫也莫获取。唯有这江上清风，跟山间明月，耳朵听到即成为声音，目光遇上就成为景色，接受它们没有禁止，使用它们不会竭尽。是造物者的无尽储藏，我和你已经共享了。"

客人愉快地笑了，洗净杯盏又斟酒喝。菜肴果品全吃光后，杯盘零乱，互相亲近纵横枕卧在船中，不知东方已经明亮。

后赤壁赋

［宋］苏轼

是岁十月之望，步自雪堂，将归临皋。二客从予，过黄泥之坂。霜露既落，木叶尽脱。人影在地，仰见明月。顾而乐之，行歌相答。已而叹曰："有客无酒，有酒无肴。月白风清，如此良夜何？"客曰："今者薄暮，举网得鱼，巨口细鳞，状如松江之鲈。顾安所得酒乎？"归而谋诸妇，妇曰："我有斗酒，藏之久矣，以待子不时之需。"

于是携酒与鱼，复游于赤壁之下。江流有声，断岸千尺。山高月小，水落石出。曾日月之几何，而江山不可复识矣。予乃摄衣而上，履巉岩，（巉：读作"谗"，险峻陡峭。）披蒙茸，踞虎豹，登虬龙，（虬：读作"求"，传说中的龙类动物；蜷曲。）攀栖鹘之危巢，（鹘：读作"胡"，一种鹰类猛禽。）俯冯夷之幽宫。（冯夷：河神名。）盖二客不能从焉。划然长啸，草木震动，山鸣谷应，风起水涌。予亦悄然而悲，肃然而恐，凛乎其不可留也。反而登舟，放乎中流，听其所止而休焉。时夜将半，四顾寂寥。适有孤鹤，横江东来，翅如车轮，玄裳缟衣，戛然长鸣，掠余舟而西也。

须臾客去，予亦就睡。梦一道士，羽衣蹁跹，过临皋之下，揖余而言曰："赤壁之游乐乎？"问其姓名，俯而不答。"呜呼噫嘻，吾知之矣！畴昔之夜，飞鸣而过我者，非子也耶？"道士顾笑，余亦惊悟。开户视之，不见其处。

（选自清吴楚材、吴调侯编《古文观止》）

附：白话《后赤壁赋》

同年农历十月十五，从雪堂步行，将回临皋亭。两位客人跟随我，路过黄泥坂。霜露已降，树叶都脱落了。人影投映在地，仰头看见明月。四顾愉悦，漫步歌吟，互相应和酬答。随后叹息："有客人没有酒，有酒没有菜肴。月白风清，怎样安顿这般良夜哦？"客人说："今天傍晚，我张网捕得一种鱼，大嘴细鳞，形状像吴淞江的鲈鱼。但是，什么地方可以弄到酒呢？"归家后跟妻子商量，妻子说："我有一斗酒，收藏很久了，用来供给你突然的需求。"

于是携带酒和鱼，再次来到赤壁山下游玩。长江流水发出声响，斩齐的江岸高耸千尺。山高月亮显小，水落石头露出。才经历多少日子，江山再不能记识了。我撩起衣角上岸，脚踏险峻陡岩，拨开纷乱草木，倚靠虎豹形状的山石，踩过虬龙般蜷曲的树枝，攀爬高崖上鹘鹰栖息的鸟巢，俯视水神冯夷的深宫。两位客人都不能跟从。忽然长啸，草木震动，群山发声溪谷回应，江风刮起水波腾涌。我已暗暗悲哀，肃然敬畏，惊惧此处不可久留。返回登船，划行到中流，听凭它所停止的位置而休息。此时快半夜了，四顾寂静冷清。恰有一只鹤，横穿江面自东方飞来，翅膀像车轮，黑尾白羽，戛戛长鸣，掠过我们的船西去。

片刻后客人离开，我也随即睡觉。梦见一个道士，鸟羽编织的衣服飘逸飞动，经过临皋亭下，向我拱手行礼说："赤壁的游览快乐不？"问他姓名，低头不回答。"哎哟天哪，我知道啦！昨夜鸣叫着飞过我头顶的巨鹤，不就是你吗？"道士回头笑笑，我已惊醒。开门一看，不见道士在何处。

【附笔】

湖北蒲圻县赤壁山刻有"赤壁"二字。汉末曹操追刘备至巴丘，到此为周瑜所破。湖北黄冈县赤鼻山，也称赤壁，苏轼曾经两次游览。他作前后《赤壁赋》，误以为黄冈赤鼻山是周瑜败曹操处。虽然地理概念弄错了，但他顺手拈来，文字如万斛泉源，不择地而出。以"清风徐来，水波不兴"写初

秋，以"山高月小，水落石出"写初冬，痛陈胸前一片空阔了悟，真乃天成文章，偶然得之也。

石钟山记

[宋] 苏轼

《水经》云："彭蠡之口有石钟山焉。"郦元以为下临深潭，微风鼓浪，水石相搏，声如洪钟。是说也，人常疑之。今以钟磬置水中，虽大风浪不能鸣也，而况石乎！

至唐李渤始访其遗踪，得双石于潭上，扣而聆之，南声函胡，（函胡：同"含糊"，模糊不清。）北音清越，桴止响腾，（桴：读作"服"，鼓槌。）余韵徐歇。自以为得之矣。然是说也，余尤疑之。石之铿然有声者，所在皆是也，而此独以钟名，何哉？

元封七年六月丁丑，余自齐安舟行适临汝，而长子迈将赴饶之德兴尉，送之至湖口，因得观所谓石钟者。寺僧使小童持斧，于乱石间择其一二扣之，硿硿焉。（硿硿：读作"空空"，击打金石声。）余固笑而不信也。至暮夜月明，独与迈乘小舟，至绝壁下。大石侧立千尺，如猛兽奇鬼，森然欲搏人；而山上栖鹘，（鹘：读作"胡"，一种鹰类猛禽。）闻人声亦惊起，磔磔云霄间，（磔磔：读作"折折"，象声词。）又有若老人咳且笑于山谷中者，或曰此鹳鹤也。余方心动欲还，而大声发于水上，噌吰如钟鼓不绝。（噌吰：读作"撑弘"，钟鼓声。）舟人大恐。徐而察之，则山下皆石穴罅，（罅：读作"下"，裂缝。）不知其浅深，微波入焉，涵澹澎湃而为此也。（涵澹：水摇荡貌。澎湃：浪相击貌。）

舟回至两山间，将入港口，有大石当中流，可坐百人，空中而多窍，与

风水相吞吐，有窾坎镗鞳之声，（窾坎：读作"款坎"，象声词。镗鞳：读作"汤榻"，象声词。）与向之噌吰者相应，如乐作焉。因笑谓迈曰："汝识之乎？噌吰者，周景王之无射也；（《国语·周语下》：景王卒铸大钟〈无射〉。）窾坎镗鞳者，魏庄子之歌钟也。（《左传·襄公十一年》：郑人赂晋侯歌钟、镈磬和女乐。晋侯以乐之半赐魏庄子。）古之人不余欺也！"

事不目见耳闻，而臆断其有无，可乎？郦元之所见闻，殆与余同，而言之不详；士大夫终不肯以小舟夜泊绝壁之下，故莫能知；而渔工水师虽知而不能言。此世所以不传也。而陋者乃以斧斤考击而求之，自以为得其实。余是以记之，盖叹郦元之简，而笑李渤之陋也。

（选自清吴楚材、吴调侯编《古文观止》）

附：白话《石钟山记》

《水经》说："鄱阳湖口有座石钟山。"郦道元认为，它下临深潭，微风鼓浪，水石相搏，声如洪钟。这种说法，人们常常怀疑。现在把钟磬放入水中，即使大风浪也不能发声，何况石头呢！

到唐代李渤，方才寻访石钟山的遗迹。在潭边拾得两块石头，敲击聆听，南边的石头声音含糊，北边的石头声音清越。鼓槌停了，回声还传播，余韵缓慢消失，自以为晓悟山名的由来了。但是这个说法我尤其怀疑：石头撞击有声，比比皆是吧，唯独此地用钟命名，为什么呀？

元封七年六月丁丑，我从齐安坐船到临汝。长子苏迈，将要赴任饶州德兴县的县尉，我送他到湖口，因而能够细看所谓的石钟山。

寺僧叫小童拿着斧子，在乱石中选择一两处敲打，硿硿响，我一再发笑，只是不信。恰逢夜间月明，特地同苏迈乘小船来到绝壁下。大石侧立千尺，像猛兽，像奇鬼，幽暗阴森将要抓人。山上栖息的鹰隼，听闻人声已然惊起，磔磔发声云霄间。又像有老人在山谷中咳嗽和嬉笑，有人说，这是水鸟鹳鹤。我正内心震撼想要返回，忽听水上发出巨大声响，噌吰如钟鼓不绝。船夫很害怕。我从容观察，只见山下都是石穴裂缝，不知它们的深浅。微波涌入，摇荡相击而成这种声音。

船回到两山之间，将入港口时，有块大石面向航程中段，可坐百人。内中穿空而多孔窍，跟山风湖水互相吞吐，有窾坎镗鞳声，与刚才的噌吰声相应和，好像音乐响起。于是笑着告诉苏迈："你知道吗？噌吰作响，是周景王铸造的无射大钟。窾坎镗鞳声，是魏庄子受赐的歌钟。古人不曾欺骗我啊！"

事情不经眼见耳闻，就凭主观猜测来断定其有无，合适吗？郦道元的见闻跟我大致相同，却说得不够详细。士大夫终不肯乘小船夜泊绝壁之下，故而没有谁能了解真相。渔夫船家们虽然了解，却不能记载。这就是世上未流传此山之所以得名的缘故。而见闻不广的人，竟然拿斧头敲击寻求，自以为获得了实情。我因此记录这次游历，叹息郦道元的简略，而嘲笑李渤的狭隘。

【附笔】

江西湖口县有两座石钟山。一座在城西，近鄱阳湖，叫上钟山。一座在城东，临大江，叫下钟山。关于山名，除了苏轼的见解之外，清曾国藩在《求阙斋读书录》里说："上钟岩与下钟岩，其下皆有洞，可容数百人，深不可穷，形如覆钟。乃知钟山以形言之，非以声言之。郦氏、苏氏所言皆非事实。"

盲人摸象，各得道之一端。加起来，就愈益接近事实。所谓人文，就是人类生出、转化跟形成的纹路。其间阶段性地有一些分理交错，何伤？东坡文章的探索精神和奇幻画面，足以打动任何一个时代的读者。

记承天寺夜游

［宋］苏轼

元丰六年十月十二日夜，解衣欲睡，月色入户，欣然起行。念无与为乐者，遂至承天寺寻张怀民。怀民亦未寝，相与步于中庭。庭下如积水空明，水中藻、荇交横，（荇：读作"杏"。荇菜，一种多年生水草，嫩茎可食。）盖竹柏影也。何夜无月？何处无竹柏？但少闲人如吾两人者耳。

（选自中华书局《苏轼文集》）

附：白话《记承天寺夜游》

元丰六年十月十二日夜，脱下衣服想睡觉，见月色入户，欣然起立行走。考虑到没有同乐的人，就去承天寺找张怀民。怀民也未就寝，伴随着在庭院中散步。庭下像积水般通透明朗，水中的水藻荇菜交错纷杂，大概是竹丛柏树的倒影。哪个夜晚没有月亮？哪个地方没有竹柏？只是少了闲人如我们两人罢了。

游沙湖

[宋] 苏轼

黄州东南三十里为沙湖,亦曰螺师店。予买田其间,因往相田,得疾。闻麻桥人庞安常善医而聋,遂往求疗。安常虽聋,而颖悟绝人。以纸画字,书不数字,辄深了人意。余戏之曰:"余以手为口,君以眼为耳,皆一时异人也。"

疾愈,与之同游清泉寺。寺在蕲水郭门外二里许,(蕲:读作"齐",古州名,治所在今湖北蕲春县。)有王逸少洗笔泉,(王逸少:晋书法家王羲之,字逸少。相传在浙江绍兴旧宅有洗砚池,水常黑色。本文的洗笔泉,当是借前贤事迹命名的景点。)水极甘,下临兰溪,溪水西流。余作歌云:"山下兰芽短浸溪,松间沙路净无泥,潇潇暮雨子规啼。谁道人生无再少?君看流水尚能西,休将白发唱黄鸡。"是日剧饮而归。

(选自中华书局《东坡志林》)

附:白话《游沙湖》

黄州东南三十里有沙湖,又叫螺师店。我在那儿买田,于是前往察看,得了病。听说麻桥人庞安常擅长医术却耳聋,就去求治疗。安常虽然耳聋,唯独才能解悟远超常人。用纸画字,写不到几个,便深切懂得了别人的意思。我开玩笑说:"我用手当嘴巴,君拿眼睛做耳朵,都是一时奇异人才。"

病好了，跟他同游清泉寺。寺庙在蕲水城门外大约二里，有王羲之洗笔泉，水极甘甜，下临兰溪，溪水西流。我作《浣溪沙》词，大意说："山下兰草芽，短短浸清溪。松间沙石路，洁净无污泥。潇潇暮时雨，子规鸟声啼。谁说人生短，没有再少时？君看东流水，尚能西流去。休随白发人，催晓唱黄鸡。"这一天，豪饮而归。

【附笔】

《宋词三百首》里，有一首苏轼写作的《定风波》：莫听穿林打叶声，何妨吟啸且徐行。竹杖芒鞋轻胜马，谁怕？一蓑烟雨任平生。料峭春风吹酒醒，微冷，山头斜照却相迎。回首向来萧瑟处，归去，也无风雨也无晴。

他在小序里说："三月七日，沙湖道中遇雨。雨具先去，同行皆狼狈，余独不觉。已而遂晴，故作此词。"

今天我们读《游沙湖》，又读《定风波》，由衷感慨苏老先生风华绝代，仅仅游历一个沙湖乡镇，援笔拟之，便见佳致连连。

武昌九曲亭记

[宋] 苏辙

苏辙，宋眉州眉山人。嘉祐二年与兄苏轼同举进士，官至翰林学士，门下侍郎。徽宗时辞官，筑室许州，号颍滨遗老。文章跟苏轼齐名，为唐宋八大家之一。

子瞻迁于齐安，庐于江上。齐安无名山，而江之南武昌诸山，陂陁蔓延，（陂陁：读作"坡沱"，倾斜不平貌。）涧谷深密，中有浮图精舍。西曰西山，东曰寒溪。依山临壑，隐蔽松枥，（枥：同"栎"，读作"历"，树名。）萧然绝俗，车马之迹不至。

每风止日出，江水伏息，子瞻杖策载酒，乘渔舟乱流而南。山中有二三子，好客而喜游。闻子瞻至，幅巾迎笑，相携徜徉而上，穷山之深，力极而息。扫叶席草，酌酒相劳，意适忘反，往往留宿于山上。以此居齐安三年，不知其久也。

然将适西山，行于松柏之间，羊肠九曲而获少平，游者至此必息。倚怪石，荫茂木，俯视大江，仰瞻陵阜，旁瞩溪谷，风云变化，林麓向背，皆效于左右。有亭废焉，其遗址甚狭，不足以席众客。其旁古木数十，其大皆百围千尺，不可加以斤斧。子瞻每至其下，辄睥睨终日。一旦大风雷雨，拔去其一，斥其所据，亭得以广。子瞻与客人入山视之，笑曰："兹欲以成吾亭

耶？"遂相与营之，亭成而西山之胜始具，子瞻于是最乐。

昔余少年，从子瞻游。有山可登，有水可浮，子瞻未始不褰裳先之。（褰：读作"千"，提起，撩起。）有不得至，为之怅然移日。至其翩然独往，逍遥泉石之上，撷林卉，（撷：读作"谐"，摘取。）拾涧实，酌水而饮之，见者以为仙也。

盖天下之乐无穷，而以适意为悦。方其得意，万物无以易之。及其既厌，未有不洒然自笑者也。譬之饮食，杂陈于前，要之一饱，而同委于臭腐。夫孰知得失之所在？惟其无愧于中，无责于外，而姑寓焉。此子瞻之所以有乐于是也。

（选自清姚鼐编《古文辞类纂》）

附：白话《武昌九曲亭记》

子瞻贬职到齐安，家住长江边。齐安无名山，只有南岸武昌的群山，倾斜不平地延伸扩张，涧谷深密，中有佛塔僧舍。西面叫西山，东面叫寒溪。依山临壑，隐蔽在松树枥树间，寂寞绝俗，车马印迹不至。

每当风停日出，江水低伏平息，子瞻拄杖载酒，乘渔舟横渡到南岸。山中有几人，好客且喜旅游。听闻子瞻来了，幅巾束发迎接欢笑，互相携手逍遥而上，穷极山的幽深，筋疲力尽才休息。他们清扫落叶，藉草坐卧，酌酒相劝，意气酣畅忘了回家，往往留宿山上。像这样居住齐安三年，不知时间长久。

随后行进到西山，走在松柏之间，羊肠小道九曲才获少许平地，游者至此必做休息。倚靠怪石，庇荫茂木，俯视大江，仰望高山，旁观溪谷，风云变化和山林向背，都描画在左右。有座倒塌的亭子，遗址很狭，不足以为众人铺坐席。亭旁古木数十株，都大到百围千尺，不可施加斤斧。子瞻每至树下，总是窥伺终日。有一天大风雷雨，连根拔起其中一株。开拓它占据的地块，亭子可以扩大。子瞻和客人入山考察，笑道："这是想要成全我们的亭子吗？"于是互相操持营造，亭子建成，西山胜景才具备，子瞻对此最高兴。

昔年我在少年时代，跟从子瞻游玩。有山可以攀登，有水可以漂浮，子瞻未尝不撩起裤脚先行。某地不能到达，为此日影移动而惆怅。到他轻快自得地独自前往，逍遥泉石之上，摘取林间花草，捡拾涧中果实，酌水而饮，见者以为是仙人。

天下乐事无穷，以顺适己意为开心。当其得意，万物不可交换。到已满足，未有不潇洒自笑的。好比吃喝，食物杂陈面前，想要一饱，然后一起结尾为臭腐，谁了解得失所在？只要无惭愧在内心，无责备在外界，就姑且寄托吧。这是子瞻有乐于山水的原因。

游褒禅山记

[宋] 王安石

　　王安石,宋抚州临川人。庆历二年进士,神宗熙宁二年参知政事,领三司条例使,实行新法。熙宁九年罢相。晚年退居江宁,闭门不言政。于诸经皆有著作,主张文学"务为有补于世",为唐宋八大家之一。

　　褒禅山亦谓之华山。唐浮图慧褒始舍于其址,而卒葬之;以故其后名之曰"褒禅"。今所谓慧空禅院者,褒之庐冢也。距其院东五里,所谓华山洞者,以其乃华山之阳名之也。距洞百余步,有碑仆道,其文漫灭,独其为文犹可识,曰"花山"。今言"华""如""华实"之"华"者,盖音谬也。

　　其下平旷,有泉侧出,而记游者甚众,所谓前洞也。由山以上五六里,有穴窈然,(窈:读作"杳",昏暗,深远。)入之甚寒,问其深,则其好游者不能穷也,谓之后洞。余与四人拥火以入,入之愈深,其进愈难,而其见愈奇。有怠而欲出者,曰:"不出,火且尽。"遂与之俱出。

　　盖余所至,比好游者尚不能十一,然视其左右,来而记之者已少。盖其又深,则其至又加少矣。方是时,余之力尚足以入,火尚足以明也。既其出,则或咎其欲出者,而余亦悔其随之而不得极夫游之乐也。

　　于是余有叹焉。古之人观于天地、山川、草木、虫鱼、鸟兽,往往有得,以其求思之深而无不在也。夫夷以近,则游者众;险以远,则至者少。

而世之奇伟、瑰怪，非常之观，常在于险远，而人之所罕至焉，故非有志者不能至也。

有志矣，不随以止也，然力不足者，亦不能至也。有志与力，而又不随以怠，至于幽暗昏惑而无物以相之，亦不能至也。然力足以至焉，于人为可讥，而在己为有悔；尽吾志也而不能至者，可以无悔矣，其孰能讥之乎？此余之所得也。

余于仆碑，又以悲夫古书之不存，后世之谬其传而莫能名者，何可胜道也哉！此所以学者不可以不深思而慎取之也。

四人者：庐陵萧君圭君玉，长乐王回深父，余弟安国平父，安上纯父。至和元年七月某日，临川王某记。

（选自清吴楚材、吴调侯编《古文观止》）

附：白话《游褒禅山记》

褒禅山也叫华山。唐代高僧慧褒，当初定居在山中基址上，死后葬在那里。因为这个缘故，其后名叫"褒禅"。现在所说的慧空禅院，是慧褒墓旁服丧者居住的小屋。距离慧空禅院东边五里，所说的华山洞，一名华阳洞，因在华山之阳而命名。离开洞口百余步，有块石碑仆倒路旁，碑文浸坏消失，只有残纹仍可辨识，曰"花山"。今天说"华"字如"华实"的"华"，大概读音谬误了。

路下方平旷，有泉水侧边涌出，游览时做标记的人很多，就是所说的前洞。由山路上行五六里，有窟穴幽深昏暗，入窟很冷。问它的深度，即便喜欢旅游的人也不能到达极点，称作后洞。我跟四人手持火把到洞内，进入愈深，前进愈困难，而所见愈奇异。有倦怠想要出洞的人说："不出去，火把快燃完了。"于是同他一起退出。

大概我们所到的地方，比起喜欢旅游的人，还不到十分之一。然而看看左右，来做标记的人已经较少。超前再深些，则到达的人又更加少了。当此时，我的力量还足以深入，火把依然足以照明。已经出来，有人责备要出洞的人，我也后悔他跟随着，而不得极尽游览的乐趣。

于是我有叹息。古人观察天地、山川、草木、虫鱼和鸟兽，往往有感悟，因为他们探求思考之深，无不存在。凡是平坦靠近的地方，游客就多。艰险遥远的地方，穷尽者就少。而世界上奇特壮美、珍贵怪异的非常景观，常在艰险遥远、人所罕至的地方。所以，不是有志者就不能到达。

有志了，不随即停止，然而力气不足的人，确实不能到达。有志气和力量，又不随从别人懈怠，到幽暗昏惑时没有外物扶助，也是不能到达。如此，力量足以到达却不到达，对于他人是可以指责，在自己是有悔恨。全部展示我的志向，还不能达成的事，可以无悔，谁能非议讥笑？这，就是我的游山感悟。

我对于仆倒的石碑，又悲悯往昔书写的文字已不存在。后世谬误相关记载，却没有谁能够辨明实情的事，怎么可以说得完哦！这就适宜认为，学者不可以不深思并且谨慎接受。

同游四人：庐陵萧君圭，字君玉。长乐王回，字深父。我弟弟王安国，字平父。王安上，字纯父。至和元年七月某日，临川王某记。

新城游北山记

[宋] 晁补之

晁补之，山东巨野人，宋吏部员外郎、礼部郎中。工诗文，十余岁受苏轼赏识，为苏门四学士之一。

去新城之北三十里，山渐深，草木泉石渐幽。初犹骑行石齿间，旁皆大松，曲者如盖，直者如幢，立者如人，卧者如虬。（虬：读作"求"，传说中的龙类动物，又指蛇。）松下草间有泉沮洳伏见，（沮洳：读作"巨入"，低湿。）堕石井，锵然而鸣。松间藤数十尺，蜿蜒如大蚖。（蚖：读作"元"，蜥蜴类动物，毒蛇。）其上有鸟，黑如鸲鹆，（鸲鹆：读作"渠玉"，八哥鸟。）赤冠长喙，（喙：读作"会"，鸟兽的嘴。）俯而啄，磔然有声。（磔：读作"折"，象声词。）

稍西，一峰高绝，有蹊介然，仅可步。系马石觜，（觜：读作"嘴"，形状像嘴的东西。）相扶携而上。篁筱仰不见日，（篁：读作"皇"，麻竹。筱：读作"小"，箭竹。）如四五里，乃闻鸡声。有僧布袍蹑履来迎，与之语，愕而顾，如麋鹿不可接。

顶有屋数十间，曲折依崖壁为栏楯，（楯：读作"吮"，栏杆上的横木。）如蜗鼠缭绕乃得出。门牖相值。既坐，山风飒然而至，堂殿铃铎皆鸣。二三子相顾而惊，不知身之在何境也。且莫，皆宿。

于时九月，天高露清，山空月明，仰视星斗皆光大，如适在人上。窗间

竹数十竿相摩戛，声切切不已。竹间梅棕，森然如鬼魅离立突鬓之状。二三子又相顾魄动而不得寐。迟明，皆去。

既还家数日，犹恍惚若有遇，因追记之。后不复到，然往往想见其事也。

（选自清姚鼐编《古文辞类纂》）

附：白话《新城游北山记》

离新城之北三十里，山渐深，草木泉石渐幽。初时，还骑马行走在犬牙交错的乱石路间，两旁全是大松，弯曲像车盖，挺直像旗杆，站立像人，躺卧像龙。松下草丛里，有泉水在湿地间隐现，堕落石井，锵锵鸣响。松间藤茎数十尺，蜿蜒如大蛇。藤上有鸟，黑如八哥，赤冠长嘴，低头啄食磔磔有声。

稍往西，一座山峰超级高耸。有小路细瘦，仅可步行。我们系马石嘴，互相扶携而上。麻竹箭竹丛中仰头不见天日，往前四五里，才听到鸡叫。有僧人布袍拖鞋来迎接，跟他对话，他讶然环顾，如同麋鹿不可接触。

峰顶有数十间房屋，曲曲折折依傍崖壁修建栏杆，像蜗牛老鼠一样迂回绕道，才能外出。门窗相对，坐下后，山风飒飒吹来，堂殿中悬挂的风铃一齐鸣响。随行诸君相顾吃惊，不知身在何方景致。将近日落，皆留宿过夜。

此时九月，天高露清，山空月明，仰望星斗明亮而硕大，好像恰在人头顶上。窗间数十竿竹子相互摩擦，声音细急切切不已。竹间的梅树棕榈树，阴森如鬼魅并立、鬓发遮面的形状。随行几人又相顾魄动，不能入睡。黎明，一同离开。

已回家数日，仍恍惚若有际遇，于是追思记录。后来不再到那座山，然而往往想见此事。

过小孤山大孤山

［宋］陆游

陆游，宋越州山阴人。孝宗时赐进士出身，除枢密院编修，后任建康、夔州通判。光宗时以宝章阁待制致仕。一生写诗近万首，风格雄浑豪迈，为南宋一大家。

八月一日，过烽火矶。南朝自武昌至京口，列置烽燧，（烽燧：读作"风岁"，烽火台。古代边防报警，白天放烟叫"烽"，夜间举火叫"燧"。）此山当是其一也。自舟中望山，突兀而已。及抛江过其下，嵌岩窦穴，（嵌：读作"倩"，张开貌。窦：读作"豆"，孔穴。）怪奇万状，色泽莹润，亦与它石迥异。又有一石，不附山，杰然特起，高百余尺，丹藤翠蔓，罗络其上，如宝装屏风。是日风静，舟行颇迟，又秋深潦缩，故得尽见，杜老所谓"幸有舟楫迟，得尽所历妙"也。

过彭浪矶、小孤山，二山东西相望。小孤属舒州宿松县，有戍兵。（戍：读作"术"，守边。）凡江中独山，如金山、焦山、落星之类，皆名天下，然峭拔秀丽皆不可与小孤比。自数十里外望之，碧峰巉然孤起，（巉：读作"馋"，尖突，险峻，高耸貌。）上干云霄，已非它山可拟，愈近愈秀，冬夏晴雨，姿态万变，信造化之尤物也。但祠宇极于荒残，若稍饰以楼观亭榭，与江山相发挥，自当高出金山之上矣。

庙在山之西麓，额曰"惠济"，神曰"安济夫人"。绍兴初，张魏公自湖湘还，尝加营茸，有碑载其事。又有别祠在彭浪矶，属江州彭泽县，三面临江，倒影水中，亦占一山之胜。舟过矶，虽无风，亦浪涌，盖以此得名也。昔人诗有"舟中估客莫漫狂，小姑前年嫁彭郎"之句，传者因谓小孤庙有彭郎像，澎浪庙有小姑像，实不然也。

晚泊沙夹，距小孤一里。微雨，复以小艇游庙中，南望彭泽、都昌诸山，烟雨空濛，鸥鹭灭没，极登临之胜，徙倚久之而归。方立庙门，有俊鹘抟水禽，（鹘：读作"胡"，一种鹰类猛禽。抟：读作"团"，盘旋，把东西卷紧。）掠江东南去，甚可壮也。庙祝云，山有栖鹘甚多。

二日早，行未二十里，忽风云腾涌，急系缆。俄复开霁，（霁：读作"记"，雨止，明朗。）遂行泛彭蠡口，四望无际，乃知太白"开帆入天镜"之句为妙。始见庐山及大孤。大孤状类西梁，虽不可拟小孤之秀丽，然小孤之旁，颇有沙洲葭苇，大孤则四际渺弥皆大江，望之如浮水面，亦一奇也。江自湖口分一支为南江，盖江西路也。江水浑浊，每汲用，皆以杏仁澄之，过夕乃可饮。南江则极清澈，合处如引绳，不相乱。

晚抵江州，州治德化县，即唐之浔阳县，柴桑、栗里，皆其地也；南唐为奉化军节度，今为定江军。岸土赤而壁立，东坡先生所谓"舟人指点岸如赪"者也。（赪：读作"撑"，红色。）泊湓浦，（湓：读作"盆"，古水名，今名龙开河。）水亦甚清，不与江水乱。自七月二十六日至是，首尾才六日，其间一日阻风不行，实以四日半溯流行七百里云。

（选自中华书局《陆游集·入蜀记》）

附：白话《过小孤山大孤山》

八月一日，过烽火矶。南朝由武昌到京口，依次设置烽火台，此山应当是其中之一。从船中望山，高耸而已。直到舍弃江流经过山下，崖岸裂开，山石穿孔，怪奇万状，色泽莹润，跟别处的山岩迥然不同。又有一块大石不依傍山，傲然单立，高百余尺，朱红藤茎和青绿枝蔓遮绕石上，好比宝玉装饰的屏风。当天风静，船行较慢，又秋深积水退缩，所以能全都看见，正如杜甫老先生所说的"幸有舟楫迟,得尽所历妙"。

过澎浪矶、小孤山,二山东西相望。小孤山属于舒州宿松县,有驻军。凡是江中的独山,如金山、焦山、落星山之类,都名扬天下。然而陡峭挺拔和秀丽,皆不能与小孤山相比。自数十里以外眺望,碧峰高耸孤起,上触云霄,已非他山可模仿。愈接近愈俊秀,在冬夏季节,晴雨天气,姿态万般变化,确实是造化的尤物啊。但祠堂庙宇荒凉残破到极点,若是稍用楼观亭榭装饰,跟江山互相显现振奋,自当高出金山之上。

庙在西边山脚,牌匾题写"惠济",供奉神主叫"安济夫人"。绍兴初年,魏国公张浚从湖南返回,曾经施加营造修葺,有石碑记载其事。又有别的庙宇在澎浪矶,属于江州彭泽县,三面临江,倒影水中,也占据了一山佳妙。船过矶石边,即使无风也涌起波浪,大概澎浪矶就因此得名吧。昔人诗有"舟中估客莫漫狂,小姑前年嫁彭郎"的句子,传言的人由此说小孤庙有彭郎像,澎浪庙有小姑像,其实不是这样。

傍晚停泊沙夹(地名),距小孤山一里。微雨,又乘小艇游庙中。南望彭泽县、都昌县的众多山丘,烟雨空濛,江鸥白鹭身影消失,穷尽了登高视下的妙趣,徘徊很久才回去。正站立庙门时,有大鹰盘旋着抓紧水禽,掠过大江朝东南飞去,实在堪称豪横。庙中管香火的人说,山里有很多栖息的鹰隼。

第二天早晨,行船不到二十里,忽然风云腾涌,急忙拴系缆绳。俄而又雨止云开,就乘船浮行到鄱阳湖口,四望无际,才知李太白"开帆入天镜"的诗句为妙。然后看见庐山和大孤山。大孤山状貌类似西梁山,虽然不能比拟小孤山的秀丽,然而小孤山旁,多有沙洲芦苇,大孤山则四际辽远广阔,全是大江,望上去像漂浮在水面,也算一种奇观。长江由湖口分一支为南江,是长江的西路。长江的水很浑浊,每当打水使用,都用杏仁分离沉淀杂质,经过一个晚上才可饮用。南江则极清澈,它跟长江合拢的部分如划定绳墨,互不淆乱。

日暮抵达江州,州治德化县,即唐代的浔阳县,柴桑县和栗里铺,都是它的属地。南唐时为奉化军区管辖,现在为定江军区管辖。这里岸土赤红,墙壁一样陡峭耸立,就是东坡先生所说的"舟人指点岸如颊"。船泊滟水边,水也很清,不跟长江水混淆。自七月二十六日到今晚,从头到尾才六天,其中有一天被风阻止不能前行,实用四天半,逆流而上航行了七百里。

湖心亭看雪

[明] 张岱

张岱，明浙江山阴人。明清之际的史学家和文学家，以小品文见长。

崇祯五年十二月，余住西湖。大雪三日，湖中人鸟声俱绝。是日更定矣，（更：古代夜间计时单位，一夜分五更，每更约两小时。定：题额，物体上首接近顶端的部分。更定：初更。）余拏一小舟，（拏：读作"奴"，撑船。）拥毳衣炉火，（毳：读作"脆"，鸟兽细毛，毛织物。）独往湖心亭看雪。

雾凇沆砀，（凇：读作"松"，水气凝成的冰花。沆：读作"航－去声"。砀：读作"荡"。沆砀：白气弥漫貌。）天与云与山与水，上下一白，湖上影子，惟长堤一痕、湖心亭一点、与余舟一芥、舟中人两三粒而已。

到亭上，有两人铺毡对坐，一童子烧酒炉正沸。见余大喜曰："湖中焉得更有此人！"拉余同饮。余强饮三大白而别。问其姓氏，是金陵人，客此。及下船，舟子喃喃曰："莫说相公痴，更有痴似相公者。"

（选自中华书局《陶庵梦忆》）

附：白话《湖心亭看雪》

崇祯五年十二月，我住在西湖边。大雪下了三天，湖中人声鸟声全静止了。这天初更时分，我撑一叶小舟，围裹毛衣，依偎炉火，独自前往湖心亭

看雪。

寒雾冰花白气弥漫，天与云与山与水，上下一片银白。湖上的影子，唯剩长堤一抹痕迹，湖心亭一个黑点，我的小舟像一根小草，舟中人两三颗微粒而已。

到了亭上，有两人铺毡对坐，一个童子在火炉上煮酒，正沸腾。看见我大喜，说："湖中怎能又有这样的伴侣！"拉住我同饮。我勉力饮了三大杯，然后道别。问他们姓氏，是金陵人，客居此地。到下船时，船夫喃喃地说："莫说相公傻，更有跟相公一样傻的人。"

谒漂母祠记

［明］黄省曾

黄省曾，明代学者。漂母，指水中击絮的老妇。《史记·淮阴侯列传》：韩信为布衣时，贫穷饥饿。有位漂母供给饭食，数十日不倦。韩信后来当楚王，赐漂母千金。漂母祠，位于江苏淮安市。

予自北归，舣亭淮阴，（舣：读作"以"，停船靠岸。亭：同"停"，停留。）乃登观散趾，谒漂母于城。因叹韩信之在当时，三老无所举，县次不以择。胸涵冠代之略，才蕴帝师之算，不能博一餐于乡人。蓐炊绝往，（蓐：读作"入"，草席。《史记·淮阴侯列传》：韩信数从南昌亭长寄食，亭长妻患之，乃晨炊〈清晨烧火煮饭〉，蓐食〈未起床在寝席上进食〉。正常饭点韩信前往，就不供饭了。韩信明白她的意思，很生气，不再去她家。）川钓无获，（《史记·淮阴侯列传》：韩信钓于城下。）绿草曷茹，（曷：读作"禾"，怎么。茹：读作"如"，吃，吞咽。）清波难饱。使无漂母之饭，则楚沟之殍，（殍：读作"飘－上声"，饿死的人。）信恐不免矣。宜其一旦致侯王，声天下，而奉千金以为报也。

且夫常人之情，向辏于权贵之门。虽万镒之输，不以为吝。昭华、夜光之珍，每百方求进，以一受为荣。至于茅素尘埃之士，神龙不云，黄鹄未羽，所须斗金之粟耳，（金：读作"斧"，量器名，六斗四升为一金。）孰肯误有毫毛之捐，以济其旦夕之命哉？此母之高义所以为难，而千金之报，予犹以为薄

也。

或曰，庙貌之享，不为过欤？予曰：天将降大任于是人也，必先投之穷辛抑郁之地，无所往而有适，以坚闵其所具。则是信之贫窭，（窭：读作"具"，贫穷得无法备办礼物；泛指贫穷。）乃天之所养以为英雄者也。母于天之所养，哀而食之数十日。则天心宁有不悦，而使之俎豆于百世乎？（俎豆：读作"祖豆"，两种祭祀礼器，崇奉。）信而饥死，则暴项不灭，而苍生糜烂无已。则是凡信之功皆母成之也。信既有祠，而母可少哉？

当母之时，所谓黄金北斗者徒，皆卉蚁而死。惟母之声名，齐日月于穹壤。施义之报，宜其然也。呜呼！今之淮阴，犹夫昔也。莽泽困悴，岂无英雄如信者乎？未闻有若漂母以饭之者，于是益知母之高义为难也。因奠之椒醑，（醑：读作"许"，清酒。）再拜勒文于祠上。

（选自清李扶九、黄仁黼编《古文笔法百篇》）

附：白话《谒漂母祠记》

我从北方归来，船停淮阴，然后登岸观赏分散的遗迹，在城里拜谒了漂母祠。于是感叹韩信在当时，执掌教化的三老官员不举荐，县府不选拔。胸中包含冠绝当代的谋略，才质蕴藏皇帝老师的推算，不能在家乡博得一餐。所寄食的南昌亭长家，妻子清晨煮饭，寝席上进食。正常饭点韩信前往，就不供饭了。韩信很生气，不再去。淮水里钓鱼也无收获。绿草怎么吞咽，清波难以饱腹。假使没有漂母供饭，楚地沟壑里饿死的人，韩信恐怕不可避免。理应在他一旦做侯王，名扬天下，奉送千金作为报答。

几乎所有的常人之情，都归聚于权贵豪门。纵使万镒的输送，不晓得顾惜。昭华玉、夜光珠一类珍宝，每每百种方法寻求进献，以一次接受为荣耀。至于贫寒茅屋里的凡尘士子，像等待升天的神龙不遇庆云，一举千里的黄鹄羽毛未丰。所须一斗半釜粮食，谁肯犯迷糊有毫毛捐助，以救济他们旦夕的性命？这就是漂母高尚合宜的行为所以不容易，而千金报答，我认为还少了。

有人说，庙宇中塑像享用祭品，不过分吗？我说道：上天将赐予超级责任给这个人，必先抛弃到穷困辛苦、愤懑郁结的境地，所到之处没有舒畅满足，以坚固宏大他的才具。因此韩信的贫穷，是上天培养他成为英雄。漂母对于上天培养的目标，哀怜而供食数十日。天心岂有不喜悦，而使她崇奉于百世？如果韩信饿死了，残暴的项羽就不会灭亡，于是百姓毁伤碎烂就没完没了。那么韩信所有的功绩，都是漂母成就的。韩信有祠堂，漂母可以少吗？

在漂母那个时代，所谓黄金北斗般的人物，都像草木蚂蚁一样死去了。唯有漂母的声名，在苍穹大地间等同日月。施与善意的酬报，应该这样。哎呀！今天的淮阴城如同往日，草莽池泽中困苦憔悴的人，难道没有英雄像韩信一样吗？未闻有像漂母用饭去长养，于是更加懂得漂母高尚合宜的行为，很不容易。随即进献花椒籽浸制的清酒，再次跪拜，刻写文章在祠上。

登泰山记

[清] 姚鼐

姚鼐，清安徽桐城人。乾隆二十八年进士，四库开馆，任纂修官，年余归。主讲江南、紫阳、钟山书院，前后四十年。所作古文，自谓师法方苞，上溯宋欧阳修和曾巩。辑《古文辞类纂》。因方苞、姚鼐皆桐城人，世有桐城派之称。

泰山之阳，汶水西流；其阴，济水东流。阳谷皆入汶，阴谷皆入济。当其南北分者，古长城也。最高日观峰，在长城南十五里。

余以乾隆三十九年十二月，自京师乘风雪，历齐河、长清，穿泰山西北谷，越长城之限，至于泰安。是月丁未，与知府朱孝纯子颍由南麓登。四十五里，道皆砌石为磴，其级七千有余。

泰山正南面有三谷。中谷绕泰安城下，郦道元所谓环水也。（环水：水名，北魏郦道元《水经注·汶水》："又合环水，水出泰山南溪。"）余始循以入，道少半，越中岭，（中岭：山名，又叫中溪山。）复循西谷，遂至其巅。古时登山，循东谷入，道有天门。东谷者，古谓之天门溪水，余所不至也。今所经中岭及山巅，崖限当道者，（限：腰部。）世皆谓之天门云。道中迷雾冰滑，磴几不可登。及既上，苍山负雪，明烛天南。望晚日照城郭，汶水、徂徕如画，（徂徕：读作"殂来"，山名，在今山东泰安市东南。）而半山居雾若带然。

戊申晦，五鼓，与子颍坐日观亭，待日出。大风扬积雪击面。亭东自足下皆云漫。稍见云中白若樗蒱数十立者，（樗蒱：读作"初葡"。博戏名，以掷骰子决胜负。）山也。极天云一线异色，须臾成五采。日上，正赤如丹，下有红光动摇承之，或曰，此东海也。回视日观以西峰，或得日或否，绛皓驳色，而皆若偻。

亭西有岱祠，（岱：泰山别名。岱祠：东岳大帝庙。）又有碧霞元君祠。（碧霞元君：传说是东岳大帝的女儿。）皇帝行宫在碧霞元君祠东。是日观道中石刻，自唐显庆以来；其远古刻尽漫失。僻不当道者，皆不及往。

山多石，少土。石苍黑色，多平方，少圜。（圜：同"圆"，圆形。）少杂树，多松，生石罅，（罅：读作"夏"，缝隙，裂开。）皆平顶。冰雪，无瀑水，无鸟兽音迹。至日观数里内无树，而雪与人膝齐。

桐城姚鼐记。

（选自上海古籍出版社《惜抱轩诗文集》）

附：白话《登泰山记》

泰山南面，汶水西流。山北，济水东流。南坡溪谷都汇入汶水，北坡溪谷都汇入济水。充当南北分界的，是古长城。最高日观峰，在长城以南十五里。

我于乾隆三十九年十二月，自京师冒风雪，经过齐河县、长清县，钻进泰山西北的山谷，跨越长城界限，到达泰安府。同月丁未日，跟知府朱孝纯，字子颍，由泰山南麓自下而上。四十五里，道路全是砌石做磴，石阶七千有余。

泰山正南面有三条溪谷。中间的溪谷环绕泰安城下，是郦道元所说的环水。我们初始沿着中谷进入，行程不到一半，就爬越中溪山，再顺着西边的溪谷，登临山巅。东边的山谷，古时叫做天门溪水，我没去过。今天所经过的中溪山和山巅，崖腰当道的地方，世人皆称天门。道中弥漫着雾气，凝冰滑溜，石磴几乎不可攀登。等到达高处时，苍山覆盖白雪，雪光映亮天南。远望夕阳斜照城邑，汶水和徂徕山如同画卷，而半山积雾像腰带一样。

戊申日（第二天）夜晚，五更，我与子颍坐日观亭等待日出。大风飞扬，积雪击打面颊，亭东从脚下起全都浮云弥漫。随即看见云中白得像樗蒱博戏的骰子似的，有数十粒竖起，是山峰。天边云气呈现一线不同颜色，须臾成为五彩。太阳上方，正赤赫如丹砂。下面有红光动摇承托，有人说那是东海。回头看日观亭以西的峰峦，有的获得阳光，有的未获得，红白杂色，都像在鞠躬。

亭西有岱祠（东岳大帝庙），又有碧霞元君祠（东岳大帝女儿庙）。皇帝出巡居住的宫室，在碧霞元君祠东面。这日观峰路上的石刻，自唐显庆年间以来，远古石刻全都模糊缺失了。偏僻不当道的地方，皆来不及去。

山上多石少土。石头苍黑色，多平坦的方形，少圆形。少杂树，多松树，它们生长在石缝里，顶部齐等高。冰雪中没有瀑布流水，没有鸟兽声音和踪迹。到日观峰的路上，数里之内没有树木，而大雪跟人的膝盖一样高低。

桐城姚鼐记。

汉关夫子春秋楼记

[清] 刘曾

关夫子,指三国名将关羽。生平喜读《春秋》,忠义大节冠于千古。此楼塑关羽读《春秋》像。作者刘曾本末待考。

夫楼胡以春秋名也?考《春秋》系鲁史,东周以还,王纲欲坠,我孔子惧万世君臣之大义不明,不得已而以宗鲁者尊周,托《春秋》以见志。此春秋之所以有其书也。

若汉自灵献守府,无异东迁,而当时汉统在蜀。我关夫子欲以存蜀者存汉,志《春秋》之志。此春秋之所以有其人也。

汉阴之西北隅,秦晋诸君子建夫子庙。面江背湖,创开巨丽。后起危楼,宏模壮规。与晴川、黄鹤二楼,鼎峙相望。肖夫子读《春秋》像于其上,此春秋之所以有其楼也。

嗟乎!《麟经》一书,(传说孔子作《春秋》,绝笔于获麟,后因称《春秋》为《麟经》。)系万古纲常。当其时,笔削独断,非所称游夏不能赞一词,而《公》《谷》《左》胡仅得其貌焉者也?

我夫子以布衣起戎行,抢攘于金戈铁马之间。而讨贼大义,如揭日月。东鲁心传,若合符节。是岂必斤斤焉取二百四十二年之事,如经生家占毕穷年,皓首一室,搜遗迹于往帙,(帙:读作"至",包书的套子。)讨故实于残编也

耶？则夫子所读之书，谓鲁《春秋》也可，直谓汉《春秋》也亦可。然因之重有慨矣。

凡天之生圣人，必极穷其数。如当日周德虽衰，而鲁有仲尼。汉祚虽微，而蜀有夫子。乃一则坐老洙泗，而东周之志托诸空言。一则固守弹丸，而歼吴灭魏竟成遗憾。岂天之所以位置圣人者，独有此杏坛一片席，荆襄一块土也哉？亦何遭遇之穷如是耶！

今试登楼而望，彼武昌夏口之间，月明星稀，横槊而赋者，（《旧唐书·杜甫传》：曹氏父子鞍马间为文，往往横槊赋诗。）犹有存焉者乎？东指吴会，彼楼船铁锁，拥三世之业而据长江之险者，犹有存焉者乎？于乎，铜台湮销，吴宫草埋，亦知数千百年后，摩荡日月，倚仗乾坤，巍巍然与鲁之东山遥峙，而有此春秋楼者乎！吾愿登斯楼者，无徒咏汉阳芳草与晴川黄鹤，同作眺览嬉游之想。盖所以作忠臣义士之气，而非以供骚人墨士之娱。此春秋楼之所以有记也。

或曰，夫子之神在天下，家尸户祝。而成斯楼者，皆秦晋人，意者其有私祝乎？（意：通"抑"，抑或，还是。）非也。譬之日月经天，普海同照，而扶桑昆仑之区，炙光倍近。（炙：读作"至"，热，曝晒。）夫子晋人也，而秦与晋亲，亦犹扶桑昆仑之民，虽不求私照，而得以习睹其日月者，天下实莫能争也。我秦晋人之成斯楼也，亦若是焉云尔。

（选自清李扶九、黄仁黼编《古文笔法百篇》）

附：白话《汉关夫子春秋楼记》

楼为什么用春秋命名？据考察，《春秋》是鲁国史书。东周以后，朝廷纲纪即将丧失，我孔子忧虑万世君臣的大义不明白，不得已用尊崇鲁国的方式来尊崇周王朝，假托《春秋》阐明志向。这是春秋之所以有书的原因。

像汉代自从灵帝、献帝守持成业，无异于周平王东迁洛邑。当时汉朝一脉相承的统系在蜀地。我关夫子想凭借保存蜀地来保存汉朝，向慕《春秋》意愿。这是春秋之所以有其人的原因。

汉水南岸的西北角，秦晋诸君子建有关夫子庙。它面朝大江，背靠湖水，开创极美。庙后起高楼，规模雄壮有法度，跟晴川、黄鹤二楼鼎峙相望，塑关夫子读《春秋》像在楼上。这是春秋之所以有楼的原因。

嗨呀！《麟经》（《春秋》别称）一书，维系万古纲常。当其时，记载什么，删除什么，由孔子独自决断。是否恰当，即使以文章见长的子游跟子夏，也不能参与一个字。而《春秋公羊传》《春秋谷梁传》和《左传》，是否仅获得《春秋》的皮毛呢？

我关夫子以布衣在军中崛起，纷乱于金戈铁马之间。讨贼大义，如同高举日月。东方鲁地的心法传授，好像吻合符节。这时难道一定要斤斤计较，取鲁国二百四十二年事，如像儒家经典的专家和门徒，揣度一辈子，白头在一室，从古旧书套里搜寻遗留事迹，在残缺书本中研讨典故出处？就是说，关夫子所读的书，叫做鲁《春秋》也可以，直接称作汉《春秋》也可以。于是因此又有感慨了。

凡是天生圣人，必定狠狠困厄他的命运。如像当日周王朝的恩德衰微了，才在鲁国有仲尼。汉朝皇位衰微了，才在蜀国有关夫子。然后，一个坐老洙水泗水，尊崇东周的志向托付空言。一个固守弹丸之地，尽歼东吴灭亡曹魏，竟成遗憾。难道上天之所以设位安置圣人，只有这教学讲台上的一片坐席，荆州襄州间的一块土地吗？为何遭遇不得志到了这般田地呀！

今日试着登楼眺望，那武昌夏口之间，月明星稀，鞍马间横握长矛赋诗的曹氏父子，还活着吗？向东指点吴郡会稽郡，那楼船铁锁，拥有三世基业，占据长江天险的孙氏政权，还存在吗？啊啊，曹操修建的铜雀台湮没销毁了，东吴宫殿已埋入荒草。只知数千百年后，接近触碰日月，倚靠支撑乾坤，巍巍然跟鲁地东山遥相对峙，唯有这座春秋楼。我希望登上此楼的人，不要仅仅吟咏汉阳芳草和晴川黄鹤，同作远观嬉游的想法。它适宜兴起忠臣义士的意气，而非提供骚人墨客的娱乐。这是春秋楼之所以有游记的原因。

有人说，关夫子神灵在天下，家家供奉神像，户户祈祷求福。而修建这座楼都是秦晋人，抑或他们有私下的请求？不对。譬如太阳月亮经过天空，广博的四海共同照耀。而日出扶桑跟日入昆仑两个区域，热光更近。关夫子是晋人，秦与晋亲密，犹如扶桑昆仑的百姓，虽然不求私自照耀，却能经常见到太阳月亮，天下实在不能争夺。我秦晋人建成春秋楼，也是这个道理。

卷五 志趣

天地有正气,杂然赋流形。下则为河岳,上则为日星。于人曰浩然,沛乎塞苍冥。

子路、曾皙、冉有、公西华侍坐

［战国鲁］《论语》

孔子在世时说过许多话，门人追记成书为《论语》。南朝梁刘勰《文心雕龙》说"夫子风采，溢于格言"，它是了解孔子的基本文献。

子路、曾皙、冉有、公西华侍坐。（皙：读作"西"，孔子弟子曾皙，名点。）子曰："以吾一日长乎尔，毋吾以也。（以：通"已"，停止。）居则曰：'不吾知也！'如或知尔，则何以哉？"

子路率尔而对曰：（子路：孔子弟子仲由，字子路。）"千乘之国，摄乎大国之间，（摄：通"慑"，畏惧。）加之以师旅，因之以饥馑；由也为之，比及三年，可使有勇，且知方也。"夫子哂之。（哂：读作"审"，微笑，讥笑。）

"求！尔何如？"（求：孔子弟子冉求，即冉有。）

对曰："方六七十，如五六十，求也为之，比及三年，可使民足。如其礼乐，以俟君子。"

"赤！尔何如？"（赤：孔子弟子公西赤，字子华，也称公西华。）

对曰："非曰能之，愿学焉。宗庙之事，如会同，端章甫，（端：周代礼服。章甫：殷时冠名，即缁布冠。）愿为小相焉。"

"点！尔何如？"

鼓瑟希，铿尔，舍瑟而作，（铿：读作"坑"，撞击声。）对曰："异乎三子者之撰。"（撰：同"选"，择。）

子曰："何伤乎？亦各言其志也。"

曰："莫春者，春服既成，冠者五六人，童子六七人，浴乎沂，（沂：读作"夷"，水名，在山东曲阜市东南。）风乎舞雩，（雩：读作"鱼"，古代求雨祭天，设坛命女巫跳舞，称舞雩。）咏而归。"

夫子喟然叹曰：（喟：读作"馈"，大声叹息。）"吾与点也！"

三子者出，曾皙后。曾皙曰："夫三子者之言何如？"

子曰："亦各言其志也已矣。"

曰："夫子何哂由也？"

曰："为国以礼，其言不让，是故哂之。"

"唯求则非邦也与？"

"安见方六七十如五六十而非邦也者？"

"唯赤则非邦也与？"

"宗庙会同，非诸侯而何？赤也为之小，孰能为之大？"

（选自上海古籍出版社《论语译注》）

附：白话《子路、曾皙、冉有、公西华侍坐》

子路、曾皙、冉有和公西华，陪坐在孔子身边。孔子说："我比你们年长几天，不要因为我而拘束哦。大家习惯说不了解我，如果有人了解你，想要做什么事？"

子路直率地应答："千辆兵车的邦国，畏惧在大国之间，有师旅欺凌它，有饥馑伴随它。让我来治理，等到三年，可使全国有勇气，又懂得法度。"夫子微笑。

"冉求，你怎么样？"

回答说："方圆六七十里，或者五六十里，让我来治理，等到三年，可使民众富足。如果考虑礼乐，则需等待君子。"

"公西赤，你怎么样？"

回答说："不敢说能干，愿意学习吧。宗庙事务，跟随诸侯会盟和朝见天子，穿礼服戴黑布帽，希望做一名小司仪。"

"曾点，你怎么样啊？"

鼓瑟静寂下来，铿的一声放下瑟起立，回答说："不同于三位同学的选择。"

孔子说："有什么关系呀？只是各个谈论志向罢了。"

曾晳说："暮春时节，换上春装，成年人五六个，小孩子六七个，在沂水里沐浴，到求雨跳舞的高台上游戏，唱歌吟诗返回。"

夫子大声叹气说："我赞同曾点呀！"

三个同学离开，曾晳走在后面。曾晳问："他们三人的见解怎样？"

孔子说："都是各自谈论志向而已。"

问："老师为什么笑仲由呢？"

答："治国以礼，他说话不谦让，所以笑他。"

"只是冉求所讲的不算邦国吧？"

"怎么知道方圆六七十里或者五六十里，就不是邦国呢？"

"唯独公西赤讲的不是邦国吧？"

"宗庙、会盟和朝见天子，不是诸侯是什么？公西赤愿做小职事，谁能担当大任？"

【附笔】

本文有场景、音容笑貌和性格情感流露，近似于一篇精彩的小品。君子之道，或者出门做大事，谋小职，或者隐居过自己喜欢的生活。都体现出道的一个节点，谈不上谁厉害，谁平庸。好比原野里的兰芷、桂花甚或无名野草，各自呈现出一种芬芳。

孔颜之乐

[战国宋] 庄周

孔子穷于陈蔡之间，七日不火食，藜羹不糁，（藜：读作"厘"，草名，初生可食。糁：读作"伞"，米粒儿。）颜色甚惫，而弦歌于室。

颜回择菜，子路、子贡相与言曰："夫子再逐于鲁，削迹于卫，伐树于宋，穷于商周，围于陈蔡。杀夫子者无罪，藉夫子者无禁。弦歌鼓琴，未尝绝音，君子之无耻也若此乎？"

颜回无以应，入告孔子。孔子推琴，喟然而叹曰：（喟：读作"愧"，叹息声。）"由与赐，细人也。召而来，吾语之。"

子路、子贡入。子路曰："如此者，可谓穷矣！"

孔子曰："是何言也！君子通于道之谓通，穷于道之谓穷。今丘抱仁义之道，以遭乱世之患，其何穷之为。故内省而不穷于道，临难而不失其德。天寒既至，霜雪既降，吾是以知松柏之茂也。陈蔡之隘，于丘其幸乎。"

孔子削然反琴而弦歌，（削：通"操"，握持，拿着；急迫。）子路扢然执干而舞。（扢：读作"气"，兴奋貌，喜悦貌。）子贡曰："吾不知天之高也，地之下也。"

古之得道者，穷亦乐，通亦乐。所乐非穷通也，道德于此，则穷通为寒暑风雨之序矣。

（选自清王先谦著《庄子集解·让王》）

孔子谓颜回曰："回，来！家贫居卑，胡不仕乎？"

颜回对曰："不愿仕。回有郭外之田五十亩，足以给飦粥。（飦：同"饘"，读作"沾"，稠粥。）郭内之田十亩，足以为丝麻。鼓琴足以自娱，所学夫子之道者，足以自乐也。回不愿仕。"

孔子愀然变容，（愀：读作"巧"，容色变得忧惧或严肃。）曰："善哉，回之意！丘闻之：'知足者不以利自累也。审自得者，失之而不惧。（惧：通"瞿"，惊慌失措貌。）行修于内者，无位而不怍。'丘诵之久矣，今于回而后见之，是丘之得也。"

（选自清王先谦著《庄子集解·让王》）

曾子居卫，缊袍无表，（缊：读作"运"，旧絮，乱麻。）颜色肿哙，（哙：读作"扩"。肿哙：病甚，盈虚不常貌。）手足胼胝。（胼胝：读作"骈之"，手掌脚掌生的茧子。）三日不举火，十年不制衣。正冠而缨绝，捉襟而肘见，纳屦而踵决。（屦：读作"具"，鞋。决：通"缺"，裂开。）曳縰而歌《商颂》，（縰：读作"洗"，古代束发的布帛。）声满天地，若出金石。天子不得臣，诸侯不得友。

故养志者忘形，养形者忘利，致道者忘心矣。

（选自清王先谦著《庄子集解·让王》）

附：白话《孔颜之乐》

孔子困厄在陈国蔡国之间，七天不能生火做饭，用嫩藜熬羹，没有米粒掺和。颜色极度疲乏，还在房间里弹奏琴瑟唱歌。

颜回挑拣野菜，子路和子贡闲聊："老师两次被鲁国放逐，在卫国减少行迹，在宋国被人砍伐了正在习礼的大树，在商周辞屈无语，在陈蔡之间被围困。杀老师的人无罪，欺凌老师的人无禁忌。他弦歌鼓琴未曾绝音，君子的无耻，也像这个样子吗？"

颜回无话可答，入室报告孔子。孔子推琴喟然长叹："阿由（子路）和阿赐（子贡），是见识短浅的人啊。叫他们前来，我有话讲。"

子路和子贡进门。子路说："弄成这样，可以说是困厄了。"

孔子说:"是什么话!君子对道通达,叫顺畅。对道缺欠,叫困厄。现在我怀抱仁义之道,遭逢乱世祸患,还当作什么困厄哟。内心省视不缺乏道,面对危难不丧失德。天寒已经到了,霜雪已经降落,我由此知道松柏的盛美。陈国跟蔡国的窘迫,对于我将吉而免凶吧。"

孔子急切地拿起琴,伴奏着唱歌。子路兴奋地手执盾牌舞蹈。子贡说:"我不知道天空的崇高,大地的低下啊。"

古代得道的人,穷困也快乐,显达也快乐。所喜乐的东西,不是穷困或显达。道德在这儿,穷困或显达,权且充当寒暑风雨的依次更替。

孔子对颜回说:"阿回,过来!你家贫,处于卑位,为何不出仕担任官职?"

颜回应答:"不愿做官。我有城外耕地五十亩,足以吃饱稀饭。城内耕地十亩,足以营作丝麻。鼓琴足以自娱,所学老师的道,足以自乐。我不愿意做官。"

孔子容色严肃起来,说:"好啊,阿回的见解!我听说:'知足的人,不因为利益伤害自己。悉知自有所得的人,丧失了不惊慌失措。德行在内心学习和锻炼的人,没有禄位也不羞愧。'我讲这些话很久了,今天交往阿回而后再现,是我的收获呀。"

曾子居住卫国,穿着旧絮乱麻拼凑的袍子,没有外套。脸色浮肿呈现病态,手脚长满茧子。三天不生火做饭,十年没添置过新衣服。想端正帽子,帽带就断绝。想握持衣领,胳膊肘就露出来。想穿鞋,鞋后跟就裂开。他拖曳着束发布帛,咏唱《商颂》(《诗经》三颂之一),声满天地,好像出自铜钟和石磬。天子得不到他做臣属,诸侯得不到他当朋友。

所以,养志的人忘记形骸,养形的人忘记利益,得道的人忘记心思。

【附笔】

庄子说,贫穷也快乐,显达也快乐。道德在这儿,贫穷或显达,权且充当寒暑风雨的依次更替。

孔子在《论语·述而》里说，吃粗食饮水，弯起手臂当枕头小睡，快乐已在其中。不义而富且贵，于我如浮云。《论语·雍也》称赞颜回：一箪饭食，一瓢清水，住在陋巷，别人受不了那份忧愁，颜回不改变自己的快乐。这，就是中国读书人二千五百多年来，一致认可的孔颜之乐。

宋苏辙在《东轩记》里深有感触地说：来到筠州，辛勤劳作在盐米之间，没有一天休息。虽然很想抛弃尘垢，解脱羁绊，自己旷放在道德领域，唯独事务每每迫使我留下。所以东轩读书的快乐，足以替代贫穷饥饿而不埋怨，纵然南面称王也不能超越，大概不是有德的人就不能承受吧。

酒箴

[汉] 扬雄

扬雄，汉蜀郡成都人。长于辞赋，成帝时献《甘泉赋》《河东赋》《羽猎赋》《长杨赋》，拜为郎。王莽时为大夫，校书天禄阁。因事株连，投阁自杀，几死。他博通群籍，仿《易经》《论语》作《太玄》《法言》。

子犹瓶矣。观瓶之居，居井之眉。处高临深，动常近危。酒醪不入口，藏水满怀。不得左右，牵于纆徽。（纆徽：读作"墨灰"，绳索。）一旦叀碍，（叀：读作"专"，悬挂。）为瓽所轠。（瓽：读作"荡"，砖砌的井壁。轠：读作"雷"，碰击。）身提黄泉，骨肉为泥。自用如此，不如鸱夷。（鸱夷：读作"痴仪"，皮革制的酒囊。）

鸱夷滑稽，腹大如壶。尽日盛酒，人复借酤。常为国器，托于属车，出入两宫，经营公家。繇是言之，（繇：通"由"，自，从。）酒何过乎？

（选自清姚鼐编《古文辞类纂》）

附：白话《酒箴》

你就像个汲水的瓦罐。观看瓦罐位置，放在水井旁边。处高位，临深水，动作常常接近危险。醇酒醪糟进不了口，却满怀藏着水。不能左右，只按绳索牵引。一旦悬挂受阻，被井壁碰击，顷刻身躯投弃黄泉，骨肉变成泥土。自身行事如此,还比不上皮制酒囊哩。

  酒囊滑溜停留,腹大像壶。成天装酒进去,人们又凭它买酒卖酒。经常作为国家器具,托附在皇帝的侍从车里,出入太后跟皇帝的宫室,周旋往来在政府和诸侯国之间。由此说来,酒有什么过错呢?

归田赋

[汉]张衡

张衡,汉南阳西鄂人。通五经、天文、历算和机械制作。安帝时拜郎中,迁太史令。永和初为河间相,拜尚书。曾发明创造浑天仪,又发明了候风地动仪,为世界最早测候地动的机械装置。

游都邑以永久,无明略以佐时。徒临川以羡鱼,俟河清乎未期。(黄河水浊,少有清时。《易乾凿度》曰:天降嘉应,河清,清三日。郑玄注:圣王为政,治平之所致。)感蔡子之慷慨,从唐生以决疑。(《史记》记载:蔡泽请唐举相面,说:"富贵吾所自取。吾不知者,寿也,愿闻之。"唐举曰:"先生之寿,从今以往者,四十三岁。"泽笑而谢去。谓御者曰:"怀黄金之印,结紫绶于腰,揖让人主之前,食肉富贵四十一年,足矣。"及入秦,昭王与语,大悦,拜为客卿。遂代范雎为秦相。)谅天道之微昧,追渔父以同嬉。(屈原《渔父》篇:"渔父莞尔而笑,鼓枻而去。"王逸《楚辞序》曰:渔父避世隐身,钓鱼江湖,欣然而乐。)超埃尘以遐逝,与世事乎长辞。

于是仲春令月,时和气清。原隰郁茂,(隰:读作"习",低湿的地方。)百草滋荣。王雎鼓翼,仓庚哀鸣。交颈颉颃,(颉颃:读作"协航",鸟飞忽上忽下貌。)关关嘤嘤。于焉逍遥,聊以娱情。

尔乃龙吟方泽,虎啸山丘。仰飞纤缴,俯钓长流。触矢而毙,贪饵吞钩。落云间之逸禽,悬渊沉之鲨鰡。(鲨鰡:读作"沙留",吹沙鱼,大如指,沙中行,性善沉。)

于时曜灵俄景，系以望舒。(曜灵：太阳。望舒：传说中为月亮驾车的仙人，后用为月亮的代称。) 极般游之至乐，(般游：同"盘游"，游乐。) 虽日夕而忘劬。(劬：读作"渠"，劳苦。) 感老氏之遗诫，将迴驾乎蓬庐。弹五弦之妙指，咏周孔之图书。挥翰墨以奋藻，陈三皇之轨模。苟纵心于物外，安知荣辱之所如。

(选自南朝梁昭明太子萧统编《文选》)

附：白话《归田赋》

淹留京城很久了，没有高明的智略匡佐时君。空自面对河流，贪美鲜鱼。等待黄河水清一样的政治，尚未如预期。思念蔡泽"富贵吾所自取"的慷慨，他听从了唐举相面的话，"先生之寿，从今以往者四十三岁"，来决断疑惑。谅解天道幽微，愿追随《楚辞》里避世的渔父一同游戏，超然远离尘埃，长期推辞世事。

在这仲春的美好月份，时和气清。原野和湿地郁葱茂盛，百草繁殖开花。鱼鹰鼓动着翅膀，黄鹂怜爱地鸣叫。它们交接颈子亲密，忽上忽下斜飞，发出"关关""嘤嘤"的和声。于此逍遥之际，聊以娱乐情志。

这样，如同龙吟周围溪泽，虎啸高隆的山丘。仰头迅飞射鸟时系在箭上的细绳，俯身垂钓长长的河流。有鸟触矢而毙，有鱼贪饵吞钩。掉落云间快捷的飞禽，悬挂沉渊里的吹沙小鱼。

此时夕阳斜照，接续月光。最佳游玩达到了至乐，虽然傍晚却忘记劳累。感念老子"驰骋田猎，令人心发狂"的遗诫，将掉转马头回到蓬蒿棚屋。弹奏伏羲和虞舜所作五弦琴的妙旨，吟咏周公与孔子的图书。挥洒笔墨振作词藻，陈述三皇以降，历代圣王的法则。假如放松心情在人事与物品之外，哪知荣辱何去何从。

【附笔】

辞官还乡谓归田。传说中，望帝让位给鳖令，独自离开郫县，恰逢杜鹃鸟啼，蜀人便说他化为杜鹃了。杜鹃在春末夏初昼夜鸣叫，好像在诉说：

"不如归去！不如归去！"《论语·公冶长》里，孔子在陈国说"归欤，归欤"，意谓"回家吧，回家吧"！《归田赋》首次以散文形式，抒发了这种浓烈的情绪。

作者说，愿追随《楚辞》里避世的渔父一同游戏，超然远离尘埃，长期推辞世事。可是只停留在口头上。直到晋代的陶渊明才真的辞官还乡，写出了千古以降令人心动不已的《归去来兮辞》。

酒德颂

[晋] 刘伶

刘伶，晋沛国人，曾任建威将军。与阮籍、嵇康相遇，欣然神解，携手入林。跟山涛、向秀、王戎、阮咸等人，合称竹林七贤。常乘鹿车，携一壶酒，使人荷锹相随，说："死便埋我。"其放情肆志如此。

有大人先生，以天地为一朝，万期为须臾，日月为扃牖，（扃：读作"窘－阴平"，门，从外关门的门栓。牖：读作"有"，木窗。）八荒为庭衢。（衢：读作"渠"，四通八达分岔的道路。）行无辙迹，居无室庐，幕天席地，纵意所如。止则操卮执觚，（卮：读作"之"，装四升的酒器。觚：读作"姑"，高脚细腰喇叭口的酒爵。）动则挈榼提壶，（挈：读作"窃"，提，拎。榼：读作"科"，盛酒或贮水的器具。）惟酒是务，焉知其余。

有贵介公子搢绅处士，闻吾风声，议其所以，乃奋袂攘襟，怒目切齿，陈说礼法，是非锋起。

先生于是捧罂承槽，（罂：读作"英"，小口大腹的盛酒器，此指酒瓮。）衔杯漱醪，奋髯箕踞，（箕：舒展两足，状如簸箕两旁伸出的部分。踞：蹲坐。箕踞：张开两足席地而坐，为不敬貌。）枕曲籍糟，（曲：" 麯 "的简化字。）无思无虑，其乐陶陶。兀然而醉，（兀：读作"务"，浑噩无知貌。）豁尔而醒。静听不闻雷霆之声，熟视不睹泰山之形。不觉寒暑之切肌，利欲之感情。俯观万物，（俯：同"甫"，方才。）

扰扰焉，如江汉之载浮萍。二豪侍侧焉，如蜾蠃之与螟蛉。（蜾蠃：读作"果裸"，一种细腰蜂，常捕捉螟蛉存在窝里，作幼虫的食物。）

（选自清姚鼐编《古文辞类纂》）

附：白话《酒德颂》

有位大人先生，以为天地开辟才一个早晨，万年称作片刻，太阳月亮是门窗，八方荒远之地是庭院岔路。他行走没有车轮痕迹，居住没有房屋棚舍，天空当帐篷，大地做卧席，放纵意愿来去。停留时把持分酒器，端着高脚杯。动身在外则拎酒囊，提酒壶。只追求酒，哪知剩余的事。

有尊贵的诸侯子弟，插朝笏（狭长记事板）在大带间的职官和隐居士人，听到我的名声，议论其中适宜什么，竟然扬起衣袖揎起前襟，怒目切齿地陈说礼法，是非口舌，势猛而难拒地一齐兴起。

先生于是手捧瓦瓮承接酒槽，口衔杯子吮吸浊酒。晃动胡须，张开双脚席地而坐，枕着酒麴，垫着酒渣，不思慕不考虑，其间的快乐欢心舒畅。浑噩无知就醉了，一下子开朗便醒来，静听不闻雷霆声音，细看不解泰山形状。不觉寒冻暑热贴近肌肤，利益欲望撼动情绪。方才认识到万物烦乱，像长江汉水上生长着浮萍。诸侯子弟和职官士人们陪侍万物旁，像螟蛾幼虫存养在蜾蠃窝里。

归去来兮辞并序

［晋］陶渊明

　　余家贫，耕植不足以自给。幼稚盈室，缾无储粟，（缾：同"瓶"，比缶小的容器，用来汲水或盛酒食。）生生所资，未见其术。亲故多劝余为长吏，脱然有怀，求之靡途。

　　会有四方之事，诸侯以惠爱为德，家叔以余贫苦，遂见用于小邑。于时风波未静，心惮远役，彭泽去家百里，公田之利，足以为酒，故便求之。

　　及少日，眷然有归欤之情。（归欤：归家的叹息。《论语·公冶长》："子在陈曰，归欤，归欤！"）何则？质性自然，非矫厉所得。饥冻虽切，违己交病。尝从人事，皆口腹自役。于是怅然慷慨，深愧平生之志。

　　犹望一稔，（稔：读作"忍"，谷物成熟期。古代一年一熟，一稔即一年。）当敛裳宵逝。寻程氏妹丧于武昌，情在骏奔，自免去职。仲秋至冬，在官八十余日。因事顺心，命篇曰《归去来兮》。乙巳岁十一月也。

　　归去来兮，田园将芜胡不归？既自以心为形役，奚惆怅而独悲？悟已往之不谏，知来者之可追。实迷途其未远，觉今是而昨非。舟遥遥以轻飏，风飘飘而吹衣。问征夫以前路，恨晨光之熹微。

　　乃瞻衡宇，载欣载奔。僮仆欢迎，稚子候门。三径就荒，松菊犹存。携幼入室，有酒盈樽。引壶觞以自酌，眄庭柯以怡颜。

195

倚南窗以寄傲，审容膝之易安。园日涉以成趣，门虽设而常关。策扶老以流憩，（扶老：手杖。）时矫首而遐观。云无心以出岫，鸟倦飞而知还。景翳翳以将入，抚孤松而盘桓。

归去来兮，请息交以绝游。世与我而相违，复驾言兮焉求？悦亲戚之情话，乐琴书以消忧。农人告余以春及，将有事于西畴。或命巾车，或棹孤舟。既窈窕以寻壑，亦崎岖而经丘。木欣欣以向荣，泉涓涓而始流。善万物之得时，感吾生之行休。

已矣乎！寓形宇内复几时？曷不委心任去留？胡为乎遑遑欲何之？富贵非吾愿，帝乡不可期。怀良辰以孤往，或植杖而耘耔。登东皋以舒啸，临清流而赋诗。聊乘化以归尽，乐夫天命复奚疑！

（选自清吴楚材、吴调侯编《古文观止》）

附：白话《归去来兮辞并序》

我家贫，耕植不足以自给。孩童满屋，瓦瓮里没有存粮，挣钱养家未见方法。亲戚故旧多劝我做官，偶然萌生此意，却无求取门路。

恰逢四方有变故，诸侯以惠爱为心意，家叔因我贫苦，推荐治理一座小县城。当时风波未静，心中害怕远役。彭泽县离家百里，享有公田便利，足以种植粳稻酿酒，所以要求当了彭泽令。

接下来较短的日子，眷然有了"回家吧，回家吧"的情绪。为什么？我禀性自然，非虚假勉强所可驾驭。饥饿寒冷纵使紧要，然而违反自身也交相疾苦。每每听从世间琐事，都是为了糊口饱腹而役使自己。于是怅然慷慨，深愧平生志向。

仍希望任职满一年，才收拾行装连夜离开。不久程氏妹妹在武昌丧葬，常理得急速奔走，便自免去职了。从仲秋到冬季，我在官八十多天。因为事情顺心，写了篇文章叫《归去来兮》。乙巳岁十一月。

回到过去吧，田园快要荒芜了，为何不回家？既然开始认为凤志被形体需求役使，何必惆怅跟独自悲伤？觉悟往事已难挽回，懂得未来尚可追补。

迷途其实不远，感觉今天拂袖而去蛮好啦，往日厚秩召累则问题多多。归帆轻摇缓缓行进，江风飘飘吹动衣衫。询问旅人前行的路程，遗憾晨光刚刚微明。

终于望见横木搭建的家门了，我满怀欣喜一路狂奔。家政人员列队欢迎，稚子眼巴巴守候门前。宅院瘦径废弃虚空，惟见松菊蓬勃生长。牵着幼儿入门，早有佳酿盈满酒樽。我引壶倾杯自酌，斜视庭间树柯，喜悦浮上眉梢。

打明儿起，靠着南窗寄托傲世之志，明白容得双膝的地方即易安身。每天进出园圃成为乐趣，门扉即使设置了，也常关闭。拄着竹杖散步休息，时而抬头眺望天空。云霞无心从峰峦生出，鸟群倦飞知道归巢。暮色四合自高天垂下，抚摩孤松我徘徊流连。

回归往日啊，请屏蔽交往谢绝游乐。俗世与我相违，还出行追求啥呢？且愉悦于亲戚间的大实话，喜好琴书来消忧解愁。农夫告诉我春天来了，该去西边的田地耕作。有时驾驶布篷小车，有时划动木桨孤舟，有时探寻幽深沟壑，有时经过崎岖山丘。竹树欣欣向荣，泉水涓涓始流。爱惜万物皆有滋长季节，感慨我的生命终将结束。

算了吧，寄托形体于天地之间，还剩多少光阴？为何不放空心情任意去留，干啥要心神不安匆匆忙忙，想要到哪里去？富贵不是我的心愿，京城不值得期待。依附良辰简单互动，或者插手杖在田边锄草植苗。姑且顺应造化，走向余生的尽头，乐天知命岂有任何怀疑？

【评语】

心志被形体需求役使了，职场上人情翻覆，厚秩招累，为什么不一别两宽，回家乡饮酒田园呀？冒出这种念头的人很多，可是惟见渊明践行了夙愿。舟遥遥以轻飏，风飘飘而吹衣，多么轻松自由！鸟倦飞而知还，乐琴书以消忧。登东皋以舒啸，临清流而赋诗。此等超然绝俗的文字，前无古人，后稀来者。

与阳休之书

[北齐] 祖鸿勋

祖鸿勋，北齐涿郡范阳人。历任州主簿、仆射、奉朝请、防河别将、司徒法曹参军事，转廷尉正。后去官归乡里。

阳生大弟：吾比以家贫亲老，时还故郡。在本县之西界，有雕山焉。其处闲远，水石清丽。高岩四匝，良田数顷。（百亩为顷。）家先有垫舍于斯，（垫：同"野"。）而遭乱荒废，今复经始。

即石成基，凭林起栋。萝生映宇，泉流绕阶。月松风草，缘庭绮合。日华云实，旁沼星罗。檐下流烟，共霄气而舒卷。园中桃李，杂松柏而葱蒨。（蒨：读作"欠"，青翠茂盛貌。）时一牵裳涉涧，负杖登峰。心悠悠以孤上，身飘飘而将逝。杳然不复自知在天地间矣。

若此者久之，乃还所住。孤坐危石，抚琴对水。独咏山阿，举酒望月。听风声以兴思，闻鹤唳以动怀。企庄生之逍遥，慕尚子之清旷。（《英雄记》：尚子平为县功曹，自入山担薪，卖以饮食。）首戴萌蒲，（竹萌之皮笋壳可以做笠。《国语·齐语》有"首戴茅蒲"句；茅蒲：一种有柄的笠。）身衣缊袯，（缊：读作"运"，乱麻。袯：读作"帛"，袯襫，蓑衣。）出蓺梁稻，（蓺：读作"义"，种植。）归奉慈亲。缓步当车，无事为贵，斯已适矣，岂必抚尘哉？

而吾子既系名声之缰锁，就良工之剞劂。（剞劂：读作"机决"，雕刻用的钩刀和曲凿。）振佩紫台之上，鼓袖丹墀之下。（墀：读作"迟"，殿堂上涂饰过的地面；泛指台阶。）采金匮之漏简，（金匮：国家金属藏书柜。）访玉山之遗文，（《穆天子传》：至于群玉之山，先王之所谓策府。策府，言往古帝王藏书册之府。）敝精神于《丘》《坟》，尽心力于河汉。摛藻期之鞶绣，（摛：读作"痴"，铺陈。鞶：读作"盘"，荷包。）发议必在芬芳。兹自美耳，吾无取焉。

尝试论之，夫昆峰积玉，光泽者前毁。瑶山丛桂，芳茂者先折。是以东都有挂冕之臣，（《后汉书·逢萌传》：王莽时，逢萌恐祸将及人，解冠挂东都城门，归，将家属浮海。）南国见捐情之士。（《楚辞序》：屈原放江南之野，不忍以清白久居浊世，遂赴汨渊自沉而死。）斯岂恶梁锦，好蔬布哉？盖欲保其七尺，终其百年耳。

今弟官位既达，声华已远。象由齿毙，膏用明煎。既览老氏谷神之谈，（《老子·六章》：谷神不死。言山谷精神，在中空无形守静不衰。）应体留侯止足之逸。（《史记·留侯世家》：以三寸舌为帝王师，封万户，位列侯，此布衣之极，于张良足矣。愿弃人间事，欲从赤松子游。）若能翻然清尚，解佩捐簪，则吾于兹，山庄可办。一得把臂入林，挂巾垂枝。携酒登巘，（巘：读作"眼"，山峰。）舒席平山。道素志，论旧款，访丹法，语玄书，斯亦乐矣，何必富贵乎？去矣阳子，途乖趣别。缅寻此旨，杳若天汉。已矣哉，书不尽言。

（选自清许梿编《六朝文絜》）

附：白话《与阳休之书》

阳生老弟：我近来因为家贫和看望父母，常回故乡。在本县西界有一座雕山，位置偏远，水石清丽，四面高岩环绕着几百亩良田。祖先有别墅在山中，遭兵乱荒废了，现在又开始营建。

迁就岩石筑成地基，依靠山木架起房梁。藤萝生长掩映屋檐，泉水流淌迂回阶旁。松间明月和草际风光，围绕着庭院如细绫笼罩。华美阳光与厚厚云层，影入池水像天星罗列。檐下袅袅炊烟，跟高空云气一起舒卷。园中桃李，错杂在松柏间青翠繁茂。有时挽衣趟过溪涧，挂杖登上山峰。心悠悠可以孤高上升，身飘飘貌似将要盘旋，杳然不再自知在天地之间。

像这样很久，才回住所。孤坐端正的石上对水抚琴，独自咏唱在山湾，

举酒望月。听风声能兴起思绪，闻鹤唳可触动情怀。希求如庄周一样逍遥，羡慕尚子平的清廉光明。头戴竹笠，身披蓑衣，种出梁粟稻谷，旨在侍奉慈亲。缓缓散步当作乘车，没有事故即是高贵。这样已经很安逸了，难道一定要像童年玩泥巴吗？

而您已束缚了名声的缰绳锁链，依从了良工的钩刀曲凿。振响佩玉在帝王紫宫之上，摇动衣袖在红色殿阶之下。采集国家金属藏书柜里的脱漏书简，访求群玉山中帝王藏书室的遗失文章。疲惫精神在传说中的《九丘》《三坟》，耗尽心力于天河般迂阔的不实言论。铺陈辞藻期望像绣荷包，发表议论必定含芳吐芬。此属自娱自乐，我觉得不可取。

尝试着议论一下。昆仑山峰蕴含的玉石，润泽有光的较早毁缺。大瑶山区丛生的桂树，芳香茂盛的首先折断。所以，东都城门有挂冠辞官的臣子逢蒙，南方楚国看见捐弃本性的名士屈原。他们难道厌恶细粮彩锦，喜好蔬食布衣吗？想要保全七尺身躯，终老百年寿命罢了。

现在，老弟官位既然显达，声誉荣耀已经高远。大象由于牙齿而毙命，油膏因为点燃而熔化。既然读过《老子·六章》"谷神不死（山谷精神，因为中空无形而守静不衰）"的言论，应当领悟留侯张良知止知足，愿弃人间事从赤松子游的闲适。若能翻然清洁高尚，解下佩玉舍弃冠簪，那么，我在此地可以创办山庄。常能互握手臂进入山林，垂挂佩巾在树枝上。或者携酒登上山峰，舒展坐席在平坦的山顶。摆谈初始志向，论说旧日爱侣，寻访炼丹方法，交流玄之又玄的《道德经》。这也是一种快乐，何必富贵呢？离开吧，阳先生，路途乖离，好尚即不同。沉思探究此中旨趣，幽深宽广像天上的银河。算了吧，书信不能全都讲清楚。

小园赋

[北周] 庾信

若夫一枝之上,巢父得安巢之所。(巢父:尧时隐士,在树上筑巢而居。)一壶之中,壶公有容身之地。(壶公:传说仙人名。《后汉书·费长房传》:市中有老翁卖药,悬一壶于肆头,及市罢,辄跳入壶中。)况乎管宁藜床,虽穿而可座。嵇康锻灶,既暖而堪眠。岂必连闼洞房,(闼:读作"榻",泛指门。)南阳樊重之第。赤墀青琐,西汉王根之宅。(墀:读作"持",涂饰地面。琐:锁链形的纹饰。)

余有数亩敝庐,寂寞人外,聊以拟伏腊,聊以避风霜。虽复晏婴近市,不求朝夕之利。潘岳面城,且适闲居之乐。况乃黄鹤戒露,(《风土记》:鹤鸣戒露,此鸟性警,至八月白露降,流于草叶上滴滴有声。因即高鸣相警,移徙所宿处,虑有变害也。)非有意于轮轩。(《左传·闵公二年》:卫懿公好鹤,鹤有乘轩者。)爰居避风,本无情于钟鼓。(《国语·鲁语上》:海鸟曰爰居,止于鲁东门外三日,臧文仲使国人祭之。)陆机则兄弟同居,韩康则舅甥不别。蜗角蚊睫,又足相容者也。

尔乃窟室徘徊,聊同凿坯。(《淮南子·齐俗训》:颜阖,鲁君欲相之而不肯,使人以币先焉,凿坯而遁之。坯:屋后墙。)桐间露落,柳下风来。琴号珠柱,书名玉杯。有棠梨而无馆,足酸枣而非台。犹得攲侧八九丈,(攲:读作"企",倾斜不正。)纵横数十步,榆柳两三行,梨桃百余树。

拨蒙密兮见窗,行攲斜兮得路。蝉有翳兮不惊,雉无罗兮何惧。草树混淆,枝格相交。山为篑覆,地有堂坳。藏狸并窟,乳鹊重巢。连珠细菌,长

柄寒匏。（匏：读作"袍"，葫芦的一种。）可以疗饥，可以栖迟。

崎岖兮狭室，穿漏兮茅茨。檐直倚而妨帽，户平行而碍眉。坐帐无鹤，支床有龟。鸟多闲暇，花随四时。心则历陵枯木，发则睢阳乱丝。非夏日而可畏，异秋天而可悲。

一寸二寸之鱼，三竿两竿之竹。云气荫于丛蓍，金精养于秋菊。枣酸梨酢，桃榹李薁。（榹：读作"司"，山桃。薁：读作"玉"，郁李。）落叶半床，狂花满屋。名为野人之家，是谓愚公之谷。

试偃息于茂林，乃久羡于抽簪。虽有门而长闭，实无水而恒沉。三春负锄相识，五月披裘见寻。问葛洪之药性，访京房之卜林。草无忘忧之意，花无长乐之心。鸟何事而逐酒，鱼何情而听琴。

加以寒暑异令，乖违德性。崔骃以不乐损年，吴质以长愁养病。镇宅神以薶石，（薶：后作"埋"。）厌山精而照镜。屡动庄舄之吟，（舄：读作"细"。《史记·张仪列传》：越人庄舄仕楚执珪，有顷而病。侍御官告诉楚王："凡人之思故，在其病也。彼思越则越声，不思越则楚声。"使人往听之，犹尚越声也。）几行魏颗之命。（《左传·宣公十五年》：魏武子有宠妾。武子生病，命令魏颗：一定嫁了这个妾。病危时说：必须拿她殉葬。武子死后，魏颗嫁了她，说：疾病则乱，我听从父亲清醒时的话。）薄晚闲闺，老幼相携。蓬头王霸之子，椎髻梁鸿之妻。

燋麦两瓮，（燋：通"焦"，干枯。）寒菜一畦。风骚骚而树急，天惨惨而云低。聚空仓而雀噪，惊懒妇而蝉嘶。（懒妇：蟋蟀的别名。）

昔草滥于吹嘘，籍文言之庆余。门有通德，家承赐书。或陪玄武之观，时参凤凰之墟。观受釐于宣室，（受釐：汉制祭天地和五帝，皇帝派人行祀或郡国祭祀后，皆以祭余之肉归致皇帝，以示受福，叫受釐。）赋长杨于直庐。

遂乃山崩川竭，冰碎瓦裂。大盗潜移，长离永灭。摧直辔于三危，碎平途于九折。荆轲有寒水之悲，苏武有秋风之别。（方位以西为秋，五色以白为秋。风：泛指民歌民谣。苏武西向出使匈奴，须发尽白而还，《文选》收录他的杂诗四首，故称"秋风"。四首皆写离情别绪，其中一首起句"黄鹄一远别"。）关山则风月凄怆，陇水则肝肠断绝。龟言此地之寒，鹤讶今年之雪。

百龄兮倏忽，菁华兮已晚。不雪雁门之踦，（踦：读作"机"，数奇，指机遇不好。)先念鸿陆之远。非淮海兮可变,非金丹兮能转。不暴骨于龙门,终低头于马坂。谅天造兮昧昧,嗟生民兮浑浑。(浑浑:同"滚滚",水流不绝貌。)

(选自清许梿编《六朝文絜》)

附:白话《小园赋》

如果一枝树丫上,巢父得到安家之所。一把饮壶中,壶公享有容身之地。况且管宁的藜制床榻,虽然穿孔了还可坐坐。嵇康打铁的炉灶,既然暖和了即能睡觉。难道一定要门连着门,房子贯穿房子,像南阳人樊重的宅院?抑或红漆涂地,青色锁链纹饰雕梁画栋,像西汉王根的曲阳侯府?

我有几亩破棚屋,寂寞在世人之外,暂备夏季伏日和冬季腊日,用来遮蔽风霜。即使再像晏婴靠近集市,也不谋求朝夕的利益。像潘岳面向都城,也只满足闲居的快乐。何况如同黄鹤在白露节气鸣警迁徙,并非有意于卫懿公之时乘坐的轩车。如同名叫爰居的海鸟,停歇在鲁国东门外避风,本来无情于鲁人拜祭的钟鼓。陆机兄弟同居,韩康舅甥不别,在蜗牛角或者蚊子睫毛那么点儿空间,亦足以互相包容。

如此仅在土室徘徊,权且相当于颜阖凿穿房屋后墙,逃遁不肯做官。梧桐枝叶间露水滴落,杨柳树荫下清风徐来。琴柱饰珠,书名《玉杯》(董仲舒说《春秋》之一)。有棠梨林而没有馆舍,多酸枣丛却不是台观。依然得到斜坡八九丈,榆柳两三行,梨桃百余株。

拨开浓密的女萝即看见窗户,散步斜坡可遇到路径。鸣蝉有阴影不必惊骇,野鸡无罗网何须惧怕。草树混淆,枝条相交。山丘由一筐土覆盖一筐土堆成,庭中平地上留有洼塘。潜藏的狸猫,洞穴挨着洞穴。初生的喜鹊,鸟窝又加鸟窝。珠串似的柔弱菌芝,长柄的枯萎葫芦,可以疗饥,可以游玩休憩。

高低不平啊,狭窄的内室。穿孔漏雨啊,茅草屋顶。檐边径直依靠的话,犹妨碍帽子。门户端正行进的话,能碰到眉毛。坐在帐幕中,没有仙鹤来集。长久安居在此,宛如用乌龟支撑床脚。鸟儿多闲暇,鲜花随四时。心情像历陵的枯木,头发像睢阳城待染的乱丝。时而责怪夏日可畏,时而诧异

秋天可悲。

一寸二寸的游鱼，三竿两竿的修竹。云气在丛丛菁草上遮盖，金精在簇簇秋菊中培养。酸枣酸梨相伴山桃郁李，落叶半床，狂花满屋。名为野人之家，又叫愚公山谷。

姑且安卧茂林，久久羡慕弃官引退。即使有门也经常关闭，实际无水亦持久沉没。三春时节，肩扛锄头互相认识。五月披件皮衣，像百岁高士林类，拾麦穗于田野。探讨葛洪的药性，访求京房占卜的著述。草无忘忧之意，花无长乐之心。鸟为了什么事逐酒，鱼为了什么事听琴？

加上寒暑极端气候，乖违人的道德本性。崔骃因为不快乐而损寿，吴质因为常忧虑而养病。埋石四隅做镇宅神灵，照镜子制服山精邪魅。屡屡不经意间，像庄舄吟哦越国的乡音。几番经历魏颗那种择善而从的命令。傍晚在安静的家里，老幼互相扶持。犹如王霸有蓬头散发，见客流露惭色的儿子。梁鸿有椎形发髻，布衣劳作的贤妻。

晒干的麦子两瓮，凋零的蔬菜一畦。风声骚骚树枝飘摇，天色昏暗云层低垂。雀鸟聚集在空仓边啼叫，蟋蟀惊乱而蝉声凄切。

从前在南朝任职，借助《周易·乾卦·文言》所说的"积善之家，必有余庆"，粗劣地滥竽充数。门第有博通才德，家族传承了皇室赐书。常常陪侍玄武观，偶尔在凤凰殿探讨。曾经观看皇帝在宣室，接受祭祀天地和五帝后的胙肉。在值班＼侍卫的房间，写过扬雄《长杨赋》那样的文章。

终了却山崩川竭，冰碎瓦裂。大盗侯景暗中移国，开启了梁简文帝之后长久分离、永远灭亡的国运。我的回乡之路，犹如在三危山折断了伸直的马缰，在九折坂碎裂了平坦的道路。荆轲有"风萧萧兮易水寒，壮士一去兮不复还"的悲痛。苏武出使匈奴十九年，须发尽白而还，有杂诗"黄鹄一远别"等四首传世。汉乐府《关山月》，抒写边塞士兵久戍不归，则风月凄怆。北人歌咏陇头流水，有"遥望秦川，肝肠断绝"的句子。乌龟诉说此地寒冷，白鹤惊讶今年的雪。

百年如转瞬，毕生精华已到迟暮。不洗雪段会宗任雁门太守时，坐法免职的霉运。先考虑《周易·渐卦》鸿雁渐进于陆地，丈夫外出未归的遥远。

没有雀入大海为蛤,野鸡入淮为蜃,可以诸般变化。没有金丹在神鼎内,能够一转至九转。不在鱼跃龙门处,登者化为龙,不登者曝腮点额血染河水,甚至暴露尸骨。终在骐骥驾盐车,迁延负辕不敢进的山坡上低头嘶鸣。体谅自然造化的暗昧隐蔽,嗟叹诞生跟教养人的长流不息。

送李愿归盘谷序

[唐] 韩愈

韩愈，唐邓州南阳人。贞元八年进士及第，任监察御史，因上疏极言宫市之弊，贬为阳山令。元和十二年随裴度平淮西，升刑部侍郎。因上书谏迎佛骨事，贬潮州刺史。穆宗时，诏为国子监祭酒，转兵部、吏部侍郎。学贯六经百家，提倡散体，为后世古文家所宗，是唐宋八大家之首。

太行之阳有盘谷。盘谷之间，泉甘而土肥，草木丛茂，居民鲜少。或曰：谓其环两山之间，故曰盘。或曰：是谷也，宅幽而势阻，隐者之所盘旋。友人李愿居之。

愿之言曰：人之称大丈夫者，我知之矣。利泽施于人，名声昭于时。坐于庙朝，进退百官，而佐天子出令。其在外，则树旗旄，（旄：读作"毛"，旄牛尾；竿顶用旄牛尾为饰的旗。）罗弓矢，武夫前呵，从者塞途，供给之人各执其物，夹道而疾驰。喜有赏，怒有刑。才畯满前，（畯：通"俊"，才智出众。）道古今而誉盛德，入耳而不烦。曲眉丰颊，清声而便体，秀外而惠中。飘轻裾，翳长袖，（翳：读作"义"，遮蔽、掩盖。）粉白黛绿者，列屋而闲居，妒宠而负恃，争妍而取怜。大丈夫之遇知于天子，用力于当世者之所为也。我非恶此而逃之，是有命焉，不可幸而致也。

穷居而野外，升高而望远。坐茂树以终日，濯清泉以自洁。采于山，美可茹。钓于水，鲜可食。起居无时，惟适之安。与其有誉于前，孰若无毁于其后。与其有乐于身，孰若无忧于其心。车服不维，刀锯不加，理乱不知，黜陟不闻。（黜陟：读作"触志"，官吏降免或升迁。）大丈夫不遇于时者之所为也，我则行之。

伺候于公卿之门，奔走于形势之途，足将进而趑趄，（趑趄：读作"资居"，欲言又止，犹豫不前。）口将言而嗫嚅，（嗫嚅：读作"聂如"，欲言又止，窃窃私语。）处污秽而不羞，触刑辟而诛戮。侥幸于万一，老死而后止者，其于为人贤不肖何如也？

昌黎韩愈，闻其言而壮之。与之酒而为之歌曰：盘之中，维子之宫。盘之土，可以稼。盘之泉，可濯可沿。盘之阻，谁争子所？窈而深，（窈：读作"咬"，深远，幽静。）廓其有容。（廓：读作"阔"，广大，宽阔。）缭而曲，如往而复。嗟盘之乐兮，乐且无央。虎豹远迹兮，蛟龙遁藏。鬼神守护兮，呵禁不祥。饮且食兮寿而康，无不足兮奚所望？膏吾车兮秣吾马，从子于盘兮，终吾生以倘佯。

（选自清吴楚材、吴调侯编《古文观止》）

附：白话《送李愿归盘谷序》

太行山南有盘谷。盘谷中，泉水甘甜土地肥沃，草木繁茂丛生，居民很少。有人说，因为它环绕在两山之间，所以称作盘。有人说，这个山谷居处幽深，地势险阻，隐者到此盘桓。友人李愿就居住这里。

李愿说：人所称颂的大丈夫模样，我是知道的。利益恩泽施予别人，名誉声望显扬当世。坐在宗庙和朝廷上任免百官，辅佐天子发出政令。在庙朝外，则树立竿头用旄牛尾装饰的旗帜，罗列弓箭，武夫在前呼喝开道，随从塞满路途，供给的人各拿物品，夹道迅速奔跑。喜悦有赏赐，生气有刑罚。杰出人才聚满身前，说古论今称颂盛德，入耳不烦。他们眉毛弯弯脸颊丰满，声音清越体态安适，外貌俊美内心聪慧。另有飘拂轻衣，遮掩长袖，傅粉面白，画黛眉乌的女子，按位次安闲居住屋里。她们忌妒别的受宠姬妾，依赖又矜持，争美斗艳地寻求怜爱。这就是大丈夫知遇于天子，用力于当世

的作为啊。我并非厌恶这样而逃避,是有命运,不可侥幸取得。

穷居野外,登高望远。整天坐在茂密的树下,洗清泉自洁。到山中采摘,熟果可以吞咽。从水里垂钓,鲜鱼可以食用。起居没有规定时间,只需顺适就安宁。与其有赞誉在面前,哪比得上无毁伤在身后。与其有快乐在躯体,哪比得上无忧愁在内心。不考虑乘车标准和图文等级的礼服,不施加割鼻砍脚的刑具,治理跟动乱没有感觉,贬退或晋升不必听闻。大丈夫不得志于时代的作为,我就经历过。

伺候公卿门第,奔走在权力地位的路上,脚将要前移,却趑趄不进,口将要讲话,已嗫嚅止语。处污秽还不羞耻,触刑法即受诛戮。企求在万分之一的机会里意外成功,老死才停止。这样做人,是贤能还是不像话,如何评定哦?

昌黎人韩愈,听了李愿的话颇为赞同。同他饮酒,并且为他作歌:盘谷中,唯有你的房屋。盘谷的土地,可以种庄稼。盘谷的泉水,可以洗涤和顺流而下。盘谷险阻,谁来争你的住所?幽远而深藏,宽广有容量。回环而曲折,如去某地又像返回。嗨,盘谷的快乐,喜悦几乎无穷尽。虎豹远离形迹,蛟龙逃匿潜藏。鬼神守护啊,呵止不吉祥的东西。有吃有喝长寿又健康,没有不满足还期待什么?润滑我的车,喂饱我的马。追随你到盘谷啊,终我此生,只安闲自在地生活。

燕喜亭记

[唐] 韩愈

太原王弘中在连州,与学佛人景常、元惠游。异日,从二人者行于其居之后,丘荒之间,上高而望,得异处焉。斩茅而嘉树列,发石而清泉激,辇粪壤,(辇:读作"碾",车载,搬运。)燔榾翳。(榾:读作"资",枯而未倒的树。翳:读作"义",倒地枯树;遮蔽。)却立而视之,出者突然成丘,陷者呀然成谷,洼者为池而缺者为洞,若有鬼神异物阴来相之。自是,弘中与二人者晨往而夕忘归焉,乃立屋以避风雨寒暑。

既成,愈请名之。其丘曰俟德之丘,蔽于古而显于今,有俟之道也。其石谷曰谦受之谷,瀑曰振鹭之瀑,谷言德,瀑言容也。其土谷曰黄金之谷,瀑曰秩秩之瀑,谷言容,瀑言德也。洞曰寒居之洞,志其入时也。池曰君子之池,虚以钟其美,盈以出其恶。泉之源曰天泽之泉,出高而施下也。合而名之以屋曰:燕喜之亭,取《诗》所谓"鲁侯燕喜"者颂也。

于是州民之老,闻而相与观焉。曰:吾州之山水名天下,然而无与"燕喜"者比。经营于其侧者相接也,而莫直其地。(直:同"值",措置。)

凡天作而地藏之以遗其人乎?弘中自吏部郎贬秩而来,次其道途所经,自蓝田入商洛,涉浙湍,临汉水,升岘首以望方城。出荆门,下岷江,过洞庭,上湘水,行衡山之下。由郴逾岭,猿狖所家,(狖:读作"右",黑色长尾猴。)鱼龙所宫,极幽遐瑰诡之观,宜其于山水饫闻而厌见也。(饫:读作"玉",饱

209

足。)

今其意乃若不足。传曰："智者乐水，仁者乐山。"弘中之德，与其所好，可谓协矣。智以谋之，仁以居之，吾知其去是而羽仪于天朝也不远矣。遂刻石以记。

（选自清姚鼐编《古文辞类纂》）

附：白话《燕喜亭记》

太原王弘中在连州，与学佛人景常、元慧交往。有一天，跟随二人走在住房后面的山丘荒野间，登高展望，发现一处特殊地块。砍断茅草而嘉树布列，打开岩石而清泉涌溅，车载运走秽土，焚烧堵塞的枯树。退后站立看一看，显露的地方凸起成高丘，下陷的地方虚空成深谷，低洼处挖成池塘，缺口开通成洞穴，像有鬼神异物暗中来相助。从此弘中和两位友人，清晨前往，傍晚忘归，于是建造房屋来防避风雨寒暑。

房建成后，我愿来命名。高丘叫俟德丘，它在古代隐藏，今世显露，有等待道德之士的正直。石谷叫谦受谷，瀑布叫振鹭瀑；谷名解读"满招损、谦受益"的品德，瀑布描述鹭鸟洁白，比喻主人的容貌修整。土谷叫黄金谷，瀑布叫秩秩瀑；谷名描写土地的金黄色，瀑布依序流泻，寓意主人清明的品德。洞穴叫寒居洞，讲它契合时令。池塘叫君子池，虚空用来集聚美好，上涨用来溢出丑恶。泉源叫天泽泉，它出现在高处，然后布施低处。合起来为房舍命名，叫燕喜亭，取《诗经》所说的"鲁侯燕喜，令妻寿母"句，称颂成功修建了此屋。

于是连州百姓的年长者，听见后结伴来参观。说我州的山水名闻天下，然而没有能与燕喜亭相比拟的。经营在亭侧的人互相连接，却没有谁安排料理好自己的土地。

凡天然产生而大地保藏的事物，要用来馈赠它的伴侣吧？弘中自吏部员外郎贬职而来，列出他经过的道路，从蓝田进入商洛，徒步趟过浙水、湍水。面对汉水登上岘首山，眺望方城山。又出荆门，下岷江，过洞庭，上湘水，行走在衡山下，由郴州翻越南岭。猿猴住所和鱼龙宫室，穷尽幽邃瑰诡的景观，应该对山水饱闻且厌见了。

现在，他意趣好像不满足。众口传扬的《论语·雍也》说："智者乐水，仁者乐山。"弘中的品德同他的爱好，可谓和谐。凭智慧谋议，依仁爱守持，我知道他离开此地，到天朝享用羽饰仪仗不远了。于是刻石记录。

零陵三亭记

[唐] 柳宗元

邑之有观游，或者以为非政，是大不然。夫气烦则虑乱，视壅则志滞。君子必有游息之物，高明之具，使之清宁平夷，恒若有余，然后理达而事成。

零陵县东有山麓，泉出石中，沮洳污涂，（沮洳：读作"巨入"，低湿。）群畜食焉，墙藩以蔽之。为县者积数十人，莫知发视。

河东薛存义，以吏能闻荆楚间，潭部举之，假湘源令。会零陵政厖赋扰，（厖：读作"忙"，杂乱。）民讼于牧，推能济弊，来莅兹邑。遁逃复还，愁痛笑歌，逋租匿役，（逋：读作"不－阴平"，拖欠。）期月辨理。宿蠹藏奸，披露首服。民既卒税，相与欢归道涂，迎贺里间。门不施胥吏之席，耳不闻鼛鼓之召。（鼛：读作"高"，大鼓，用于役事。）鸡豚糗醑，（糗：读作"求－上声"，煮熟的米麦干饭。醑：读作"许"，美酒。）得及宗族。州牧尚焉，旁邑仿焉。然而未尝以剧自挠，山水鸟鱼之乐，澹然自若也。

乃发墙藩，驱群畜，决疏沮洳，搜剔山麓，万石如林，积坳为池。爰有嘉木美卉，垂水重峰，玲珑萧条，清风自生，翠烟自留，不植而遂。鱼乐广闲，鸟慕静深，别孕巢穴，沉浮啸萃，不畜而富。伐木坠江，流于邑门。陶土以埴，亦在署侧。人无劳力，工得以利。乃作三亭，陟降晦明，高者冠山巅，下者俯清池。更衣膳饔，（饔：读作"雍"，熟食。）列置备具，宾以燕好，旅以馆舍。高明游息之道，具于是邑，由薛为首。

在昔裨谌谋野而获，（裨谌：读作"皮陈"，郑国大夫。《左传·襄公三十一年》：裨谌能谋，在郊野谋划很得当，在城里就不行。郑国有诸侯之事，先给裨谌车辆，让他去野外考虑可否。）宓子弹琴而理。（宓：读作"密"，姓。宓子：宓不齐，孔子弟子。为单父宰，身不下堂，鸣琴而治。）乱虑滞志，无所容入。则夫观游者，果为政之具欤？薛之志，其果出于是欤？及其弊也，则以玩替政，以荒去理。使继是者咸有薛之志，则邑民之福，其可既乎？余爱其始，而欲久其道，乃撰其事以书于石。薛拜手曰："吾志也。"遂刻之。

（选自清姚鼐编《古文辞类纂》）

附：白话《零陵三亭记》

城镇有游乐景点，或者以为不算政事，这样想很不合适。凡心气烦躁就思虑混乱，视野壅蔽就志趣僵滞。君子一定要有游赏休息的环境，高雅敞亮的设施，使他清闲安宁，平允愉悦，常常像有余，然后才道理通达而事业有成。

零陵县东有一处山脚，泉水出石中，低湿污塞，家畜群在此觅食，篱笆墙遮挡住。县令前后数十人，没有谁主持开启看一看。

河东薛存义，凭吏能闻名荆楚间。潭州观察使举荐他，代理湘源县令。恰逢零陵政务杂乱赋税烦扰，百姓争讼到州主官处。推选贤能救济时弊，就来到本县。他任职后，逃逸的人返回，愁痛的人笑歌，拖欠的租税和躲避的劳役，一月内即辨明清理。惯犯积弊跟深藏的奸邪，暴露出来自首服罪。百姓交税后，相随欢乐地回归道路，迎贺里巷。门前不设官府小吏的座位，耳中不听役事大鼓的召唤。鸡猪和干饭美酒，可以兼顾宗族。州行政长官高兴，旁边城镇仿效。然而，未曾用繁难自我骚扰，山水鸟鱼的乐趣，淡定如常。

这才打开篱笆墙，赶走家畜群，决口疏导低湿地块，搜检清除山脚，万种岩石如同丛林，滞积洼地挖成池塘。于是有了嘉树美卉，悬垂的流水和重叠的山峰间，空明的云气散漫漂流，清风自然生成，翠烟自行停留，不种植

而生长养育。游鱼爱好这里的空阔宽大,飞鸟思慕此间的静寂高远。它们各自在巢穴里怀胎分娩、升降起落和呼唤止息,不畜养而盛多。伐木坠落江水,可漂流到城门。黏土烧制砖瓦,皆在官署旁。人无劳力之累,工程得到便利。如此建造了读书亭、湘绣亭和俯清亭,它们长短变化着昼夜阴晴,高亭位居山巅,低亭俯览清池。更衣休息室里,烹饪的熟食摆放丰足。嘉宾可以设宴款待,旅客可以歇息馆舍。高雅敞亮的游息体验完备在本县,由老薛开始。

在往昔,郑国大夫裨谌在野外思考问题很得当。孔门弟子宓不齐,弹琴治理单父。混乱的思虑和僵滞的志趣,没法适宜地容受接纳。倒是那些游乐景观,果真是执政的工具吗?老薛的意念,果真出于它们吗?赶上吏治腐败时,就以玩耍代替政务,因荒淫失去管理。假如继任零陵的县令都有老薛的志向,那是本县百姓的福气,他们能比得上吗?我爱三亭的初始,又想长久保留这种政治局面,便撰写此事记载在石头上。老薛跪拜拱手说:"是我的意愿啊。"于是刻石铭记。

岘山亭记

[宋] 欧阳修

岘山临汉上，望之隐然，盖诸山之小者。而其名特著于荆州者，岂非以其人哉？其人谓谁？羊祜叔子，杜预元凯是也。方晋与吴以兵争，常倚荆州以为重，而二子相继于此。遂以平吴而成晋业，其功烈已盖于当世矣。至于流风余韵，蔼然被于江汉之间者，至今人犹思之，而于思叔子也尤深。盖元凯以其功，而叔子以其仁，二子所为不同，然皆足以垂于不朽。

余颇疑其反自汲汲于后世之名者，何哉？《传》言叔子尝登兹山，慨然语其属，以谓此山常在，而前世之士皆已湮灭于无闻。因自顾而悲伤。（《晋书·羊祜传》：每风景，必造岘山置酒言咏，终日不倦。尝慨然叹息，顾谓从事中郎邹湛等曰："自有宇宙，便有此山，由来贤达胜士登此远望，如我与卿者多矣，皆湮灭无闻，使人悲伤。如百岁后有知，魂魄犹应登此也。"）然独不知兹山待己而名著也。元凯铭功于二石，一置兹山之上，一投汉水之渊。（《晋书·杜预传》：预好为后世名，常言"高岸为谷，深谷为陵"。刻石为二碑，纪其勋绩。一沉万山之下，一立岘山之上。曰："焉知此后不为陵谷乎！"）是知陵谷有变，而不知石有时而磨灭也。岂皆自喜其名之甚，而过为无穷虑欤？将自待者厚，而所思者远欤？

山故有亭，世传以为叔子之所游止也。故其屡废而复兴者，由后世慕其名而思其人者多也。熙宁元年，余友人史君中辉以光禄卿来守襄阳。明年，因亭之旧，广而新之。既周以回廊之壮，又大其后轩，使与亭相称。君知名

当世，所至有声，襄人安其政而乐从其游也。因以君之官，名其后轩为光禄堂。又欲纪其事于石，以与叔子、元凯之名并传于久远。君皆不能止也，乃来以记属于予。

余谓君知慕叔子之风，而袭其遗迹，则其为人与其志之所存者，可知矣。襄人爱君而安乐之如此，则君之为政于襄者，又可知矣。此襄人之所欲书也。若其左右山川之胜势，于夫草木云烟之杳霭，出没于空旷有无之间，而可以备诗人之登高，（《韩诗外传》：孔子游于景山之上，子路、子贡、颜渊从。孔子曰："君子登高必赋，小子愿者何？"）写《离骚》之极目者，宜其览者自得之。至于亭屡废兴，或自有记，或不必究其详者，皆不复道也。

（选自清姚鼐编《古文辞类纂》）

附：白话《岘山亭记》

岘山临汉水，望上去隐约不起眼，是群山中的小山。它在荆州特别著名，难道不是因为人吗？其人是谁？是羊祜，字叔子。杜预，字元凯。当年西晋跟东吴兵争，常倚仗荆州为重镇，二人相继在此驻守。（《晋书·羊祜传》：晋武帝以羊祜都督荆州。羊祜开设庠序，绥怀远近，甚得江汉人心。临终，举杜预自代。《晋书·杜预传》：继羊祜都督荆州，后与王濬伐吴，数月灭吴。）终于平定吴国，成就了晋国大业，其功烈已胜过当世。至于流风余韵，雨露一般施加在长江汉水之间，至今人们还在怀念，对于叔子的怀念尤其深切。大概元凯凭功绩，叔子凭仁爱，二人作为不同，然而都足以垂于不朽。

我稍感迷惑，他们反过来要求自己急切追逐后世名誉，为了什么呀？《晋书·羊祜传》说，叔子曾经登上岘山，慨然告诉下属，认为此山常在，而前世名士都已湮灭无闻了，于是自我顾惜悲伤。可是，唯独不知此山等待自己而著名。（《晋书·羊祜传》：每风景，必造岘山置酒言咏，终日不倦。尝慨然叹息，顾谓从事中郎邹湛等曰："自有宇宙，便有此山。由来贤达胜士登此远望，如我与卿者多矣，皆湮灭无闻，使人悲伤。如百岁后有知，魂魄犹应登此也。"）元凯在两块石碑上铭刻功绩，一块放置岘山上，一块投入汉水深渊。（《晋书·杜预传》：预好为后世名，常言"高岸为谷，深谷为陵"。刻石为二碑，纪其勋绩。一沉万山之下，一立岘山之上。曰："焉知此后不为陵谷乎！"）这是懂得陵谷有变，不懂石碑有时会磨灭。是否他们都自恋名声太甚，过分操作无穷的谋划，便会看待自己偏重，而思虑久远？

岘山从前有亭，世传以为是叔子游览逗留的地方。之所以屡次倒塌又重建，是因为后世仰慕叔子名声，思念他的人很多。熙宁元年，我的朋友史中辉以光禄卿来做襄阳太守。第二年，因袭亭子旧貌扩大和新建。既环绕回廊生出壮丽，又增大后轩，使与亭子相称。中辉君知名当世，所到之处有好名声，襄阳人习惯于他的政令，乐于跟从他游玩。随之用中辉君的官位，命名亭子后轩为光禄堂。又想用石刻记载这件事，以便跟叔子、元凯的名声并传久远。中辉君皆不能制止，于是前来委托我记叙。

我认为中辉君懂得仰慕叔子风范，沿袭叔子遗迹，其为人跟志向寄托，可以了解。襄阳人热爱中辉君，安乐如此，则中辉君执政襄阳又可以了解。这些，是襄阳人所想写的。若是左右山川的胜势，跟那些草木云烟的幽远，出没于空旷有无之间，可以完成诗人登高，倾吐《离骚》那种的极目远望，适宜观览者自己去驾驭。至于亭子屡屡废兴，或者自有记叙，或者不必详究，都不再记述。

黄州快哉亭记

[宋] 苏辙

江出西陵，始得平地，其流奔放肆大。南合湘沅，北合汉沔，其势益张。至于赤壁之下，波流浸灌，与海相若。清河张君梦得，谪居齐安，即其庐之西南为亭，以览观江流之胜。而余兄子瞻，名之曰快哉。

盖亭之所见，南北百里，东西一舍，涛澜汹涌，风云开阖。昼则舟楫出没于其前，夜则鱼龙悲啸于其下。变化倏忽，动心骇目，不可久视。今乃得玩之几席之上，举目而足。西望武昌诸山，冈陵起伏，草木行列。烟消日出，渔夫樵父之舍，皆可指数。此其所以为快哉者也。至于长洲之滨，故城之墟，曹孟德孙仲谋之所睥睨，周瑜陆逊之所驰骛，其流风遗迹，亦足以称快世俗。

昔楚襄王从宋玉、景差于兰台之宫，有风飒然至者，王披襟当之曰："快哉！此风。寡人所与庶人共者耶？"宋玉曰："此独大王之雄风耳，庶人安得共之？"玉之言盖有讥焉。夫风无雌雄之异，而人有遇不遇之变。楚王之所以为乐，与庶人之所以为忧，此则人之变也，而风何与焉？士生于世，使其中不自得，将何往而非病？使其中坦然，不以物伤性，将何适而非快？

今张君不以谪为患，收会计之余功，而自放山水之间，此其中宜有以过人者。将蓬户瓮牖，无所不快。而况乎濯长江之清流，（濯：读作"卓"，洗涤。）挹西山之白云，（挹：读作"易"，牵引。）穷耳目之胜，以自适也哉？

218

不然，连山绝壑，长林古木，振之以清风，照之以明月，此皆骚人志士之所以悲伤憔悴而不能胜者，乌睹其为快哉也哉！

（选自清吴楚材、吴调侯编《古文观止》）

附：白话《黄州快哉亭记》

长江出西陵峡才到平地，江流奔放扩大。南面合并湘江沅水，北面合并汉江，水势愈加强盛。到了赤壁下，波涛奔流淹没灌溉，与海相同。清河张梦得，贬官居住齐安（湖北黄州别名），在靠近住房的西南方建亭，来观览江流胜景。我哥哥子瞻，命名亭子叫快哉。

该亭所见南北百里，东西三十里，涛澜汹涌，风云开阖。白天舟楫出没其前，夜晚鱼龙悲啸其下。倏忽生变，动心骇目，不可久视。如今好像能玩赏它们在小桌卧席之上，抬眼一看就满足了。西望武昌群山，冈陵起伏，草木成行排列。烟霭消散后太阳升起，渔夫樵父的房舍尽可指数。这就是亭子宜称快哉的原因。至于长洲水滨，故城原址，曹孟德孙仲谋所窥伺，周瑜陆逊所驰骛，那些流风遗迹，也足以称快世俗。

昔日楚襄王在兰台宫殿，宋玉和景差随从身边。有风飒飒吹来，襄王敞开衣襟面对，说："快哉，这阵风，寡人可以同庶人共享吗？"宋玉答："这只是大王的雄风，庶人怎能共享？"宋玉的话大概含有劝谏吧。所有风都没有雌雄差别，而人有得志不得志的变化。楚王之所以认为快乐，庶人之所以认为忧愁，这是人际变化，跟风有什么关系？士子活在世间，假如内心不得意，行进到哪儿不痛苦？假如内心坦然，不因为外物伤损到本性，行进到哪儿不快乐？

现在，张君不以贬官降职为忧愁，收益理财余额，自我恣纵在山水之间，他内心应该有超过常人的地方。养息在蓬草门户和破瓮窗口，也无所不快。何况濯洗长江的清流，牵引西山的白云，穷尽耳目的佳妙，用来自我顺适哩。

不然的话，连绵的青山，断绝的壑谷，长林古木间振动着清风，照耀着明月，这都是骚人志士之所以悲伤憔悴，而不能承受的境况，哪会看见它们

就呼"快哉"呀!

【评语】

人生悲乐,在位置,在心态。友人张梦得在长江边新修亭子,哥哥苏轼命名"快哉",弟弟苏辙写文章"不以物伤性,将何适而非快"?文中自存一股雄浑之气,浩浩乎沛然皆醇,肆言快意焉。苏轼曾经说:"四海相知惟子由(苏辙字子由),天伦之中岂易得。"这份亲兄弟间的理解和认同,多么让人羡慕啊!

待漏院记

[宋] 王禹偁

王禹偁，宋太宗时任大理寺丞，作此记。漏壶是古代计时器，上面的播水壶有小孔漏水，滴入下面的受水壶。受水壶划分一百刻，随着蓄水上升，露出刻度表示时间。待漏院，取宰相在此等待报更，以便清晨入朝。

天道不言，而品物亨，岁功成者，何谓也？四时之吏，五行之佐，宣其气矣。圣人不言，而百姓亲，万邦宁者，何谓也？三公论道，六卿分职，张其教矣。是知君逸于上，臣劳于下，法乎天也。

古之善相天下者，自咎、夔至房、魏，可数也。是不独有其德，亦皆务于勤也。夙兴夜寐，以事一人，卿大夫犹然，况宰相乎。

朝廷自国初因旧制，设宰相待漏院于丹凤门之右，示勤政也。乃若北阙向曙，东方未明，相君起行，煌煌火城。相君至止，哕哕銮声。（哕哕：读作"会会"，有节奏的铃声。）金门未辟，玉漏犹滴。撤盖下车，于焉以息。待漏之际，相君其有思乎！

其或兆民未安，思所泰之。四夷未附，思所来之。兵革未息，何以弭之。（弭：读作"米"，消除，安抚。）田畴多芜，何以辟之。贤人在野，我将进之。佞人立朝，我将斥之。六气不和，灾眚荐至，（眚：读作"生－上声"，灾异，疾病。）愿避位以禳之。（禳：读作"壤－阳平"，祭祀鬼神以祈求消除灾祸。）五刑未措，

欺诈日生，请修德以厘之。

忧心忡忡，待旦而入。九门既启，四聪甚迩。相君言焉，时君纳焉。皇风于是乎清夷，苍生以之而富庶。若然则总百官食万钱，非幸也，宜也。

其或私仇未复，思所逐之。旧恩未报，思所荣之。子女玉帛，何以致之。车马器玩，何以取之。奸人附势，我将陟之。直士抗言，我将黜之。三时告灾，上有忧色，构巧词以悦之。群吏弄法，君闻怨言，进谄容以媚之。

私心慆慆，（慆：用同"叨"，贪，饕。）假寐而坐。九门既开，重瞳屡回。相君言焉，时君惑焉。政柄于是乎隳哉，（隳：读作"灰"，毁坏。）帝位以之而危矣。若然则死下狱投远方，非不幸也，亦宜也。

是知一国之政，万人之命，悬于宰相，可不慎欤？复有无毁无誉，旅进旅退，窃位而苟禄，备员而全身者，亦无所取焉。

棘寺小吏王禹偁为文，请志院壁，用规于执政者。

（选自清吴楚材、吴调侯编《古文观止》）

附：白话《待漏院记》

自然景象不说话，众多物种已亨通，年度收获已茂盛，为什么？四季治事，五行辅佐，疏通了阴阳风雨晦明。帝王不说话，百姓就亲睦，万邦就安宁，为什么？三公衡量治国方略，六卿分掌职能部门，设置和强盛了教化。由此知道君主舒适在上，臣子操劳在下，是效法自然。

古代善于辅佐天下的人，从舜帝的大臣咎繇、夔，到唐太宗的大臣房玄龄和魏征，可以称说。这些人不单有品德，还专力勤劳职事。夙兴夜寐侍奉一人，卿大夫已如此，何况宰相哩。

朝廷从建国初期沿袭旧制，在丹凤门右侧设立宰相待漏院，使人知道勤政。若是宫殿北楼面向曙光，东方还没明亮，宰相就起行，火炬仪仗光辉炽盛。到达时车铃哕哕，有节奏地作响。金马门尚未打开，玉制计时器仍在滴漏。撤除车盖下车，在此休息，等待朝拜皇帝，宰相也许有想法吧。

或许想到兆民不安稳，考虑适宜的泰定方法。四方蛮夷未归附，考虑适宜的招致方法。兵革没停息，如何消除。田畴多荒芜，如何开辟。贤人在民间，我将举荐。阿谀奉承的人立朝廷，我将驱逐。阴阳风雨晦明不调和，灾疫连连，愿意辞位祭鬼神以求消灾。笞、杖、徒、流、死五种刑法未废弃，欺诈天天发生，请求修治德政来改变。

忧心忡忡，等待天明入宫。九门尽开，四方视听很近。宰相发言，君主常常采纳。皇帝的教化于是清平，苍生因此富庶。如像这样，则统领百官，俸禄万钱，不是侥幸，是合宜。

或许想到私仇未报复，考虑可以争逐的方式。旧恩没报答，考虑可以荣耀的方式。美女财物，如何引来。车马器玩，如何取得。奸人依附权势，我将调职。直士触犯谈论，我将贬退。春夏秋三个务农季节报告灾害，皇上有忧色，构想花言巧语来取悦。各级官吏玩弄法律营私舞弊，君主听到怨言，献上奉承脸色邀媚。

私心饕餮，假寐而坐。九门已开，皇帝龙目四顾。宰相发言，君主常常迷惑。政权于是毁坏，帝位因此不稳。如像这样，则死在下等牢狱，抛弃到远方，不是不幸，也算合宜。

由此知道一国政事，万人的生命，都关联到宰相，能不谨慎吗？另有无毁无誉，按次序前行，按次序后退，居其位不勤其事，苟且获得福禄，凑数保全自身的宰相，也不可接受。

大理寺小吏王禹偁作文，请记录在本院墙壁上，用来规劝执政者。

正气歌并序

[宋] 文天祥

文天祥，宋江西吉水人。南宋亡，募兵抗战，力图恢复，兵败被俘。囚于燕京四年，作《正气歌》。元世祖忽必烈用宰相位劝降，不屈。天祥就义后，衣带中有赞："孔曰成仁，孟曰取义，惟其义尽，所以仁至。读圣贤书，所学何事？而今而后，庶几无愧。"

余囚北庭，坐一土室。室广八尺，深可四寻。（寻：八尺为寻。一说七尺或六尺为寻。）单扉低小，白间短窄，污下而幽暗。当此夏日，诸气萃然。雨潦四集，浮动床几，时则为水气。涂泥半朝，（朝：同"潮"，潮湿。）蒸沤历澜，时则为土气。乍晴暴阴，风道四塞，（道：通"首"，头。）时则为日气。檐阴薪爨，（爨：读作"窜"，烧火煮饭。）助长炎虐，时则为火气。仓腐寄顿，阵阵逼人，时则为米气。骈肩杂遝，腥臊汗垢，时则为人气。或圊溷积臭、暴尸或腐鼠，恶气杂出，时则为秽气。叠是数气，当之者鲜不为厉。而予以孱弱俯仰其间，于兹二年矣。审如是，殆有养致然尔。然亦安知所养何哉？孟子曰："我善养吾浩然之气。"彼气有七，我气有一。以一敌七，吾何患焉！况浩然者乃天地之正气也。作《正气歌》一首。

天地有正气，杂然赋流形。下则为河岳，上则为日星。于人曰浩然，沛乎塞苍冥。皇路当清夷，含和吐明庭。时穷节乃见，一一垂丹青。

在齐太史简，（《左传·襄公二十五年》：齐庄公贪恋崔杼妻子的美色，崔杼刺杀庄公。太史书曰"崔杼弑其君"。崔杼杀了太史。太史两个弟弟接着写，又被杀。第三个弟弟仍然这样写，崔杼放过了他。南史氏听见太史遇害，立即手持竹简前往。知道已经如实记载了，才返回。）在晋董狐笔，（《左传·宣公二年》：晋灵公谋杀赵盾，赵盾出奔。赵穿杀了晋灵公，赵盾还没走出国界。太史董狐记载"赵盾弑其君"。赵盾说"不是这样"。董狐答："你是正卿，逃不越境，返不讨贼，非你而谁？"孔子曰：董狐，古之良史也，依法记录不隐讳。）在秦张良椎，（《史记·留侯世家》：张良得力士，为铁椎，重百二十斤，与客狙击秦皇帝博浪沙中。）在汉苏武节。（《汉书·苏武传》：苏武出使匈奴，单于胁迫他投降。他不屈，被徙至北海，杖汉朝符节牧羊十九年，节旄尽落。）

为严将军头，（《三国志·蜀书·张飞传》：张飞生擒刘璋的巴郡太守严颜，呵斥道："大军至，何以不降而敢拒战？"颜答曰："卿等无状，侵夺我州。我州但有断头将军，无有降将军也。"飞壮而释之，引为宾客。）为嵇侍中血，（《晋书·嵇绍传》：王师败绩于荡阴，百官及侍卫莫不散溃，唯绍俨然端冕，以身捍卫皇帝。兵交御辇，飞箭雨集，绍遂被害于帝侧，血溅御服。及事定，左右欲浣衣，帝曰："此嵇侍中血，勿去。"）为张睢阳齿，（《旧唐书·张巡传》《新唐书·张巡传》：安禄山反，张巡与许远合兵守睢阳，援绝粮尽，城陷被俘。贼将尹子奇谓巡曰："闻公督战，大呼辄眼裂血面，嚼齿皆碎，何至此耶？"答曰："吾欲气吞逆贼，但力不遂耳！"子奇怒，以刀抉其口，齿存者三四。）为颜常山舌。（《新唐书·颜杲卿传》：贼将史思明攻常山，杲卿昼夜战，井竭粮尽而城陷。骂贼不屈，贼钩断其舌，曰："复能骂否？"杲卿含糊，被肢解。）

或为辽东帽，清操厉冰雪。（《三国志·魏书·管宁传》：汉末大乱，管宁避难辽东。魏文帝时浮海还郡，屡辞官职。"常著皂帽，布襦裤"。行为世表，学任人师，清俭足以激浊，贞正足以矫时。）或为《出师表》，鬼神泣壮烈。（《三国志·蜀书·诸葛亮传》：建兴五年，诸葛亮北伐上疏"奖率三军，北定中原"。六年又上疏"臣鞠躬尽力，死而后已"。）或为渡江楫，慷慨吞胡羯。（羯：读作"节"，北方匈奴的一个分支。《晋书·祖逖传》：将部曲百余家渡江北伐，中流击楫而誓曰："祖逖不能清中原而复济者，有如大江！"辞色壮烈，众皆慨叹。）或为击贼笏，逆竖头破裂。（《旧唐书·段秀实传》《新唐书·段秀实传》：朱泚僭位，秀实勃然而起，执象笏奋跃而前，唾泚而大骂曰："狂贼，吾恨不斩汝万段，我岂逐汝反耶！"遂击之。泚举臂自捍，才中其颡，流血匍匐而走。）

是气所旁薄，凛冽万古存。当其贯日月，生死安足论。地维赖以立，天柱赖以尊。三纲实系命，道义为之根。

嗟予遘阳九，（遘：读作"构"，逢，遇。阳九，灾荒年景和厄运。）隶也实不力。（隶：通"肄"，学习。）楚囚缨其冠，（《左传•成公九年》：晋景公视察军府，问："戴着南方人帽子被拘执的那个人是谁？"主管官吏回答："郑人所献的楚国俘虏。"）传车送穷北。鼎镬甘如饴，（鼎镬：读作"顶祸"，煮人的刑具。）求之不可得。阴房阒鬼火，（阒：读作"去"，寂静，断绝。）春院閟天黑。（閟：读作"毕"，掩蔽，幽深。）牛骥同一皂，（皂：读作"皂"，喂牛马的食槽。）鸡栖凤凰食。一朝蒙雾露，分作沟中瘠。（瘠：通"胔"，腐肉，腐尸。）如此再寒暑，百沴自辟易。（沴：读作"利"，阴阳不协调；恶气，灾祸。）

哀哉沮洳场，（沮洳：读作"巨入"，低湿的地方。）为我安乐国。岂有他缪巧，阴阳不能贼。顾此耿耿在，仰视浮云白。悠悠我心忧，苍天曷有极。哲人日已远，典型在夙昔。风檐展书读，古道照颜色。

（选自清李扶九、黄仁黼编《古文笔法百篇》）

附：白话《正气歌并序》

我囚拘在北地燕京，坐一间土室。室宽八尺，深约三丈。单门低小，窗口短窄，地面肮脏而幽暗。在这个夏天，各种气味聚拢。大雨积水四面汇集，浮动床和桌子，这时是水气。泥泞半潮，散乱地熏蒸浸泡，这时是土气。忽晴忽阴，风头充塞土室，这时是日气。檐阴下烧柴煮饭，助长炎热酷虐，这时是火气。仓廪粮食朽坏了，腐臭阵阵逼人，这时是米气。肩并肩纷乱聚集，腥臊加汗垢，这时是人气。常有厕所积臭、猝死尸体或者腐烂老鼠的恶味混杂发出，这时是秽气。重叠这几种气味，面对的人很少不生病。而我凭孱弱身体起坐其间，有两年了。深知能这样，是有修养导致的。然而，怎么知道所修养的是什么？孟子说："我善养吾浩然之气。"土室有七种气味，我有一种精气。以一敌七，我担忧什么！况且浩然是天地间的正气，作《正气歌》一首。

天地有正气，五彩相会赋予流动的形体。在下成为江河山岳，在上成为日月星辰。在人称作浩然之气，充沛塞满苍天大海。遇到皇室路途清平，蕴含祥和在祀神灵、朝诸侯的地方讲话。遇到危难时刻，节操就显现出来，一一留传丹册青史。

　　在春秋时期的齐国，崔杼杀齐庄公。太史直书"崔杼弑其君"。崔杼杀了太史。太史的两个弟弟接着写，又被杀。第三个弟弟仍然这样写，崔杼不得已，放了他。在春秋时期的晋国，赵穿杀晋灵公，赵盾还没走出国界。太史董狐记录"赵盾弑其君"。赵盾说"不是这样"。董狐答："你是正卿，逃不越境，返不讨贼，非你而谁？"孔子评价：董狐，古之良史也，依法记录不隐讳。在秦代，张良访得力士，持一百二十斤重的铁椎，在博浪沙狙击秦始皇。在汉代，苏武出使匈奴，不愿投降单于，被徙至北海，持汉节牧羊十九年，节旄尽落。

　　让我们学习严颜将军高昂的头颅。在三国蜀汉，张飞生擒巴郡太守严颜，呵斥道："大军到来，为何不降而敢拒战？"严颜答："卿等无状，侵夺我州。我州只有断头将军，没有投降将军。"张飞壮而释之，引为宾客。再学习嵇绍侍中救主的热血。在晋代八王之乱，王师败绩于荡阴，百官和侍卫莫不溃散，唯有嵇绍俨然端冕，用身躯捍卫皇帝。兵交御辇，飞箭雨集，于是被害于帝侧，血溅御服。事定之后，左右欲浣衣，晋帝说："这是嵇侍中的血，不要洗。"又学习睢阳守将张巡咬碎的牙齿。在唐代安史之乱，张巡跟许远合兵守睢阳，援绝粮尽，城陷被俘。贼将尹子奇问张巡："闻公督战，大声呼叫，眼角裂开满脸流血，牙齿全嚼碎了，何至如此啊？"答道："我要气吞逆贼，可惜力量不够！"子奇怒，用刀撬其口，牙齿仅剩三四颗。更学习常山守将颜杲卿骂贼的舌头。史思明攻常山，杲卿昼夜苦战，井竭粮尽而城陷。他骂贼不屈，贼兵钩断其舌，问："还能骂吗？"杲卿含糊吐词，被肢解。

　　或者头戴辽东帽，清白操守匹配冰雪。汉末大乱，管宁避难辽东。魏文帝时浮海还郡，屡辞官职。他时常戴黑帽，穿短衣短裤。行为堪为世间表率，学问堪任人师，清俭足以激浊，贞正足以矫时。或者上疏《出师表》，

连鬼神也哭泣它的壮烈。在三国蜀汉，诸葛亮北伐上疏"奖率三军，北定中原"。次年又上疏"鞠躬尽力，死而后已"。或者在长江中流拍击船桨，慷慨的气势，吞并北方匈奴。在晋代，祖逖率领部曲百余家渡江北伐，中流击楫发誓："祖逖不能安定中原，恢复拯救晋室，有如大江！"辞色壮烈，人人慨叹。或者手执击贼象笏，打得叛匪额头破裂。在唐代，朱泚僭位，段秀实勃然而起，手执象笏奋跃向前，唾骂朱泚："狂贼，我恨不斩你万段！"朱泚举臂自捍，才中额头，流血匍匐而逃。

这类气概广泛散布，令人敬畏，万古留存。当它们横贯日月时，生死何足讨论。维系大地的绳索赖以建立，头顶天空的柱子赖以高出。君臣、父子、夫妻之道靠它充实维系，道德义理是它的根本。

叹息我遭逢厄运，实在无力学习了。貌似晋景公时楚国俘虏戴着南方人的帽子，由驿车送到极远的北方。烹煮酷刑甘甜如饴糖，现在还求之不可得。阴暗的房间断绝了鬼火，春天的院内掩蔽到天黑。牛跟千里马同一个槽头，鸡栖息在凤凰的食物旁。一朝蒙受雾气露水，命运变作沟壑腐尸。如此两番寒暑了，百种恶患自然消散。

悲哀啊，这低湿的场所，是我的安乐国。岂有其他的纠正技巧，阴阳不能贼害我罢了。且看耿耿忠直在此，仰视浮云一片明亮。悠悠我心忧愁，苍天怎会有极限。哲人一天天已然远去，典范人物就在从前。清风屋檐下展书阅读，古人的道理映照容颜。

【附笔】

年轻时在职场，笃信正念。虽有挫折，终不改移分毫。老来读老庄，豁然宽裕许多。遇小事，已能按照庄子讲的"是不是（肯定不正确）""然不然（同意不顺从）""可不可（许可不愿意）"来处理。逢大节，仍然惯性思维，按照孔子讲的"得一善，则拳拳服膺而弗失"。毕竟在任何时代，一念向正，都是可贵可敬的价值取向。

送东阳马生序

［元末明初］宋濂

　　余幼时即嗜学。家贫，无从致书以观，每假借于藏书之家，手自笔录，计日以还。天大寒，砚冰坚，手指不可屈伸，弗之怠。录毕，走送之，不敢稍逾约。以是人多以书假余，余因得遍观群书。

　　既加冠，益慕圣贤之道。又患无硕师名人与游，尝趋百里外，从乡之先达执经叩问。先达德隆望尊，门人弟子填其室，未尝稍降辞色。余立侍左右，援疑质理，俯身倾耳以请；或遇其叱咄，（叱咄：读作"斥多"，呼喝，大声斥责。）色愈恭，礼愈至，不敢出一言以复；俟其欣悦，（俟：读作"四"，等待。）则又请焉。故余虽愚，卒获有所闻。

　　当余之从师也，负箧曳屣行深山巨谷中。（箧：读作"窃"，小箱子。屣：读作"洗"，鞋子，拖着鞋走。）穷冬烈风，大雪深数尺，足肤皲裂而不知。（皲：读作"军"，手脚皮肤受冻干裂。）至舍，四支僵劲不能动，媵人持汤沃灌，以衾拥覆，久而乃和。（媵：读作"映"，陪送，承接。衾：读作"亲"，大被。）寓逆旅，主人日再食，无鲜肥滋味之享。同舍生皆被绮绣，戴朱缨宝饰之帽，腰白玉之环，左佩刀，右备容臭，烨然若神人；余则缊袍敝衣处其间，（缊：读作"运"，旧絮、乱麻。）略无慕艳意，以中有足乐者，不知口体之奉不若人也。盖余之勤且艰若此。今虽耄老，（耄：读作"冒"，年老，八九十岁。）未有所成，犹幸预君子之列，而承天子之宠光。缀公卿之后，日侍坐备顾问，四海亦谬称其氏名，况

才之过于余者乎？

今诸生学于太学，县官日有廪稍之供，父母岁有裘葛之遗，无冻馁之患矣；坐大厦之下而诵诗书，无奔走之劳矣；有司业、博士为之师，未有问而不告、求而不得者也；凡所宜有之书，皆集于此，不必若余之手录，假诸人而后见也。其业有不精、德有不成者，非天质之卑，则心不若余之专耳，岂他人之过哉？

东阳马生君则，在太学已二年，流辈甚称其贤。余朝京师，生以乡人子谒余，（谒：读作"夜"，拜见。）撰长书以为贽，（贽：读作"至"，古人初次进见尊者所持的礼物。）辞甚畅达。与之论辨，言和而色夷。自谓少时用心于学甚劳，是可谓善学者矣。其将归见其亲也，余故道为学之难以告之。谓余勉乡人以学者，余之志也。诋我夸际遇之盛而骄乡人者，岂知予者哉？

（选自人民文学出版社《宋濂全集》）

附：白话《送东阳马生序》

我年幼时就酷爱学习。家贫，无门路取得书看，经常向藏书人家暂借，用手笔录，计算日期归还。天大寒，砚台里的墨汁像冰一样坚硬，手指不可屈伸，也不懈怠。抄录完毕，即疾趋送还，不敢稍许超过约定。因此别人大都借书给我，我于是能够遍观群书。

成年后，逐渐敬慕圣贤学说。又担心没有大师名人交游，曾趋赴百里之外，拿经书向同乡前辈请教。前辈德高望重，门人弟子挤满房间，未曾略微给予言语脸色。我站立陪侍左右，抱持疑惑诘问道理，俯身侧耳领受。常常遭到大声斥责，我神情愈加恭敬，礼节愈加周到，不敢出一言答复。等待他高兴了，便又询问。所以我虽然愚笨，终于获得有所见闻。

当我外出依从老师，背着书箱，拖着鞋，行走在深山巨谷中。隆冬烈风，大雪深数尺，脚上皮肤冻裂了还不知道。到达住所后，四肢僵硬不能动，接待人员端来热水浸泡浇灌，用大被子围裹遮盖，很久才暖和过来。寄居客舍，主人每天供应两餐，没有鲜肉油荤滋味的享受。同客舍的学生，都穿细绫绣花衣服，戴红缨和宝石装饰的帽子，腰佩白玉环，左边带刀，右边藏香囊，光鲜靓丽像神人。我却旧袍破衣立身其间，略无羡慕之意。因为内心有足够快乐的东西，所以不知嘴巴肢体的奉养不如别人。我的辛勤与艰难大致像这样。现在虽然年老，没有什么成就，仍侥幸参与到君子行列，蒙受天子的恩宠荣耀，跟随公卿之后，每天陪坐充当顾问。四海之内也过多称赞我的姓名，何况才能超过我的人呢？

如今同学们在太学学习，朝廷每天有粮食俸禄供给，父母每年有冬裘夏葛寄送，没有挨冻受饿的忧虑了。坐在大厦之下诵读诗书，没有奔走的劳苦了。有司业（学官名）和博士（学官名）做老师，不存在询问而不告知，寻求而不获得的情况。凡是应该有的书籍，都汇集在这儿，不必像我手抄，向别人借然后才看见。也许谁学业不精通，品德不成熟，不是天资低下，就是心思不如我专一，难道他人有过错吗？

东阳马君则同学，在太学已经两年，同辈颇称赞他有才德。我进京朝见皇帝，该同学以同乡晚辈的身份来拜见我，写了封长信做见面礼，文辞很是流畅通达。同他论辩，语言和顺而神色愉悦。自称年少时用心学习非常辛苦，这可以叫善于学习的人吧。他将要返乡见父母，我于是讲述求学的困难，用来觉悟他。说我为了学问而勉励家乡人，是我心意一片。诋毁我夸耀际遇的旺盛，就骄矜家乡人，岂是了解我的人哦！

苦斋记

[元末明初] 刘基

刘基，元青田人。至顺年进士，任浙东行省元帅都事，因事罢官。至正二十年投奔朱元璋，官至御史中丞、太史令，封诚意伯。诗文雄浑奔放，与宋濂并称。

苦斋者，章溢先生隐居之室也。室十有二楹，（楹：读作"迎"，厅堂前柱，泛指柱子。房屋一间为一楹。）覆之以茆，（茆：通"茅"，茅草。）在匡山之巅。匡山在处之龙泉县西南二百里，剑溪之水出焉。山四面峭壁拔起，岩崿皆苍石，（崿：读作"恶"，山崖。）岸外而臼中。（臼：读作"旧"，中部下凹的舂米器具，臼状物。）其下惟白云，其上多北风。风从北来者，大率不能甘而善苦，故植物中之，其味皆苦，而物性之苦者亦乐生焉。

于是鲜支、黄蘖、（蘖：读作"聂"，草木始生的嫩芽。）苦楝、侧柏之木，（之：通"诸"，众，各个。）黄连、苦杕、（杕：读作"帝"，树木挺立貌。）亭历、苦参、钩夭之草，地黄、游冬、葴、（葴：读作"真"，马蓝、酸浆草。）芑之菜，（芑：读作"启"，一种野菜，似苦菜。）楮、（楮：读作"朱"，树名。）栎、（栎：读作"立"，柞树。）草斗之实，楛竹之笋，莫不族布而罗生焉。野蜂巢其间，采花髓作蜜，味亦苦，山中方言谓之黄杜。初食颇苦难，久则弥觉其甘，能已积热，除烦渴之疾。其槚荼亦苦于常茶。（槚：读作"假"，苦荼。荼：同"茶"。）其洩水皆啮石出，

（洩：读作"泻"，瀑布。喈：读作"聂"，咬，啃。）其源沸沸汩汩，（沸沸：涌出喧腾貌。汩：汩读作"古古"，水流声，波浪声。）滮滵曲折，（滮：读作"至"，水声，水流疾行貌。滵：读作"密"，水流急貌。）注入大谷。其中多斑文小鱼，状如吹沙，味苦而微辛，食之可以清酒。

山去人稍远，惟先生乐游，而从者多艰其昏晨之往来，故遂择其窊而室焉。（窊：读作"蛙"，低凹。）携童儿数人，启陨箨以艺粟菽，（箨：读作"唾"，笋壳。蓺：读作"义"，种植。）茹啖其草木之荑实。（荑：读作"提"，草木嫩芽。）间则蹑屐登崖，（蹑：读作"聂"，踩，踏。屐：读作"机"，木底鞋。）倚修木而啸，或降而临清泠。樵歌出林，则拊石而和之。（拊：读作"府"，拍打，轻击。）人莫知其乐也。

先生之言曰："乐与苦，相为倚伏者也，人知乐之为乐，而不知苦之为乐，人知乐其乐，而不知苦生于乐，则乐与苦相去能几何哉！今夫膏粱之子，燕坐于华堂之上，口不尝荼蓼之味，（荼：读作"图"，苦菜。蓼：读作"瞭"，草名，味辛辣。）身不历农亩之劳，寝必重褥，食必珍美，出入必舆隶，是人之所谓乐也，一旦运穷福艾，颠沛生于不测，而不知醰醰饫肥之肠，（饫：读作"玉"，饱食。）不可以实疏粝，（粝：读作"利"，糙米，粗糙。）籍柔覆温之躯，不可以御蓬藋，（藋：读作"掉"，草名，即灰藋。）虽欲效野夫贱隶，跼跳窜伏，（跼：读作"局"，屈曲。）偷性命于榛莽而不可得，庸非昔日之乐，为今日之苦也耶？故孟子曰：'天之将降大任于是人也，必先苦其心志，劳其筋骨，饿其体肤。'赵子曰：'良药苦口利于病，忠言逆耳利于行。'（汉刘向《说苑·正谏》："孔子曰：'良药苦于口，利于病；忠言逆于耳，利于行。'"《孔子家语·六本》亦谓孔子语。本文作"赵子曰"，未知所本。）彼之苦，吾之乐，而彼之乐吾之苦也。吾闻井以甘竭，李以苦存，夫差以酣酒亡，而勾践以尝胆兴，无亦犹是也夫？"

刘子闻而悟之，名其室曰苦斋，作《苦斋记》。

（选自商务印书馆《四部丛刊》影印本《诚意伯文集》）

附：白话《苦斋记》

苦斋，是章溢先生隐居的房屋。屋有十二间，茅草覆盖，在匡山巅。匡山位于处州龙泉县西南二百里，有剑溪流出。四面峭壁拔起，岩阿皆青石，

外部高峻而中间下凹。山下惟白云，山上多北风。风从北方吹来，大致不能甜而多苦。因此植物遭受此风，味道都苦。唯独物性本苦的品种乐于生长。

于是鲜支、黄蘗、苦楝、侧柏各类树木，黄连、苦杖、亭历、苦参、钩夭各类草本，地黄、游冬、葴、芑各类蔬菜，楮树、栎树、草斗各类果实，还有楛竹笋，莫不丛聚分布，排列生长。野蜂筑巢其间，采花蕊作蜜，味道也苦，山中方言称作黄杜。刚吃略感粗劣排斥，久了越来越觉得它甜，能治愈积热，消除烦渴的疾病。这里的茶也比普通的茶味苦。山间瀑布皆冲刷石缝显露，源头汩汩涌出，曲折疾行，注入大川谷。水中多斑纹小鱼，形状像吹沙鱼，味苦而微辣，吃了可以醒酒。

匡山离人稍远，唯有先生喜欢游览。跟从的人大多困苦于黄昏清晨的往来，所以就选择山巅低凹处筑室安居。携带几个童仆，清除脱落的笋壳，平整土地来种粮种豆，吞吃草木嫩芽和野果。空闲了，就脚踏木底鞋登上山崖，斜靠大树长啸，或者从高处走下来临近清溪，心地一片清凉。樵夫的歌声飞出林莽，即轻拍山石应和，人们不知他的乐趣。

用先生的话说："乐与苦，是相互依存转化的关系。人们知道愉快是安乐，却不懂困苦中有安乐的成分。人们知道爱好安乐，却不懂痛苦生于安乐。那么，乐与苦相距能多远呢？如今那些富贵子弟，安坐华丽厅堂，口中不尝苦菜蓼草的苦辛，身体不经历农田劳动，睡觉必铺重重褥垫，吃食必须美味佳肴，出入必带仆役，这是人们所说的安乐。一旦运气终止福分享尽，颠仆困苦生于不可预测，还不明白惯醉醇酒饱食肥腻的肠胃，不可以填塞粗糙羹饭。铺垫柔软覆盖温暖的身躯，不可以抵御蓬草藋草。即使想模仿山野村夫和卑贱仆役，屈身跳跃，窜逃趴伏，在纷乱世事中偷活性命，犹不可得。这难道不是昔日的安乐，变成今天的痛苦了吗？所以孟子说：'上天将降大任给此人，必先困苦他的心志，劳累他的筋骨，饥饿他的体肤。'赵子说：'良药苦口利于病，忠言逆耳利于行。'富贵子弟的苦，是我的安乐，而他们的安乐是我的苦。我听说，井水因为甘甜而枯竭，李子因为味苦而保存，夫差因为畅快喝酒而灭亡，勾践因为品尝苦胆而兴盛。这些，不也如此吗？"

老刘听了有感悟，把先生隐居的房屋取名苦斋，作《苦斋记》。

畏垒亭记

[明] 归有光

归有光，明崑山人。嘉靖四十四年进士，官南京太仆丞。推崇唐宋古文，为明中叶以后一大作家。

自昆山城水行七十里，曰安亭，在吴淞江之旁。盖图志有安亭江，今不可见矣。土薄而俗浇，县人争弃之。吾妻之家在焉。余独爱其宅中闲靓，（靓：通"静"，平和，安静。）壬寅之岁，读书于此。

宅西有清池古木，垒石为山。山有亭，登之，隐隐见吴淞江环绕而东，风帆时过于荒墟树杪之间。（杪：读作"秒"，树梢。）华亭九峰，（华亭：明松江府治。）青龙镇古刹浮屠，皆直其前。亭旧无名，余始名之曰畏垒。

《庄子》称，庚桑楚得老聃之道，居畏垒之山，其臣之画然知者去之，其妾之挈然仁者远之。拥肿之与居，鞅掌之为使。三年，畏垒大熟。畏垒之民，尸而祝之，社而稷之。

而余居于此，竟日闭户。二三子或有自远而至者，相与讴吟于荆棘之中。余妻治田四十亩，值岁大旱，用牛挽车，昼夜灌水，颇有得谷。酿酒数石，寒风惨栗，木叶黄落。呼儿酌酒，登亭而啸，忻忻然。

谁为远我而去我者乎？谁与吾居而吾使者乎？谁欲尸祝而社稷吾者乎？作《畏垒亭记》。

（选自清姚鼐编《古文辞类纂》）

附：白话《畏垒亭记》

从昆山城水行七十里，叫安亭镇，在吴淞江畔。大概附地图的地方志有安亭江，现在不可见了。土质贫瘠，习俗浮薄，县里人争着离开。我妻子的家在这里。我独爱宅中闲适安静，壬寅年在此读书。

宅西有清澈池塘和郁郁古木，垒石成山，山上有座亭子。登亭后，隐隐见吴淞江环绕向东，风帆在荒墟树梢间时而驶过。华亭府（华亭为明代松江府治）的九座山峰，青龙镇的古寺佛塔，全历历在目。亭子陈旧没有名字，我初次命名畏垒。

《庄子》记载，庚桑楚最得老聃的道，居家畏垒山。他辞退假老练装模作样的奴仆，疏远做作爱心的婢女。跟大咧咧合群的人同住，让没空打扮的人忙碌职事。三年后，畏垒山区大丰收。畏垒百姓推举他主持祈福，祭祀土地神和谷神。

我居住此地，整天关门闭户。二三好友间或远道而来，相随在荆棘丛中唱歌吟诗。我妻种田四十亩，遇大旱年，用牛挽车，昼夜灌水，颇有谷物获得。于是酿酒数石，在寒风凛冽，树叶枯黄飘落的时候，呼叫儿辈酌酒，登亭长啸，欣然欢喜。

谁成为疏远我而离开我的人？谁同我安居且听我派遣？谁想要我主持祈福，祭祀土地神和谷神？作《畏垒亭记》。

遂初堂记

[明] 归有光

宋尤文简公，尝爱孙兴公《遂初赋》，而以遂初名其堂。崇陵书匾赐之，（宋光宗赵惇墓曰永崇陵，简称崇陵。）在今无锡九龙山之下。公十四世孙质，字叔野，求其遗址而莫知所在。自以其意规度于山之阳为新堂，仍以遂初为匾，以书来求余记之。

按兴公尝隐会稽，放浪山水，有高尚之志，故为此赋。其后涉历世涂，违其夙好，为桓温所讥。（《晋书·孙绰传》：绰，字兴公。博学善属文，少时居于会稽，游放山水十余年，作《遂初赋》以致其意。大司马桓温欲经纬中国，谋篡位，将移都洛阳，绰上疏劝谏。桓温不悦，说："何不寻君《遂初赋》，懂人家国事吗？"）文简公历仕三朝，受知人主，至老而不得去。而以遂初为况，若有不相当者。

昔伊尹、傅说、吕望之徒，起于胥靡耕钓，以辅相商周之主，终其身无复隐处之思。古之志得道行者，固如此也。惟召公告老，而周公留之曰："汝明勖偶王，（勖：读作"叙"，勉励。偶：辅助。）在亶，（亶：通"殚"，读作"单"，尽。）乘兹大命，惟文王德，丕承无疆之恤。"当时君臣之际可知矣。

后之君子，非复昔人之遭会，而义不容于不仕。及其已至贵显，或未必尽其用，而势不能以遽去。然其中之所谓介然者，终不肯随世俗而移易。虽三公之位，万钟之禄，固其心不能一日安也。则其高世遐举之志，宜其时见于言语文字之间，而有不能自已者。

当宋皇祐、治平之时，欧阳公位登两府，际遇不为不隆矣。今读其《思颍》之诗，《归田》之录，而知公之不安其位也。况南渡之后，虽孝宗之英毅，光宗之总揽，远不能望盛宋之治。而崇陵末年，疾病恍惚，宫闱戚畹，（闱：读作"韦"，宫中旁门；宫闱：后妃所居之处。畹：读作"晚"，花圃或园地。戚畹：外戚亲贵。）干预朝政，时事有不可胜道者矣。虽然，二公之言，已行于朝廷。当世之人主，不可谓不知之。而终不能默默以自安，盖君子之志如此。

公殁至今四百年，而叔野能修复其旧，遗构宛然。无锡，南方士大夫入都孔道。过之者登其堂，犹或能想见公之仪刑。而读余之言，其亦不能无慨于中也已！

（选自清姚鼐编《古文辞类纂》）

附：白话《遂初堂记》

南宋礼部尚书尤袤卒谥文简，尊称文简公，曾经爱东晋孙兴公的《遂初赋》，用"遂初"命名堂屋。宋光宗书写匾额赐予他，在今天的无锡九龙山下。文简公的十四世孙尤质，字叔野，寻求先祖遗址不知所在。凭自己的意趣，在九龙山南坡规划建立新堂，仍以"遂初"书匾，写信来求我记叙此事。

据考察，东晋孙兴公曾隐居会稽，放浪山水，有高尚志向，所以写出《遂初赋》。其后涉历世途，违背早年的喜好，被桓温指责。（《晋书·孙绰传》：绰，字兴公。博学善属文，少时居于会稽，游放山水十余年，作《遂初赋》以致其意。大司马桓温欲经纬中国，谋篡位，将移都洛阳，绰上疏劝谏。桓温不悦，说："何不寻君《遂初赋》，懂人家国事吗？"）而宋文简公，历仕高宗、孝宗、光宗三朝，受到人主赏识，到老不得离任。他用"遂初"打比方，相互间似有不匹配。

昔日商汤的宰相伊尹，武丁的宰相傅说，周文王周武王的军事首长吕望，这一类人从刑徒、农夫和钓翁中崛起，来辅佐商朝周朝的人主，终其一生不再有隐居的想法。古代志向投契、主张已践行的人，常常如此。唯有召公告老，周公挽留他："武王曾经说过，你贤明勉力地辅助成王，在殚精极虑。担任如此重大的使命，应思念文王恩德，承受无穷的忧虑。"当时的君臣际遇，可以感知。

后世君子，不再有古人的遭遇和机会。然而从利益庶物、各得其宜考虑，不容许不出仕。等他们达到贵显，或许未必使得出全力，所处地位又不可以仓促离开。于是，其中所谓耿介高洁的人，终不肯跟随世俗摇摆交易。纵然有三公爵位，万钟俸禄，其本心不能一日安宁。他出尘离世的远行志趣，在适当时机，就见于语言文字间，有不能自己消停的架势。

当北宋皇祐、治平年间，欧阳公（欧阳修的尊称）位登枢密院和中书省，际遇不能说不尊崇吧。现在读他的《思颍诗集》和《归田录》，就知道他老人家不安其位。况且，高宗南渡之后，虽然孝宗英毅，光宗总揽，已远不能比量盛世北宋的统治。而光宗末年，疾病恍惚，后妃外戚干预朝政，时事有不可尽数谈论的地方。即便如此，欧阳公和尤文简公的主张已在朝廷施行，当世人主不能说不赏识他们。于是，终不能静默无言以求自安，大概君子志向就该这样。

尤文简公离世至今四百年，叔野能够修复旧物，落成的屋宇宛如原貌。无锡，是南方士大夫进京的大路。经过的人登临遂初堂，如果有人能推知文简公的法式，而阅读拙文，他也不能内心无感慨吧。

【附笔】

遂初，相当于近世常说的不忘初心。东晋孙绰写《遂初赋》，盼望在有山有水的田野里筑室种松。他初成《天台山赋》，展示给友人范荣期看："卿试掷地，当作金石声也。"成语掷地有声，本此。

从东晋孙绰，到北宋欧阳修，南宋尤袤，再到明代的尤质和归有光，其间跨越1200年，这些士大夫有个共同点：不忘初心，见止知足，向往田园山水。耿介高洁的人，终不肯跟随世俗摇摆交易。无论身居何职，内心都深藏着一份出尘离世的远行志趣。

古砚说

[明] 许獬

许獬，福建同安人。明万历辛丑会元，授编修。本文指出：喜好古玩，或许含有"射利求进""出其所有以夸士"的庸俗，值得藏家警觉。

余家有古砚，往年得之友人所遗者。受而置之，当一砚之用，不知其为古也。已而有识者曰："此五代宋时物也，古矣。宜谨宝藏之，勿令损坏。"余闻诸言，亦从而宝之，不暇辨其为真五代宋与否。

虽然斯物而真五代宋也，当时人亦仅以当一砚之用耳。岂知其必不毁，必至于今而为古耶？盖至于今而后知其为五代宋也。不知其在五代宋时，所宝为周秦汉魏以上物者，视此又奚如乎？而又不知其以周秦汉魏以上物，视周秦汉魏以上人，其人自视又奚如？

人见世之熙熙者，沈酣于纷华绮丽之乐，奔走于权贵要津之门，褰裳濡足，（褰：通"搴"，读作"千"，提起，撩起。濡：读作"儒"，迟缓，滞留。）被耻辱而不知羞。于是有一人焉，出而矫之。卓然以道自重，以澹泊自守，以古先琴书图画器物玩好自娱，命之曰好古。

古凡名能好古者，必非庸俗人也。以其非庸俗人之所好，则庸俗人亦从而效之。于是士之射利求进者，必穷究其所无，以谄事权贵要津。权贵要津，亦时出其所有以夸士。而士之慕为古而不知务者，亦每与世竞逐，必尽效其所有而后快。

噫嘻，是非真能好古也，亦与庸俗人同好而已。夫既与庸俗人同好矣，而犹哓哓然窃好古之名，（哓哓：读作"嚣嚣"，争辩声，唠叨。）以求自异于庸俗。不知其名则是，而其意则非。

吾之所谓好古者，学其道，为其文，思其人而不得见，徘徊上下，庶几得其手泽之所存而观玩焉。则恍然如见其人也，是以好之而不厌。

故夫古之为好者，非以其物，以其人也。如以其物而已矣，今亦何以异于古哉。夫苟不重其物，惟其人，则吾亦可以为古人矣。安知千百世之下，不以好古者好吾？乃必舍其在吾，而惟古之好，亦已惑矣。

余观今世之所好，大率如是，盖所谓名是而意则非者也。不能尽述，述其近似者，作《古砚说》。

（选自清李扶九、黄仁黼编《古文笔法百篇》）

附：白话《古砚说》

我家有古砚，往年得自友人馈赠。接受了就搁置一旁，当作一方普通砚台使用，不知它是古物。不久有识家说："这是五代宋时的器物，历时久远。应小心珍藏，别让它损坏了。"我听了他的话，因此珍爱起来，无暇辨别是否真是五代宋时的物品。

即便此物真的出自五代宋，当时的人也仅仅当作一方砚台使用。难道了解它必不毁坏，一定传到今世来成为古董？传到今日之后，才知道它是五代宋。不知道在五代宋时，人们珍惜周秦汉魏以上的物品，又如何看待这方砚台？又不知道依据周秦汉魏以上的古物，观察周秦汉魏以上的人，观察者自视又如何呢？

我看世间焦躁快速的人，醉心于纷争光鲜、交错华丽的愉悦，奔走在权贵显要的门第，撩起衣角，迟缓脚步，蒙受耻辱而不知羞。于是有一个人出面矫正，特立地以道自重，以澹泊自守，凭借古代先祖的琴瑟、书籍、图画、器物和玩赏物品自娱，名曰好古。

往昔大凡能称作好古，必定不是庸俗人。因为这不是庸俗人的爱好，所

以庸俗人便跟风仿效。于是士子中急功近利、寻求提拔的人，一定会极力寻找他没有的东西，来献媚侍奉权贵显要。权贵显要，也时常拿出所拥有的古董，在士子面前夸耀。而士子中模仿好古却不懂行的人，也屡屡与世竞逐，定要尽献其所有而后痛快。

天哪，这不是真的能够好古，只是跟庸俗人同样爱好而已。既然跟庸俗人同等爱好，却还唠叨争辩，窃取好古的名声，来寻求自己不同于庸俗。不懂得他的名声是好古，而意趣已经违背了。

我所说的好古，学习古人的道德，读写古人的文章，思念古人而不能相见，往返回旋，上下求索，或许获得遗物留存，观赏玩味间，恍然如见其人，因此喜好它而不抑制。

所以一切旧物成为喜好，不是因为器物，而是因为遗留该器物的人。如果因为器物而已，今天又凭什么不同于古代？假如不看重器物，只看重人，则我也可以成为古人。怎么知道千百世之下，不为了好古而喜欢我？好像必须舍弃取决于我，唯有古物才喜爱，已属迷惑了。

我观察今世的喜好，大都如此，所谓名声是好古，而意趣已违背。不能尽述，陈述其中近似的情形，作《古砚说》。

游凌云图记

[清] 刘大櫆

知者乐水，仁者乐山。非山水之能娱人，而知者仁者之心，常有寓于此也。天子神圣，天下无事，百僚庶司，咸称厥职。乃以莅政之余暇，翛然自适于山岨水涯。（翛：读作"消"，翛然，自然无心就这样了。）所以播国家之休风，鸣太平之盛事，施广誉于无穷者也。

南方故山水之奥区，而巴蜀峨眉尤为怪伟奇绝。昔苏子瞻浮云轩冕，而愿得出守汉嘉，以为凌云之游。（苏轼《送张嘉州》诗："颇愿身为汉嘉守，载酒时作凌云游"。"浮云轩冕何足言，惟有江山难入手。"）古之杰魁之士，其纵恣倘佯而不可羁縻以事者，类如此欤。

吾友卢君抱孙，以进士令蜀之洪雅。地小而僻，政简而明，民安其俗，从容就理。于是携童幼，挈壶觞，逶迤而来，攀缘以登，坐于崇岗积石之间，超然远瞩，邈然澄思，飘飘乎遗世之怀，浩浩乎如在三古之上，于时极乐。既归里闲居，延请工画事者，画《卢公载酒游凌云》也。

古今人不相及矣。昔之人所尝有事者，今人未必能追步之也。乃子瞻之有志焉而未毕者，至卢君而遂能见之行事。则夫卢君之施泽于民，其亦有类于古人之为之邪？于是为之记。

（选自清姚鼐编《古文辞类纂》）

附：白话《游凌云图记》

智者乐水，仁者乐山。不是山水能娱乐人，而是智者仁者的心，常常寄托在此。天子神圣，天下无事，百官和众多主管吏员都很称职。于是利用执政余暇，自然无心地得意于山石水涯间，以此传播国家的喜庆气象，称说太平盛事，延续广泛赞誉到无穷。

南方本是山水幽深的地区，巴蜀峨眉山尤为怪伟奇绝。昔日苏子瞻浮云一般看待卿大夫的轩车冕服，却希望能出守汉嘉，以便游览凌云山。（苏轼《送张嘉州》诗："颇愿身为汉嘉守，载酒时作凌云游"。"浮云轩冕何足言，惟有江山难入手。"）古代顶流的杰出人士，纵情恣意逍遥自在，不可束缚于事务，大多如此。

我的朋友卢抱孙，以进士担任洪雅县令。地方狭小偏僻，政务简易明了，百姓习惯于当地风俗，他悠闲舒缓就完成了治理。于是携带少年，拎着酒壶，蜿蜒曲折而来，攀援登高，坐在重重山岗的积石之间超然远望，悠久清静地思考，飘飘然有超脱尘世的襟怀，浩浩乎如在伏羲的上古、周文王的中古和孔子的近古，此时极尽欢乐之情。后来返家无事，聘请擅长绘画的人，画了《卢公载酒游凌云》图。

古今人互不干预。昔人曾有的事，今人未必能追随行走。以往子瞻有志趣未完成，到卢君终于能见诸行事。那么卢君给百姓施予恩泽，也有类同于古人的作为吧？于是为他记叙。

卷六　陋室

山不在高,有仙则名。水不在深,有龙则灵。斯是陋室,惟吾德馨。

陋室铭

[唐]刘禹锡

刘禹锡，唐彭城人。贞元九年进士，官至集贤殿学士，任苏州刺史。永贞元年，因参加以王叔文为首的政治活动，贬朗州司马。文章简练深刻，小诗刚健清新。

山不在高，有仙则名。水不在深，有龙则灵。斯是陋室，惟吾德馨。苔痕上阶绿，草色入帘青。谈笑有鸿儒，往来无白丁。可以调素琴，阅金经。无丝竹之乱耳，无案牍之劳形。南阳诸葛庐，（《汉书春秋》：诸葛亮家于南阳之邓县，在襄阳城西二十里，号曰隆中。）西蜀子云亭。（《汉书·扬雄上》：扬雄字子云，蜀郡成都人。）孔子云：何陋之有？

（选自清吴楚材、吴调侯编《古文观止》）

附：白话《陋室铭》

山不在高，有仙就出名。水不在深，有龙就神灵。这是一个简陋房间，唯有我的品德美善远播。青苔痕迹在台阶上泛绿，草色映入窗帘一片青葱。谈笑有博学大儒，往来无平民百姓。可以弹奏未加装饰的琴，阅读金言经典。没有管弦乐音清乱听闻，没有官府文书劳累形体。好比南阳诸葛亮躬耕的草庐，西蜀扬雄读书的亭子。孔子说过，这有什么粗陋的呢？

学舍记

[宋] 曾巩

曾巩，宋建昌南丰人。嘉祐二年进士，曾编校史馆书籍，官至中书舍人。藏书二万卷，皆手自校定。工文章，为唐宋八大家之一。

予幼则从先生受书，然是时，方乐与家人童子嬉戏上下，未知好也。十六七时，窥六经之言与古今文章，有过人者，知好之，则于是锐意欲与之并。

而是时家事亦滋出。自斯以来，西北则行陈、蔡、谯、苦、睢、汴、淮、泗，出于京师。东方则绝江舟漕河之渠，逾五湖，并封禺会稽之山，出于东海之上。南方则载大江，临夏口而望洞庭。转彭蠡，上庾岭，由真阳之泷，（泷：读作"龙"，急流。）至南海上。此予之所涉世而奔走也。

蛟鱼汹涌湍石之川，巅崖莽林貙虺之聚。（貙：读作"初"，貙虎。虺：读作"毁"，一种毒蛇，俗称土虺蛇，色如泥土。）与夫雨旸寒燠风波雾毒不测之危，（旸：读作"阳"，天晴。燠：读作"玉"，热，暖。）此予之所单游远寓而冒犯以勤也。衣食药物，庐舍器用，箕筥细碎之间，（筥：读作"举"，圆形竹筐。）此予之所经营以养也。天倾地坏，殊州独哭，数千里之远，抱丧而南。积时之劳，乃毕大事，此予之所遘祸而忧艰也。（遘：读作"构"，逢，遇。）太夫人所志，与夫弟婚妹嫁，四时之祠，属人外亲之问，王事之输，此予之所皇皇而不足也。予于是力疲意耗，而又多疾，言之所序，盖其一二之粗也。

得其闲时，挟书以学，于夫为身治人，世用之损益，考观讲解，有不能至者。故不得专力尽思，琢雕文章，以载私心难见之情，而追古今之作者为并，以足予之所好慕。此予之所自视而嗟也。

今天子至和之初，予之侵扰多事故益甚。予之力无以为，乃休于家，而即其旁之草舍以学。或疾其卑议其隘者，予顾而笑曰："是予之宜也。予之劳心困形，以役于事者，有以为之矣。予之卑巷穷庐，冗衣砻饭，（砻：读作"龙"，磨谷去壳的工具。）芑苋之羹，（芑：读作"启"，一种野菜，似苦菜。苋：读作"现"，苋菜。）隐约而安者，固予之所以遂其志而有待也。予之疾则有之，可以进于道者，学之有不至。至于文章，平生所好慕，为之有不暇也。若夫土坚木好高大之观，固世之聪明豪隽，挟长而有恃者所得为。若予之拙，岂能易而志彼哉？"

遂历道其少长出处，与夫好慕之心，以为学舍记。

（选自清姚鼐编《古文辞类纂》）

附：白话《学舍记》

我幼年即跟随先生读书。然而在那时，正喜欢同家人童子上下嬉戏，不懂美善。十六七岁时，看到六经学说和古今文章里有过人的内容，懂得爱好了，于是锐意要向它们看齐。

那时家事也愈益发生。自此以来，西北则行走周朝的陈国蔡国，秦置的谯县苦县，以及睢河、汴水、淮水和泗水流域，到达京师。东方则横渡江舟在漕河水道，逾越五湖，傍近封山、禺山和会稽山，到达东海之上。南方则乘船长江，临近夏口眺望洞庭湖。转鄱阳湖，上大庾岭，由浈阳急流的浈水至南海上。这些，是我涉世奔走的地方。

鲨鱼翻腾在冲击石头的河流，巅崖荠林是貀虎和土虺蛇的聚居地。参与到雨晴寒热风波雾毒不测的危险里，是我孤单游历遥远寄居，不顾抵触所能勤力做的事。衣食药物，庐舍器用，籔箕竹筐的细碎之间，是我所经营，用来孝敬尊者的供养。天崩地裂，异地独哭，数千里之远扶持父亲的灵柩回南

丰。经过多时操劳，才完成安葬大事。这是我遭遇家祸时的居丧情形。太夫人期望，操持弟弟结婚，妹妹出嫁，四季祭祀，族人和娘家亲属的慰问，公事的交纳捐献。这些，是我惶惶不安、匆匆忙忙却做得不够好的地方。我被这类事务弄得力气疲惫，意志损耗，又多疾病。言语所可叙说的，大概十分之一二的粗略情况吧。

得到空闲时间，便手持书卷学习。对于修养自身，治理他人，世事应用的增减改动和利弊，考核观察跟讲解，皆有不能至善的节点。所以，不能专力尽思地琢雕文章，用来承载私心难以表现的情趣，从而追赶古今作者，成为并列的人，以满足我的喜爱仰慕。这是我自视而慨叹的地方。

今值天子至和初年，我受侵扰多事故更加严重。我的力量无法应对，于是在家休息，到宅旁的草屋做学问。有人担忧它低矮，有人议论它狭窄。我环顾而笑说："这是我所安适的地方。我劳苦心志，窘困形骸，受事务役使，是有关连的担当呀。我住小巷空屋，穿旧衣，吃粗饭，喝野菜汤，穷困而安静，早就是我用来顺遂志向，而有期待呀。我的缺点倒是有，可以进于道，学问却达不到。至于文章，平生爱好倾慕，写起来有不得空闲哟。如果讲土地坚实木材美好的高大楼观，原本是世上那些聪明豪俊，凭借长项有势力倚仗的人所能建立。像我的笨拙，岂能改变自己，而去羡慕别人哦！"

于是依次讲述从小到大的进退依据，加上喜好仰慕的心性，写成《学舍记》。

东轩记

[宋] 苏辙

余既以罪谪监筠州盐酒税，（谪：读作"折"，官吏因罪被降职或流放。）未至，大雨。筠水泛溢，蔑南市，登北岸，败刺史府门。盐酒税治舍，俯江之湄，（湄：读作"眉"，水边。）水患尤甚。既至，敝不可处。乃告于郡，假部使者府以居。郡怜其无归也，许之。岁十二月，乃克支其欹斜，（欹：读作"七"，倾斜。）补其圮缺，（圮：读作"匹"，坍塌，为水所毁。）辟听事堂之东为轩。种杉二本，竹百个，以为宴休之所。

然盐酒税旧以三吏共事。余至，其二人者，适皆罢去，事委于一。昼则坐市区鬻盐沽酒税豚鱼，与市人争寻尺以自效。暮归，筋力疲废，辄昏然就睡，不知夜之既旦。旦则复出营职，终不能安于所谓东轩者。每日暮出入其旁，顾之，未尝不哑然自笑也。

余昔少年读书，窃尝怪颜子箪食瓢饮，居于陋巷，人不堪其忧，颜子不改其乐。私以为虽不欲仕，然抱关击柝，（柝：读作"唾"，古代巡夜报更的木梆。）尚可自养，而不害于学，何至困辱贫窭自苦如此？（窭：读作"巨"，贫穷得无法备礼物；泛指贫穷。）

及来筠州，勤劳盐米之间，无一日之休。虽欲弃尘垢，解羁絷，（絷：读作"直"，拴马脚的绳索。）自放于道德之场，而事每劫而留之。然后知颜子之所以甘心贫贱，不肯求斗升之禄以自给者，良以其害于学故也。

嗟夫！士方其未闻大道，沉酣势利，以玉帛子女自厚，自以为乐矣。及其循理以求道，落其华而收其实，从容自得，不知夫天地之为大，与死生之为变，而况其下者乎！故其乐也，足以易穷饿而不怨，虽南面之王不能加之，盖非有德不能任也。余方区区欲磨洗浊污，睎圣贤之万一，（睎：读作"希"，望，观。）自视缺然，而欲庶几颜氏之福，宜其不可得哉！

若夫孔子周行天下，高为鲁司寇，下为乘田委吏，惟其所遇，无所不可。彼盖达者之事，而非学者之所望也。

余既以谴来此，虽知桎梏之害而势不得去。独幸岁月之久，世或哀而怜之，使得归伏田里，治先人之弊庐，为环堵之室而居之。然后追求颜氏之乐，怀思东轩，优游以忘其老。然而非所敢望也。

（选自清姚鼐编《古文辞类纂》）

附：白话《东轩记》

我已因罪降职，掌管筠州的盐酒税。未到即遇大雨，筠州河水泛滥，淹没南市，漫上北岸，冲毁刺史府门。盐酒税治所下临江边，水患尤其严重。不久后到任，破烂不可安顿。于是向郡守报告，借部使者府来居住。郡守怜悯我没有落脚点，同意了。当年十二月，方能支撑治所的倾斜处，修补坍塌缺损部位，开辟听事堂的东面做有窗的亭阁。种植杉树两株，竹百竿，当作休闲场所。

然而，盐酒税通常用三名官员一起工作。我上任后，其他两人恰好都免职离开，事务堆积一人。白天就坐在市场里，征收卖盐沽酒的赋税和买卖猪鱼，跟市人争长论短，以效一己之力。傍晚回家精疲力竭，总是昏昏然倒头便睡，不知黑夜过去已然天明。清晨又出门履职，终究不能安于所谓的东轩休闲。每当日出和日落出入它旁边，看一看，未尝不哑然自笑。

从前我少年读书，暗地里曾惊异颜回一箪饭食，一瓢饮水，居住陋巷，别人受不了这份忧愁，颜回不改自己的快乐。私下以为即使不想做官，然而守个门，打打更，或许可以养活自己，还不妨碍做学问。为什么困辱贫穷自苦到如此地步？

等来到筠州，辛勤劳作在盐米之间，没有一天休息。虽然很想抛弃尘垢，解脱羁绊，自己旷放在道德领域，唯独事务每每迫使我留下。然后懂得颜回之所以甘心贫贱，不肯谋求一升半斗的俸禄来自给，是因为它实在太妨害学习的缘故。

嗨！读书人在未闻大道时，醉心于势利，把玉帛子女看得很重，自以为快乐了。到他遵循事理以追求道义，去掉浮华而收获真实，便从容自得，不知天地为尊崇，死生将变化，何况它们之下的东西哩。所以此间的欢乐，足以替代贫穷饥饿而不埋怨，纵然南面称王也不能超越，大概不是有德的人就不能承受吧。我正诚谨地想要磨洗污浊，观望圣贤的万分之一。自我省视还不足，就想近似颜氏的福分，当然不可得！

至于孔子周行天下，显贵时任鲁国司寇，位卑时当畜牧库管小吏，顺随着机遇，没有什么不可以。那大概是达者的事，而非学者所期待。

我既然因为贬谪来到此地，虽知束缚手脚的事物，其伤害态势不能离去。只希望岁月已久，世人或哀怜，使我得以回家俯伏田里，修治先人的破屋，成为四围土墙的陋室而居住。然后追求颜氏的快乐，怀思东轩，悠闲自得地忘记衰老。然而，这不是我敢企望的哟。

【附笔】

唐韩愈《答卫中行书》说："以道德为己任，穷通之来不接吾心，则可也。穷居荒凉，草树茂密，出无驴马，因与人绝。一室之内，有以自娱。"这段话，可同本文一起阅读。

项脊轩志

[明]归有光

项脊轩，旧南阁子也。室仅方丈，可容一人居。百年老屋，尘泥渗漉，（渗漉：读作"甚陆"，干涸，慢慢漏出。）雨泽下注；每移案，顾视无可置者。又北向，不能得日，日过午已昏。

余稍为修葺，使不上漏。前辟四窗，垣墙周庭，以当南日，日影反照，室始洞然。又杂植兰桂竹木于庭，旧时栏楯，（楯：读作"吮"，栏杆上的横木。）亦遂增胜。

借书满架，偃仰啸歌，冥然兀坐，万籁有声；而庭阶寂寂，小鸟时来啄食，人至不去。三五之夜，明月半墙，桂影斑驳，风移影动，珊珊可爱。

然余居于此，多可喜，亦多可悲。先是，庭中通南北为一，迨诸父异爨，（迨：读作"代"，趁着，等到。爨：读作"窜"，灶，烧火煮饭。）内外多置小门墙，往往而是，东犬西吠，客逾庖而宴，鸡栖于厅。庭中始为篱，已为墙，凡再变矣。

家有老妪，（妪：读作"玉"，母亲，老年妇女。）尝居于此。妪，先大母婢也，乳二世，先妣抚之甚厚。室西连于中闺，先妣尝一至。妪每谓余曰："某所，而母立于兹。"妪又曰："汝姊在吾怀，呱呱而泣；娘以指叩门扉曰：'儿寒乎？欲食乎？'吾从板外为应答。"语未毕，余泣，妪亦泣。

余自束发读书轩中，一日，大母过余曰："吾儿，久不见若影，何竟日默默在此，大类女郎也？"比去，以手阖门，自语曰："吾家读书久不效，儿之成，则可待乎！"顷之，持一象笏至，（笏：读作"户"，君臣朝会时所拿的狭长记事板。明制，四品以上用象牙，五品以下用木。）曰："此吾祖太常公宣德间执此以朝，他日汝当用之！"瞻顾遗迹，如在昨日，令人长号不自禁。

轩东故尝为厨，人往，从轩前过。余扃牖而居，（扃：读作"冏－阴平"，关闭。牖：读作"有"，窗。）久之，能以足音辨人。轩凡四遭火，得不焚，殆有神护者。

项脊生曰：蜀清守丹穴，（丹穴：产朱砂的地方。）利甲天下，其后秦皇帝筑女怀清台。（《史记·货殖列传》：巴蜀有个名叫清的寡妇，祖先获得朱砂矿，独占利益几代人。她作为寡妇，能守祖业，秦皇帝认为是贞妇，为她筑女怀清台。）刘玄德与曹操争天下，诸葛孔明起陇中，方二人之昧昧于一隅也，世何足以知之？余区区处败屋中，方扬眉瞬目，谓有奇景。人知之者，其谓与坎井之蛙何异！

余既为此志，后五年，吾妻来归，时至轩中，从余问古事，或凭几学书。吾妻归宁，述诸小妹语曰："闻姊家有阁子，且何谓阁子也？"其后六年，吾妻死，室坏不修。其后二年，余久卧病无聊，乃使人复葺南阁子，其制稍异于前。然自后余多在外，不常居。

庭有枇杷树，吾妻死之年所手植也，今已亭亭如盖矣。

（选自清姚鼐编《古文辞类纂》）

附：白话《项脊轩志》

项脊轩，是老旧的南阁子。室内仅一丈见方，可容一人居住。百年老屋，灰尘泥土慢慢漏出，雨水朝下流灌，每次移动书桌，环视没有可安置的地方。房屋又北向，晒不到太阳，过了午时已昏暗。

我稍做修补，使屋顶不漏。前面打开四扇窗，矮墙环绕庭院，用来遮挡南方的阳光，日影反照，室内才明亮起来。又在院子里配搭种植兰草、桂树和竹丛。旧时栏杆，也就增添了佳妙。

凭借满架书籍，我俯仰啸歌，幽深高远地独自静坐，拥有古今自然界的一切声响。而庭阶寂寂，小鸟常来啄食，人到面前不离开。农历十五的夜

晚，月光映照半截墙壁，桂花树影斑纹驳杂，风移影动，摇曳多姿惹人喜爱。

然而我居住在此，多可喜，也多可悲。早先，是庭院南北相通为一。等到叔伯们分家各起炉灶，内外多建小门墙，处处都是。东家的狗跑到西家吠叫，宾客越过厨房赴宴，鸡在客厅栖息。庭院中初始修建篱笆来隔断，随后修墙，一切都在改变。

家里有位老婆婆，曾经居住这里。老婆婆是去世祖母的婢女，给两代人喂过奶，先母爱护她甚是优厚。房屋西边跟内室主卧相连，先母经常短暂到来。老婆婆屡次对我说："某个地方，你母亲站立于此。"老婆婆又说："你姐姐在我怀里呱呱大哭，你娘用手指叩响门扉，问：小孩冷了吗？想吃东西吗？我从门板中互相做应答。"话未讲完，我流泪，老婆婆也低声哭泣。

我自束发为髻的童年，就在轩中读书。有一天，祖母来探望说："我儿，好久不见你影子，为何整天默默在此，很像大姑娘哟！"到离开时用手关门，自语道："我家读书久无成效，这个娃娃长大，就可依靠了吧？"片刻后，手持一块君臣朝会用的狭长象牙记事板过来，说："我家祖先太常公在宣德年间，拿它去上朝。"敬仰环顾先辈遗物，如同还在昨天，令人不禁引声长啸。

项脊轩的东边，旧日曾做厨房。人们去那里，要从轩前经过。我关窗居住，时间久了，能凭脚步声辨别人。该轩总共遭逢四次火灾，能够不焚毁，大概有神灵保护吧。

项脊先生说：巴蜀有个名叫清的寡妇，能守祖业朱砂矿，利益居天下第一，后来秦皇帝为她筑了女怀清台。刘玄德跟曹操争天下，诸葛孔明崛起在农田土埂中。当二人在角落里昏暗不显时，世人哪能知道？我小小地栖息破屋中，正扬起眉毛转动眼睛，认为有奇异景物。别人知道了，他说跟废井里的青蛙有何不同！

我已立定此等志向，五年后，妻子嫁进门。她时常来轩中，向我询问故旧的事，或者倚靠桌子学习书写。我妻子回娘家探亲后，转述各位小妹的话："听说姐姐家有一间阁子，什么叫阁子呀？"之后六年，我妻去世，房屋坏了没整治。之后又两年，我长期卧病精神无寄托，于是叫人再次修葺南阁子，其规模稍微不同于从前。然而自此以后我多在外，不常居住。

庭院里有棵枇杷树，妻子死那年我亲手种植，如今已经树干耸立，枝叶茂密像亭盖了。

独坐轩记

[明] 桑悦

桑悦，明苏州常熟人。举成化元年乡试，三试得副榜，除泰和训导，迁长沙通判，调郴州。自认为穷究天人之际，以孟子自况。

予为西昌校官，学圃中筑一轩，大如斗，仅容台椅各一。台仅可置经史数卷，宾至无可升降，弗肃以入，因名之曰独坐。

予训课暇，辄憩其中。上求尧舜禹汤文武周公孔子之道，次窥关闽濂洛数君子之心，又次则咀嚼《左传》、荀卿、班固、司马迁、扬雄、刘向、韩柳欧苏曾王之文，更暇则取秦汉以下古人行事之迹，少加褒贬，以定万世之是非。悠哉悠哉，以永终日。

轩前有池半亩，隙地数丈。池种芰荷，（芰：读作"计"，菱角。）地杂植松桧竹柏。予坐是轩，尘氛不入，胸次日拓。又若左临太行，右抉东海，而荫万间之广厦也。

且坐惟酬酢千古。遇圣人，则为弟子之位，若亲闻训诲。遇贤人，则为交游之位，若亲投膝而语。遇乱臣贼子，则为士师之位，若亲降诛罚于前。

坐无常位，接无常人，日觉纷拏纠错者，（拏：读作"如"，纠缠，纷乱。）皆世之寂寞者也。而天壤之间，坐予坐寥寥，不谓之独，亦勿予同。作《独坐轩记》。

（选自清李扶九、黄仁黼编《古文笔法百篇》）

附：白话《独坐轩记》

我任西昌学官，在校园建了一间小屋。大如斗，仅容写字台和椅子各一张。写字台仅可摆放几卷经史，宾客来了无法进退揖让，不能恭敬地引进门，因此命名独坐。

我在训课闲暇，常到屋中休息。首先寻求帝尧、帝舜、大禹、成汤、周文王、周武王、周公和孔子的政治主张。其次窥探关中张载、闽地朱熹、濂溪周敦颐跟洛阳程颢程颐的思想境界。又次，则品味《左传》、荀卿、班固、司马迁、扬雄、刘向、韩愈、柳宗元、欧阳修、苏洵、苏轼、苏辙、曾巩和王安石的文章。再得空闲，就选取秦汉以下古人行事的踪迹，稍加褒贬，以裁定万世是非。悠哉悠哉，来消磨一整天。

小屋前有半亩池塘，数丈空地。池塘里种菱角荷花，空地上杂生松树、桧树、竹丛与柏树。我坐在这间屋子里，尘俗气氛不进入，胸怀一天天开拓。又像左边临近太行山，右边抉择东海，还遮蔽着万间广厦。

但凡就坐，只是交往应酬千古。遇见圣人，即居弟子位置，犹如亲耳聆听训诲。遇见贤人，即居交游位置，犹如亲身促膝谈心。遇见乱臣贼子，即居法官位置，犹如面对面亲手降下杀戮惩罚。

居处没有固定序位，接触没有确定的人，每天只觉得纷缠交错，都是世上的寂寞者。而天壤之间，居守我这样座位的人颇稀少，不认为孤独，也别跟我相同。作《独坐轩记》。

卷七 怀旧

黯然销魂者，唯别而已矣。况秦吴兮绝国，复燕宋兮千里。或春苔兮始生，乍秋风兮暂起。是以行子肠断，百感凄恻。

与吴质书

[三国魏] 魏文帝曹丕

曹丕，沛国谯人。曹操次子，代汉称魏文帝。喜文学，《诗品》评价他的作品"美赡可玩，始见其工"。本文所言吴质，济阴人，字季重。为五官将，出为朝歌长，与曹丕友好。

岁月易得，别来行复四年。三年不见，《东山》犹叹其远，况乃过之，思何可支。虽书疏往返，未足解其劳结。

昔年疾疫，亲故多离其灾，（离：通"罹"，遭受。）徐、陈、应、刘，一时俱逝，痛可言邪？昔日游处，行则连舆，止则接席，何曾须臾相失。每至觞酌流行，丝竹并奏，酒酣耳热，仰而赋诗，当此之时，忽然不自知乐也。谓百年已分，可长共相保，何图数年之间，零落略尽，言之伤心。顷撰其遗文，都为一集，观其姓名，已为鬼录。追思昔游，犹在心目，而此诸子，化为粪壤，可复道哉。

观古今文人，类不护细行，鲜能以名节自立。而伟长独怀文抱质，恬淡寡欲，有箕山之志，可谓彬彬君子者矣。著《中论》二十余篇，成一家之言，词义典雅，足传于后，此子为不朽矣。德琏常斐然有述作之意，其才学足以著书，美志不遂，良可痛惜。间者历览诸子之文，对之抆泪，（抆：读作"吻"，擦，拭。）既痛逝者，行自念也。孔璋章表殊健，微为繁富。公干有逸

气，但未遒耳，其五言诗之善者，妙绝时人。元瑜书记翩翩，致足乐也。仲宣续自善于辞赋，惜其体弱，不足起其文，至于所善，古人无以远过。

昔伯牙绝弦于钟期，（《吕氏春秋·本味》：钟子期死，伯牙破琴绝弦，终身不复鼓琴。）仲尼覆醢于子路，（醢：读作"海"，肉酱，泛指酱类食品。《礼记·檀弓上》：孔子询问子路的死讯，使者说"被剁成肉酱了"。于是命令倒掉家里的酱类食品。）痛知音之难遇，伤门人之莫逮。诸子但为未及古人，自一时之儁也，今之存者已不逮矣。后生可畏，来者难诬，然恐吾与足下不及见也。

年行已长大，所怀万端，时有所虑，至通夜不瞑，志意何时复类昔日？已成老翁，但未白头耳。光武言："年三十余，在兵中十岁，所更非一。"吾德不及之，而年与之齐矣。以犬羊之质，服虎豹之文，无众星之明，假日月之光，动见瞻观，何时易乎。恐永不复得为昔日游也。少壮真当努力，年一过往，何可攀援，古人思秉烛夜游，良有以也。

顷何以自娱？颇复有所述造不？东望於邑，裁书叙心。

（选自清曾国藩编《经史百家杂钞》）

附：白话《与吴质书》

岁月易了，别来又历四年。三年不见，《诗经·豳风·东山》有"自我不见，于今三年"的句子，已感叹久远。何况超过它，思念怎可排遣。虽然书信奏章往返，不足解开郁结。

昔年疾疫，亲戚故旧多遭灾难，徐干、陈琳、应玚、刘桢，一时都死去，悲痛可言说吗？往日交游相处，出行则车轿相连，停留则坐席相接，何曾片刻不见。每到酒杯酒壶流行，弦乐管乐并奏，酒酣耳热，仰面赋诗，当此之时，忽然不自知愉悦。以为此生自己应得的一份，可以长久共保。哪想到数年之间凋亡殆尽，说来伤心。不久前编纂他们的遗文，汇为一集，观看姓名，已成死者名录。追思昔日的游乐，还在心间和眼前，而这几位已化为粪壤，能再说什么呀。

观察古今文人，大多不遮掩小事小节，很少能凭名节自立。然而，伟长（建安七子之徐干，字伟长）独自怀藏华丽，守持质朴，恬淡寡欲，有传说中许由退隐箕山的志向，可称彬彬君子。他撰述《中论》二十余篇，成一家之言，词义典雅，足以流传后世，此人已成不朽。德琏（建安七子之应场，字德琏）常发愤有述作意愿，他的才学足以著书，美好志趣没实现，很可痛惜。近来遍览几人的文章，对文擦泪，既伤痛逝者，且自我思考。孔璋（建安七子之陈琳，字孔璋）的章表特别雄健有力，稍嫌繁杂话多。公干（建安七子之刘桢，字公干）有隐逸闲适的气质，但未强劲，他五言诗中的佳作，妙绝时人。元瑜（建安七子之阮瑀，字元瑜）记事文笔优美，情致值得喜悦。仲宣（建安七子之王粲，字仲宣）继诸人之后，另自善于辞赋，可惜体弱，不足引动文辞。至于所长，古人无法远远超过。

昔日伯牙为了钟子期断绝琴弦，仲尼为了子路倒掉酱类食品，痛惜知音难遇，悲伤门人无人可比。前述数人尽管赶不上古人，本是一时俊才，现存的人已不如他们。年轻人值得敬服，后来者难以欺骗，然而，恐怕我跟你来不及看见。

年龄班辈已尊高，怀想万端，时常有所谋虑，达到通夜不眠，志向意趣何时再像往日？已然变成老翁，仅仅没白头。光武帝说："年纪三十多，在军中十年，所经历的不止一事。"我的德行不及他，年龄跟他相仿。凭犬羊形体，穿虎豹花纹，没有众星的明亮，假借日月的光辉，一举一动都引人瞻望关注，何时才改变啊。恐怕永远不能再遇到昔日的游乐了。少壮真该努力，年岁一旦过去，怎可挽留。古人想手执火炬在夜里遨游，的确有缘由。

近来用什么自娱？略微又有撰述成就没？东望哽咽，裁笺作书叙述心事。

与吴季重书

[三国魏] 曹植

曹植，沛国谯人。曹操第三子，封陈王，谥曰思。善诗文，《诗品》评价他的作品"骨气奇高，词彩华茂"。本文所言吴季重，即曹丕《与吴质书》里的吴质。

前日虽因常调，得为密坐，虽燕饮弥日，其于别远会稀，犹不尽其劳积也。若夫觞酌凌波于前，箫笳发音于后，足下鹰扬其体，凤叹虎视，谓萧曹不足俦，卫霍不足侔也。左顾右盼，谓若无人，岂非吾子壮志哉？过屠门而大嚼，虽不得肉，贵且快意。当斯之时，愿举泰山以为肉，倾东海以为酒，伐云梦之竹以为笛，斩泗滨之梓以为筝，食若填巨壑，饮若灌漏卮，其乐固难量，岂非大丈夫之乐哉？

然日不我与，曜灵急节。（曜：读作"耀"，日光。曜灵：指太阳。）面有逸景之速，别有参商之阔。思欲抑六龙之首，（六龙：拉曳日车的六匹龙马。）顿羲和之辔，（羲和：驾驭日车的神。）折若木之华，（若木：日入处的树木。）闭蒙汜之谷。（汜：读作"凡"，水名。蒙汜：太阳没入处。）天路高邈，良久无缘，怀恋反侧，如何如何。得所来讯，文采委曲，晔若春荣，浏若清风，申咏反覆，（申：通"呻"，引申为吟咏。）旷若复面。其诸贤所著文章，想还所治，复申咏之也。可令熹事小吏，讽而诵之。

夫文章之难非独今也，古之君子，亦犹病诸。家有千里骥而不珍焉，人怀盈尺和氏无贵矣。夫君子而知音乐，古之达论，谓之通而蔽。墨翟不好伎，（墨子著《非乐》篇，认为音乐无益于饱暖饥寒，有害于国计民生。）何为过朝歌而回车乎？（《水经注·淇水》：纣为朝歌之音，朝歌者，歌不时也。故墨子闻之，恶而回车，不径其邑。）足下好伎，而正值墨翟回车之县，想足下助我张目也。又闻足下在彼，自有佳政。夫求而不得者有之矣，未有不求而得者也。且改辙易行，非良乐之御。易民而治，非楚郑之政，愿足下勉之而已矣。适对嘉宾，口授不悉。往来数相闻。

（选自清曾国藩编《经史百家杂钞》）

附：白话《与吴季重书》

前日因为日常调笑，能亲近就坐。虽然宴饮终日，对于离别久远聚会稀少的我辈，仍未消除积忧。至于酒杯酒壶漾波在面前，箫管胡笳发音在身后，足下身躯像雄鹰展翅，唱和如凤，瞻视如虎。以为萧何曹参不足匹敌，卫青霍去病不足看齐。左顾右盼，认为无人，难道不是吾兄的壮志吗？经过肉铺大口咀嚼，纵然得不到肉，贵在快意。当那时，愿举泰山成为肉，倾东海成为酒，伐云梦湖畔的竹子成为笛，斩泗水之滨的梓树成为筝，吞咽像填巨壑，吸饮像灌漏壶。其中的快乐确实难估量，这难道不是大丈夫的乐趣吗？

然而光阴不等人，太阳急遽移动。相见有逝去日光阴影的疾速，离别有参星商星隔绝的疏远。想要压抑拉曳日车那六匹龙马的头颅，抖动驾驭日车那位羲和神的缰绳，攀折日入处若木的红花，关闭日没处的蒙汜山谷。天际道路高远，久久无缘登临，怀恋反侧，如何如何。收到来信，文采曲折宛转，灿烂若春花，明澈若清风。反复吟咏，开朗如同见面。诸贤所写的文章想来仍宜研读，又吟咏一番。可令明事的小吏，朗读背诵。

写文章难，不只今世，古代的君子也同样忧虑。家有千里马却不珍惜，别人怀藏盈尺的和氏璧也不重视。所有的君子都懂音乐，是古人流行的观念，叫做通晓跟概括。墨翟不喜欢歌舞，哪里用得着经过朝歌城便掉转车

头？足下喜好歌舞，正主持墨翟回车的县（吴季重时任朝歌长），希望足下帮我壮大声势。又听说足下在那里自有佳政。但凡寻求而不获得，有可能，没有不寻求而获得的事。况且更改车辙变易道路，不是王良（春秋时晋国善御马者）和伯乐（春秋时秦国善相马者）的驾车技术。改换百姓来治理，不是楚国孙叔敖跟郑国子产的治事标准。愿足下尽力而为。刚才应答嘉宾，口授不详。你的往来情况屡屡相闻。

思旧赋并序

[晋] 向秀

向秀，晋河内怀人。任散骑侍郎，转黄门侍郎，散骑常侍。与嵇康、吕安友善，为竹林七贤之一。曾注《庄子》，唯《秋水》《至乐》两篇未完而去世。

余与嵇康、吕安居止接近，其人并有不羁之才。然嵇志远而疏，吕心旷而放，其后各以事见法。嵇博综技艺，于丝竹特妙。临当就命，顾视日影，索琴而弹之。

余逝将西迈，经其旧庐。于时日薄虞渊，寒冰凄然。邻人有吹笛者，发音寥亮。追思曩昔游宴之好，（曩：读作"囊－上声"，从前。）感音而叹，故作赋云。

将命适于远京兮，遂旋反而北徂。（徂：读作"促－阳平"，往，去。）济黄河以泛舟兮，经山阳之旧居。瞻旷野之萧条兮，息余驾乎城隅。践二子之遗迹兮，历穷巷之空庐。叹黍离之愍周兮，（《黍离》：《诗经》中的一首诗。周平王东迁洛邑之后，周室衰微。周大夫行役过故宗周，见周墟尽为禾黍，故作此诗。）悲麦秀于殷墟。（《史记·宋微子世家》记载，殷商遗臣箕子路过故都殷墟，伤感宫室毁坏，遍生禾黍，欲哭则不可，欲泣则近妇人，乃作诗曰："麦秀渐渐兮，禾黍油油。彼狡僮兮，不与我好兮！"狡僮，

269

指殷纣王,他不给我好好做君主,弄得殷朝旧墟里麦子抽穗开花,遍地禾黍油油。)惟古昔以怀今兮,心徘徊以踌躇。

栋宇存而弗毁兮,形神逝其焉如。昔李斯之受罪兮,叹黄犬而长吟。悼嵇生之永辞兮,顾日影而弹琴。托运遇于领会兮,寄余命于寸阴。听鸣笛之慷慨兮,妙声绝而复寻。停驾言其将迈兮,遂援翰而写心。

(选自南朝梁昭明太子萧统编《文选》)

附:白话《思旧赋并序》

我跟嵇康、吕安住宅接近,两人都有不甘约束的禀性。可是嵇康志向远大而不切事理,吕安心地敞亮却恣纵散失。其后,各因事被刑戮。嵇康博通技艺,对管弦乐器格外精妙。临当就死,他顾视日影,索要琴来弹奏。

我昔日将要向西远行,经过二人旧居。当时,夕阳迫近神话所说的日入之渊,寒冰凄然。邻家有吹笛的人,发音清越响亮。我追思从前游玩宴乐的亲睦,感触笛音而叹息,所以作赋如下。

奉命到遥远的京城,就立即答复北去。泛舟渡过黄河时,途经山阳县的旧居。瞻望旷野萧条,在城边休息我的车驾。脚踏嵇康和吕安的遗迹,经过穷巷里的空房。叹伤古诗《黍离》,愍惜为诸侯所宗仰的周都镐京,如今尽为禾黍油油。悲伤《麦秀》诗所歌咏的,殷墟里麦田正抽穗开花。思古昔以怀想今天,心徘徊而踌躇。

栋宇尚存没有毁损,形神逝去了,怎么从随?昔日李斯受罚夷三族,向二儿子叹息长吟,"我想跟你再次牵着黄犬,出家乡上蔡城的东门追逐狡兔,哪可得啊!"哀悼嵇康永辞人世,犹回顾日影而弹琴。托付运气遭遇于领悟体会,寄寓剩余生命于寸阴。听闻鸣笛的慷慨,妙声断绝了又寻找。暂停车驾谈论即将远行,于是执笔抒写心情。

怀旧赋并序

[晋]潘岳

潘岳，晋荥阳中牟人。任河阳令，在县中满种桃李，一时传为美谈。工诗赋，词藻艳丽。累官至给事黄门侍郎，谄事权贵贾谧，居谧门二十四友之首。后来赵王伦专政，中书令孙秀诬以谋反，被族诛。

余十二，而获见于父友东武戴侯杨君，（潘岳的岳父杨肇，封东武伯。薨，谥曰戴，所以又称戴侯。）始见知名。遂申之以婚姻，而道元公嗣，亦隆世亲之爱。不幸短命，父子凋殒。

余既有私艰，且寻役于外，不历嵩丘之山者，九年于兹矣。今而经焉，慨然怀旧而赋之。曰：

启开阳而朝迈，济清洛以径渡。晨风凄以激冷，夕雪皓以掩路。（皓：读作"皓"，洁白。）辙含冰以灭轨，水渐轫以凝沍。（轫：读作"韧"，用来阻止车轮滚动的木头。沍：读作"互"，冻结。）途艰屯其难进，（屯：读作"谆"，艰难。）日晼晚而将暮。（晼：读作"晚"，晼晚：太阳偏西。）仰睎归云，（睎：读作"希"，远望。）俯镜泉流。前瞻太室，傍眺嵩丘。东武托焉，建茔启畴。岩岩双表，列列行楸。（楸：读作"秋"，木名，与梓树相似，茎干直耸可爱。）望彼楸矣，感于予思。既兴慕于戴侯，亦悼元而哀嗣。坟累累而接垄，柏森森以攒植。（攒：读作"窜—阳

平"，丛聚。）何逝没之相寻，曾旧草之未异。

余总角而获见，承戴侯之清尘。名余以国士，眷余以嘉姻。自祖考而隆好，逮二子而世亲。观携手以偕老，庶报德之有邻。今九载而一来，空馆阒其无人。（阒：读作"去"，寂静，空虚。）陈荄被于堂除，（荄：读作"该"，草根，木根。）旧圃化而为薪。步庭庑以徘徊，（庑：读作"五"，堂下周围的廊屋。）涕泫流而沾巾。（泫：读作"炫"，泪水下滴貌。）宵展转而不寐，骤长叹以达晨。独郁结其谁语，聊缀思于斯文。

（选自南朝梁昭明太子萧统编《文选》）

附：白话《怀旧赋并序》

我十二岁时，获得家父朋友东武伯戴侯杨君接见，（作者的岳父杨肇，封东武伯。薨，谥曰戴，所以又称戴侯。）开始显露知名。于是约定婚姻，杨家两位公子道元和公嗣，也高看这份世代通婚的情意。不幸短命，他们父子三人都谢世了。

我后来有父母丧事，又居官在外，不行走嵩山迄今九年了。今天经过，慨然怀旧，作赋如下。

初启开阳县的城门，天明即远行，径直渡过清澈的洛河。晨风吹拂凄凄冷峭，昨夜洁白的雪掩埋了道路。车辙含冰消失轨迹，水浸泡支撑车轮防滑的木头，冻结住了。前途艰屯难进，忽忽间夕阳西坠，暮色将临。我抬头远望归云，低头镜照流泉。前瞻太室山，旁眺嵩丘。岳父东武伯寄托遗体在此，建立墓地开启窆土。高耸配对的华表，行列分明的楸木。眼望那片楸树林，感动了我的思绪。既对戴侯升起敬慕，也悼念道元，哀伤公嗣。但见坟茔累累连接墓丘，柏树森森丛聚生长。为什么去世淹没互相追逐，曾经的旧草却没有差异？

我总角之年获得接见，蒙受了戴侯的高情厚谊。他称呼我为国士，眷顾我美满姻缘。自从祖辈父辈就尊崇友好，到了两个儿子时，已是世代通婚的亲属。我们示人携手偕老，希望报答有德行的亲人。现在，九年第一次来，空馆寂静无人。陈腐的草木根披散堂阶,旧日菜园已化为柴薪。我漫步厅堂、廊屋往返回旋,眼泪滴滴流下,沾湿手巾。夜里辗转不能入眠,屡屡长叹直至凌晨。独自郁结向谁诉说啊?姑且连缀思绪在这篇文章。

别赋

[南朝梁] 江淹

　　江淹，济阳考城人。历仕南朝宋齐梁，官至金紫光禄大夫，封醴陵侯。以文章见称，"黯然销魂者，唯别而已矣"一句，可谓六朝文学"缘情而绮靡"的高峰。晚年才思衰退，诗文无佳句，时人谓之江郎才尽。

　　黯然销魂者，唯别而已矣。况秦吴兮绝国，复燕宋兮千里。或春苔兮始生，乍秋风兮暂起。是以行子肠断，百感凄恻。风萧萧而异响，云漫漫而奇色。舟凝滞于水滨，车逶迟于山侧。櫂容与而讵前，（櫂：读作"赵"，船桨。讵：读作"巨"，曾经。）马寒鸣而不息。掩金觞而谁御，横玉柱而沾轼。

　　居人愁卧，怳若有亡。日下壁而沉彩，月上轩而飞光。见红兰之受露，望青楸之离霜。（楸：读作"秋"，树名。离：通"罹"，遭遇。）巡层楹而空掩，（楹：读作"盈"，房屋一列为一楹。掩：读作"掩"，掩盖。）抚锦幕而虚凉。知离梦之踯躅，（踯躅：读作"直逐"，用脚踏地，徘徊不进貌。）意别魂之飞扬。故别虽一绪，事乃万族。

　　至若龙马银鞍，朱轩绣轴，帐饮东都，送客金谷，琴羽张兮箫鼓陈，燕赵歌兮伤美人。珠与玉兮艳莫秋，（莫：日落时，后作"暮"，引申为晚。）罗与绮兮娇上春。惊驷马之仰秣，耸渊鱼之赤鳞。造分手而衔涕，感寂寞而伤神。

　　乃有剑客惭恩，少年报士。韩国赵厕，吴宫燕市。（《史记·刺客列传》：聂政刺杀韩国丞相侠累，豫让入宫涂饰厕所欲刺赵襄子，专诸置匕首鱼腹中杀吴王僚，荆轲与高渐离饮于燕市随后入秦刺秦王。)割慈忍爱,离邦去里。沥泣共诀,抆血相视。(抆:读作"吻",擦拭。)驱征马而不顾,见行尘之时起。方衔感于一剑,非买价于泉里。金石震而色变,(《燕丹太子》:荆轲与秦舞阳入秦。秦王陛戟而见燕使,鼓钟并发,舞阳大恐,面如死灰色。)骨肉悲而心死。(《史记·刺客列传》:聂政因刺韩相侠累而死,其姊抱尸而哭,自杀于尸旁。)

或乃边郡未和,负羽从军。辽水无极,雁山参云。闺中风暖,陌上草薰。日出天而曜景,露下地而腾文。镜朱尘之照烂,袭青气之烟煴。(煴:读作"氲",微火烟气。)攀桃李兮不忍别,送爱子兮霑罗裙。

至如一赴绝国,讵相见期。视乔木兮故里,决北梁兮永辞。左右兮魂动,亲宾兮泪滋。可班荆兮赠恨,唯尊酒兮叙悲。值秋雁兮飞日,当白露兮下时。怨复怨兮远山曲,去复去兮长河湄。

又若君居淄右,妾家河阳。同琼珮之晨照,共金炉之夕香。君结绶兮千里,惜瑶草之徒芳。惭幽闺之琴瑟,晦高台之流黄。春宫閟此青苔色,(閟:读作"闭",闭门,堵塞。)秋帐含兹明月光,夏簟清兮昼不暮,(簟:读作"店",竹席。)冬釭凝兮夜何长。(釭:读作"刚",油灯。)织锦曲兮泣已尽,回文诗兮影独伤。(《晋书·列女传》和《织锦回文诗序》曰:窦滔,符坚时为秦州刺史,被徙流沙。临去别妻苏蕙,誓不更娶。至沙漠便娶妇。苏氏思之,把可以宛转循环阅读的回文诗织在锦缎上,以赠窦滔,词甚凄惋。)

傥有华阴上士,服食还仙。术既妙而犹学,道已寂而未传。守丹灶而不顾,炼金鼎而方坚。驾鹤上汉,骖鸾腾天。(骖:读作"餐",乘,驾驭。)暂游万里,少别千年。唯世间兮重别,谢主人兮依然。

下有芍药之诗,佳人之歌,桑中卫女,上宫陈娥。(秦晋之间,美貌谓之娥。)春草碧色,春水绿波。送君南浦,伤如之何!至乃秋露如珠,秋月如珪,明月白露,光阴往来,与子之别,思心徘徊。

是以别方不定,别理千名。有别必怨,有怨必盈。使人意夺神骇,心折骨惊。虽渊云之墨妙,(《汉书》:王褒,字子渊。扬雄,字子云。)严乐之笔精,(《汉书》:严安,临淄人。徐乐,燕无终人。上疏言时务,上召见,拜乐安皆为郎中。)金闺之诸彦,(金闺:金马门。汉武帝时官署门,旁有铜马。)兰台之群英,(兰台:宫廷藏书处。因

东汉班固曾任兰台令史，后称史官为兰台。）赋有凌云之称，辩有雕龙之声，谁能攀暂离之状，写永诀之情者乎？

（选自南朝梁昭明太子萧统编《文选》）

附：白话《别赋》

神色憔悴，魂魄消散，唯有离别而已。何况秦国吴国相距遥远，燕国宋国阻隔千里。也许春天的苔藓刚刚生出，忽然秋天的风短暂吹起。于是出行的人心绪断绝，百般感触凄凉悱恻。风萧萧正异常发响，云漫漫犹奇幻颜色。船在水边停滞不走，车在山侧蜿蜒曲折。桨徐徐划动貌似曾前进，马颤声嘶鸣唯独不停歇。收藏黄金酒杯，谁使用它呀。遮盖玉制琴柱，雨水沾湿了车前横木。

居家的人忧愁卧倒，恍若有失。日光走下壁头沉落风采，月亮升上高轩飘飞辉光。看见浅红兰花在承受露水，眺望深绿楸树已遭遇凝霜。巡视重叠房屋徒掩门扉，抚摩丝织帘幕虚空清凉。懂得近离梦境的徘徊往返，猜测远别魂魄的飞散不安。所以啊，分别虽属一种情绪，它役使人却有万种类型。

最是龙马银鞍，士人朱车配饰彩绣车衣，在长安东都门外设帐饯别，在金谷的石崇别墅送客，琴弦弹弄着壮士惊心的羽音，箫管皮鼓参差陈列。唱起时序迁换行役不归的《燕歌行》，燕赵美女悲伤难抑。珍珠玉佩在晚秋艳丽，轻罗细绫在初春娇娆。惊骇到驷马仰头吃草，高跃起赤鳞出渊聆听。仓卒间分手眼含热泪，倍感寂寞黯然伤神。

然后有剑客惭愧恩惠，少年报答士人。聂政刺杀韩国丞相侠累。豫让涂饰厕所欲刺赵襄子。专诸在鱼腹藏匕首杀死吴王僚。荆轲跟狗屠和击筑者高渐离饮于燕市，然后入秦刺杀秦王。他们割舍慈亲，狠心爱人，离开邦国，失去故乡。滴泪共同诀别，拭血互相凝视。鞭挞征马不回头，但见疾行时扬起的尘土。正怀感动在一柄利剑，并非到黄泉去博取声望。钟磬震响，刺秦副手秦舞阳吓得面如死灰。聂政死后，他的姐姐悲痛到不能自拔。

或许像边境郡县不安宁，背上弓箭参军。辽水一望无际，雁山参天入云。妇女内室轻风温暖，田间小路野草芬芳。旭日升空明亮了景色，露水下地跳跃着花纹。照耀红尘光辉灿烂，覆盖青气烟霞弥漫。手攀桃李啊不忍分别，送走爱人啊泪沾罗裙。

到了将要一概奔赴绝远邦国的时候，哪里还知道相见日期哦。看待高而上曲的树木就是故里，诀别北面的桥梁永久告辞。左顾右盼魂灵感动，亲属宾客泪湿眼眶。可以铺开荆条坐下互道遗憾，唯有一樽浊酒畅叙眷念。恰逢秋雁南飞的日子，正当白露下滴的时节。愁怨又愁怨啊远山弯弯，离去再离去啊长河水岸。

又如丈夫居住淄水西岸，小妻安家黄河北滨。一样的玉佩沐浴清晨阳光，相同的金炉生出傍晚幽香。丈夫系官印出仕千里之外，惋惜帝女瑶姬的精魂，化为仙草空自美好。惭愧深闺琴瑟，在高台上昏暗了赭黄。春日宫室掩蔽了青苔的颜色，秋日营帐包含着明月的辉光，夏日竹席清爽白昼不寂寞，冬日油灯凝止夜晚多漫长。织锦宛转啊，眼泪已流尽。回文成诗啊，形影独损伤。

倘若有华阴山的高明人士，服用丹药谋求成仙。技术全精妙了仍在学习，道已安寂不曾传授。守护丹灶旁不顾世事，在鼎里炼丹意志正坚。骑白鹤上银河，乘鸾鸟升高天。须臾游览万里，霎时分别千年。唯有世间看重别离，依然讲究辞谢主人。

其次有《诗经·郑风·溱洧》"赠之以芍药"的诗句，有《汉书》李延年"北方有佳人"的歌咏，有《诗经·鄘风·桑中》"期我乎桑中"和《诗经·卫风·竹竿》卫女思归的诗句，有《诗经·陈风·东门之池》"彼美叔姬，可与晤歌"的诗句。春草一碧如洗，春水绿波涟涟，送君南方水滨，该怎样安顿这份忧伤啊！至于秋露像珍珠，秋月似瑞玉，明月白露，光阴往来，与人分别之际，思念在内心往返回旋。

所以，分别的方位不确定，分别的理由千种名目。有分别必有愁怨，有愁怨必定充盈。它使人意志丧失精神扰动，心思曲折气概纷乱。纵然王褒、扬雄的诗文神妙，严安、徐乐的记述精美，金马门官署的诸位贤士，兰台藏书处的众多精英，赋有西汉司马相如飘飘凌云之气的称誉，辩有战国邹奭雕镂龙文的名声，谁能捕捉到仓卒分离的形态，抒写出永久诀别的情感啊！

文与可画筼筜谷偃竹记

[宋] 苏轼

竹之始生，一寸之萌耳，而节叶具焉。自蜩腹蛇蚹以至于剑拔十寻者，生而有之也。（蜩：读作"条"，蝉的一种。蚹：读作"付"；蛇腹下代足爬行的横鳞。）今画者乃节节而为之，叶叶而累之，岂复有竹乎？故画竹，必先得成竹于胸中，执笔熟视，乃见其所欲画者，急起从之，振笔直遂，以追其所见，如兔起鹘落，少纵则逝矣。与可之教予如此，（文同：字与可，宋梓州永泰人。善画山水，尤长墨竹。）予不能然也，而心识其所以然。

夫既心识其所以然而不能然者，内外不一，心手不相应，不学之过也。故凡有见于中而操之不熟者，平居自视了然，而临事忽焉丧之，岂独竹乎？子由为《墨竹赋》以遗与可曰：（子由：苏轼的弟弟苏辙，字子由。）"庖丁，解牛者也，而养生者取之；（《庄子·养生主》：庖丁为文惠君解牛。文惠君曰：吾闻庖丁之言，得养生焉。）轮扁，斫轮者也，（斫：读作"卓"，砍，击。）而读书者与之。（《庄子·天道》：桓公读书于堂上，轮扁斫轮于堂下。轮扁曰："斫轮，徐则甘而不固，疾则苦而不入。不徐不疾，得之于手，而应于心。口不能言，有数存焉于其间。"）今夫夫子之托于斯竹也，而予以为有道者，则非耶？"子由未尝画也，故得其意而已。若予者，岂独得其意，（岂：通"觊"，希望，企图。）并得其法。

与可画竹，初不自贵重。四方之人，持缣素而请者，（缣：读作"兼"，浅黄细绢。素：白色生绢。缣素：供写字、绘画用的丝织品。）足相蹑于其门。与可厌之，投诸地而骂曰："吾将以为袜！"士大夫传之，以为口实。及与可自洋州还，而余为徐州。与可以书遗余曰："近语士大夫，吾墨竹一派，近在彭城，（隋大业和唐天宝年间，曾改徐州为彭城郡。）可往求之。袜材当萃于子矣。"书尾复写一诗，其略曰："拟将一段鹅溪绢，扫取寒梢万尺长。"予谓与可："竹长万尺，当用绢二百五十匹，知公倦于笔砚，愿得此绢而已。"与可无以答，则曰："吾言妄矣，世岂有万尺竹哉？"余因而实之，答其诗曰："世间亦有千寻竹，月落庭空影许长。"与可笑曰："苏子辩矣，然二百五十匹绢，吾将买田而归老焉。"因以所画《筼筜谷偃竹》遗予曰：（筼筜：读作"云当"，一种生在水边、皮薄、节长而竿高的竹子。偃：读作"眼"，倒伏。）"此竹数尺耳，而有万尺之势。"筼筜谷在洋州，与可尝令予作《洋州三十咏》，《筼筜谷》其一也。予诗云："汉川修竹贱如蓬，斤斧何曾赦箨龙。（箨：读作"唾"，笋壳。箨龙：笋名。）料得清贫馋太守，渭滨千亩在胸中。"与可是日与其妻游谷中，烧笋晚食，发函得诗，失笑喷饭满案。

元丰二年正月二十日，与可没于陈州。是岁七月七日，予在湖州曝书画，见此竹，废卷而哭失声。昔曹孟德祭桥公文，有车过腹痛之语，（《三国志·魏书·武帝纪》：遣使以太牢祀桥玄。注引《褒奖令》载曹公祀文曰："殂逝之后，路有经由，不以斗酒只鸡过相沃酹，车过三步，腹痛勿怪。"）而余亦载与可畴昔戏笑之言者，以见与可于予亲厚无间如此也。

（选自中华书局《苏轼文集》）

附：白话《文与可画筼筜谷偃竹记》

竹子初生，一寸长的萌芽，就具备竹节和竹叶。从蝉腹蛇鳞一样蜕皮的竹笋，到拔剑出鞘似的十寻高，天生具有延伸态势。现在画家却一段一段竹节勾勒，一片一片竹叶重叠，是否还有竹子呢？因此画竹，必须在胸中先了解确定的竹子，执笔熟视，然后才显露出自己想画的形象。这时急忙引发跟从，振笔直前，以追随胸中显示的画面。好比兔子惊起，鹰隼冲下，稍纵即逝。与可如此教我，我不能做到，而内心懂得适宜这样做的原因。

既然心里懂得适宜怎样做，却不能做到位，是内外不均衡，心手不相

应，不学习的过错。所以，凡是内心有见解而操作不熟练的人，平素自视啥啥都明白，临事才忽然丧失了能力，难道只有画竹吗？子由写《墨竹赋》送给与可说："厨师小丁是宰牛的人，养生的人却有收获。制轮工匠阿扁是砍削车轮的人，读书人（齐桓公）却赞同了。如今文老师托迹于画墨竹，而我认为有道，不是吗？"子由未曾作画，只晓悟其中的意趣而已。像我呢，希望独自了解意趣，并且获得方法。

与可画竹，初期本来不价昂难得。四方之人，手持绘画用的丝绢来请求，脚迹交相踩踏他的家门。与可厌恶了，把丝绢扔在地上骂道："我该拿来做袜子！"士大夫流传，成为话柄。等到与可从洋州返回京师，我任职徐州，与可用书信对我说："近来告诉士大夫，我们墨竹一派近在彭城（隋大业和唐天宝年间，曾改徐州为彭城郡），可以前往求画。制袜子的材料，将要汇集到你那儿了。"信尾又写一首诗，大略讲："打算拿一段鹅溪产的细绢，画出经冬不凋的竹梢万尺长。"我评论与可："竹长万尺，应当用绢二百五十匹，知道你厌倦书画琐事，只希望获得这些绢而已。"与可无言以对，就说："我乱说话，世上哪有万尺长的竹子？"我顺随着证实，酬答他的诗："世间也有千寻高的竹子，月落空庭中竹影或许这样长。"与可笑道："苏先生善辩。如此二百五十匹绢，我将买田，然后辞官养老。"于是把所画的《筼筜谷偃竹》赠我，说："这些竹子数尺长，却有万尺形貌。"筼筜谷在洋州，与可曾经叫我作《洋州三十咏》，《筼筜谷》是其中之一。我的诗写道："汉水流域（流经洋州）的修竹贱如蓬草，斤斧何曾赦免那里的竹笋。估计清贫馋嘴的太守，渭河边千亩竹林已在胸中。"与可那天跟妻子游玩谷中，烧竹笋佐晚餐，拆信得诗，失笑喷饭满桌。

元丰二年正月二十日，与可在陈州去世。同年七月七日，我在湖州晒书画，看见这幅《筼筜谷偃竹》，放下画卷痛哭失声。昔日曹孟德祭祀桥玄的文章，有"车过三步，腹痛勿怪"的话。我也记载与可往日戏笑的言语，可以看出与可和我，如此亲厚无隔阂。

卷八 立学

天下不可一日而无政教,故学不可一日而亡于天下。

处州孔子庙碑

[唐] 韩愈

　　自天子至郡邑守长，通得祀而遍天下者，惟社稷与孔子为然。而社祭土，稷祭谷，句龙与弃乃其佐享，（句龙：相传为共工之子，能平水土。弃：尧时农事主官，能播五谷。）非其专主，又其位所不屋而坛。岂如孔子用王者事，巍然当座，以门人为配。自天子而下，北面跪祭，进退诚敬，礼如亲弟子者。

　　句龙、弃以功，孔子以德，固自有次第哉。自古多有以功德得其位者，不得常祀。句龙、弃、孔子，皆不得位而得常祀。然其祀事，皆不如孔子之盛。所谓生人以来未有如孔子者，其贤过于尧舜远矣，此其效欤？

　　郡邑皆有孔子庙，或不能修事。虽设博士弟子，或役于有司，名存实亡，失其所业。独处州刺史邺侯李繁至官，能以为先。既新作孔子庙，又令工改为颜子至子夏十人像。其余六十子，及后大儒公羊高、左丘明、孟轲、荀况、伏生、毛公、韩生、董生、高堂生、扬雄、郑玄等数十人，皆图之壁。选博士弟子，必皆其人。又为置讲堂，教之行礼，肄习其中。置本钱廪米，令可继处以守。

　　庙成，躬率吏及博士弟子，入学行释菜礼。耆老叹嗟，其子弟皆兴于学。邺侯尚文，其于古记无不贯达。故其为政，知所先后，可歌也已。（附诗略）

（选自清曾国藩编《经史百家杂钞》）

附：白话《处州孔子庙碑》

从天子到郡邑长官，应该相同祭祀且遍天下祭祀的，唯有社稷和孔子。而社祭土地，稷祭五谷，句龙跟弃，只是辅佐享用祭品，不是单独神主。又祭祀场所，不是房屋而是土台。怎么比得上孔子用王者典故，巍然正中座位，以门人为祭祀的次要对象。自天子以下皆北面跪祭，进退诚敬，行礼如同亲传弟子。

句龙和弃因为有功，孔子因为有德，本来自有次第。自古多有凭功德获得君位的人，却得不到永久的祭祀。句龙、弃跟孔子，皆不得君位，而获得永久祭祀。然而句龙和弃的祭祀供奉，不如孔子兴盛。所谓人类生养以来未有如孔子，其贤德超过尧舜很远，供奉兴盛就是证明吧？

郡邑都有孔子庙，有的不能办理祀事。虽然设有博士弟子，有的被职能部门役使，名存实亡，失去了原先从事的专业。唯独处州刺史邺侯李繁到任后，能以尊孔为先。既新建孔子庙，又命令工匠改塑颜子至子夏十人像。其余六十名孔门贤弟子，以及后来的大儒公羊高、左丘明、孟轲、荀况、伏生、毛公、韩生、董生、高堂生、扬雄、郑玄等数十人，全都绘图在墙壁上。选博士弟子，确保都是高水平人士。又为他们设置讲堂，教他们行礼，学习演练在其中。设立本钱和官府供给的粮食，令其可以延续安顿和保持。

孔子庙建成，亲自率领官吏和博士弟子，入学行蔬菜敬赠先师的礼仪。老年人叹嗟，他们的子弟都奋发向学。邺侯崇尚文章典籍，对古代记载无不贯达。所以他执政，知道合宜的先后次序，真值得歌颂啊。

襄州谷城县夫子庙记

[宋] 欧阳修

释奠释菜，礼之略者也。古者士之见师，以菜为贽。（贽：读作"至"，初见尊长所送的礼物。）故始入学者，必释菜以礼其先师。其学官四时之祭，乃皆释奠，释奠有乐无尸。而释菜无乐，则又其略也，故其礼亡焉。而今释奠幸存，然亦无乐，又不遍于四时，独春秋行事而已。

记曰："释奠必有合，有国故则否。"谓凡有国，各自祭其先圣先师。若唐虞之夔、伯夷，周之周公，鲁之孔子。其国之无焉者，则必合于邻国而祭之。然自孔子殁，后之学者莫不宗焉。故天下皆尊以为先圣，而后世无以易。学校废久矣，学者莫知所师，又取孔子门人之高第曰颜回者而配焉，以为先师。

隋唐之际，天下州县皆立学，置学官生员，而释奠之礼遂以著令。其后州县学废，而释奠之礼，吏以其著令，故得不废。学废矣，无所从祭，则皆庙而祭之。

荀卿子曰："仲尼，圣人之不得势者也。"然使其得势，则为尧舜矣。不幸无时而没，（没：通"殁"，死。）特以学者之故，享弟子春秋之礼。而后之人不推所谓释奠者，徒见官为立祠，而州县莫不祭之，则以为夫子之尊，由此为盛。甚者乃谓生虽不得位，而没有所享，以为夫子荣，谓有德之报，虽尧舜莫若。何其谬论者欤！

祭之礼，以迎尸酌鬯为盛。（鬯：读作"唱"，祭祀用的香酒。）释奠，荐馔直奠而已，（馔：读作"撰"，陈设食物。）故曰祭之略者。其事有乐舞授器之礼，今又废，则于其略者又不备焉。然古之所谓吉凶、乡射、宾燕之礼，民得而见焉者，今皆废失。而州县幸有社稷、释奠、风雨雷师之祭，民犹得以识先王之礼器焉。其牲酒器币之数，升降俯仰之节，吏又多不能习。至其临事，举多不中，而色不庄，使民无所瞻仰。见者忽焉，因以为古礼不足复用，可胜叹哉！

大宋之兴，于今八十年。天下无事，方修礼乐，崇儒术，以文太平之功。以谓王爵未足以尊夫子，又加至圣之号，以褒崇之。讲正其礼，下于州县。而吏或不能谕上意。凡有司簿书之所不责者，谓之不急。非师古好学者，莫肯尽心焉。

谷城令狄君栗，为其邑未逾时，修文宣王庙，易于县之左，大其正位。为学舍于其旁，藏九经书，率其邑之子弟兴于学。然后考制度，为俎豆笾筐樽爵簠簋凡若干，（俎豆：读作"祖豆"，两种祭祀用的宴饮礼器。笾筐：读作"边匪"，两种祭祀时盛果脯的竹器。樽爵：酒器。簠簋：读作"甫鬼"，两种祭祀时盛黍稷稻粱的器皿。）以与其邑人行事。

谷城县久废，狄君居之，期月称治。又能载国典，修礼兴学，急其有司所不责者，愳愳然唯恐不及，（愳愳：读作"喜喜"，恐惧，忧虑。）可谓有志之士矣。

（选自清姚鼐编《古文辞类纂》）

附：白话《襄州谷城县夫子庙记》

释奠和释菜，是简单礼仪。古时读书人见老师，用蔬菜做礼物。所以初入学的人，必定依次陈列蔬菜礼敬先师，叫释菜。如果是学官四季祭祀，就置爵在神前拜祭，叫释奠。释奠有音乐无神像。释菜没有音乐，更简略，久了这种礼仪就消失了。如今释奠幸存，然而已无音乐，又不遍于四季，只在春秋举行仪式而已。

《礼记·文王世子》说："释奠必有音乐配合。邦国遭逢重大变故，则不奏乐。"认为凡有邦国，各自祭祀其先圣先师。如像唐虞时代的夔和伯夷，周王朝的周公，鲁国的孔子。邦国如果没有先圣先师，就合并到邻国祭祀。

然而自孔子去世，后辈学者莫不取法，天下都尊他为先圣，后世再无改易。学校久废，学者不了解适宜的老师，又取孔子门人中才优和品第高，叫做颜回的人来配享，称作先师。

隋唐之际，天下州县都建立学校，设置学官生员，释奠礼仪专门用法令做了规定。其后州县学校停办，而释奠礼仪，官吏因为已载入法令，所以能不废弃。学校停了，没有场所接着祭祀，就建立孔庙来祭祀。

荀卿先生说："仲尼，是圣人中没得到权势的人。"可是假如他得到权势，就是尧舜了。不幸未遇时机而亡，特以学者的缘故，享受弟子的春秋之礼。后世的人不推寻所说的释奠，只看见官府为他立祠，州县莫不祭祀，就以为夫子之尊，因此成为隆盛。极端的人，竟说他活着虽然不得势位，而死后有祭品享用，认为夫子荣显是有德的报应，即使尧舜也比不上。这是多么荒谬的说法啊！

祭祀礼仪，以迎接神像舀取香酒为盛大。释奠，仅进献祭品搁在神前而已，所以叫简单祭祀。此事原有乐舞授器的礼仪，而今又废弃了，则对于简单祭祀又不完备了。然后，古代所说的吉礼（祭祀邦国鬼神）、凶礼（丧礼）、乡射礼（射箭选士）、宾礼（宾客事宜）和燕礼（敬老），百姓能看见的，今世都废失了。州县幸好还有社稷、释奠、风雨雷师的祭祀，百姓仍然得以见识先王的礼器。其中的牲酒器币数量，升降俯仰礼节，官吏又多不能熟悉。到面临祀事时，举止多不得当，而且容色不庄重，使百姓得不到合宜的瞻仰。见者轻慢，于是认为古礼不值得再采用，怎么叹息得完啊！

大宋兴盛，至今八十年。天下无事，正在修礼乐，崇儒术，用来文饰太平功业。以为王爵未足以尊奉夫子，又加至圣封号，以褒崇他。明白规范祭祀礼仪，下达到州县。而有的官吏不能理解皇上的意图，凡主管部门文件所不督责的，便认为不急。若非效法古人喜欢学习的人，没有谁肯尽心。

谷城县令狄君栗，管理这座城市没多久，就修葺文宣王庙，转移到县府左侧，扩大神像正位。建造学舍在庙旁，藏九经书，率领谷城子弟兴学。然

后考察制度，制作俎豆、笾筐、樽爵、簠簋，总共若干个，用来与县民举行祀事。

谷城县久废，狄君任县令，一月称治。又能施行国家政策，修礼兴学，急有关部门所不督责的事，操心虑患唯恐不够好，可谓有志之士呀。

宜黄县学记

[宋] 曾巩

古之人，自家至于天子之国皆有学。自幼至于长，未尝去于学之中。学有《诗》《书》六艺，弦歌洗爵，俯仰之容，升降之节，以习其心体、耳目、手足之举措。又有祭祀、乡射、养老之礼，以习其恭让。进材、论狱、出兵、授捷之法，以习其从事。师友以解其惑，劝惩以勉其进，戒其不率。其所以为具如此。

而其大要，则务使人人学其性，不独防其邪僻放肆也。虽有刚柔缓急之异，皆可以进之于中，而无过不及。使其识之明，气之充于其心，则用之于进退语默之际，而无不得其宜。临之以祸福生死之故，而无足动其意者。

为天下之士，而所以养其身之备如此。则又使知天地事物之变，古今治乱之理，至于损益废置，先后终始之要，无有不知。其在堂户之上，而四海九州之业，万世之策皆得。及出而履天下之任，列百官之中，则随所施为，无不可者。何则？其素所学问然也。

盖凡人之起居、饮食、动作之小事，至于修身为国家天下之大体，皆自学出，而无斯须去于教也。其动于视听四支者，必使其治于内。其谨于初者，必使其要于终。驯之以自然，而待之以积久。噫，何其至也。

故其俗之成，则刑罚措。其材之成，则三公百官得其士。其为法之永，则中材可以守。其入人之深，则虽更衰世而不乱。为教之极至此，鼓舞天

下，而人不知其从之，岂用力也哉。

及三代衰，圣人之制作尽坏，千余年之间，学有存者，亦非古法。人之体性之举动，唯其所自肆。而临政治人之方，固不素讲。士有聪明朴茂之质，而无教养之渐，则其材之不成固然。盖以不学未成之材，而为天下之吏，又承衰弊之后，而治不教之民。呜呼！仁政之所以不行，盗贼刑罚之所以积，其不以此也歈！

宋兴几百年矣。庆历三年，天子图当世之务，而以学为先，于是天下之学乃得立。（《宋史·职官志》："庆历四年，诏诸路、州、军、监各令立学。学者二百人以上许更置县学。自是州郡无不有学。"）而方此之时，抚州之宜黄犹不能有学。士之学者皆相率而寓于州，以群聚讲习。其明年，天下之学复废，士亦皆散去。而春秋释奠之事以著于令，则常以庙祀孔氏，庙废不复理。

皇祐元年，会令李君详至，始议立学。而县之士某某与其徒，皆自以谓得发愤于此，莫不相励而趋为之。故其材不赋而羡，匠不发而多。其成也，积屋之区若干，而门序正位，讲艺之堂、栖士之舍皆足。积器之数若干，而祀饮寝食之用皆具。其像，孔氏而下从祭之士皆备。（《文献通考·学校四》：宋初增修先圣及亚圣十哲塑像。七十二贤及先儒二十一人，皆画像于东西廊之板壁。）其书，经史百氏，翰林子墨之文章，无外求者。其相基会作之本末，总为日若干而已。何其周且速也。

当四方学废之初，有司之议，固以为学者人情之所不乐。及观此学之作，在其废学数年之后，唯其令之一唱，而四境之内响应而图之，如恐不及。则夫言人情之不乐于学者，其果然也歈？

宜黄之学者，固多良士。而李君之为令，威行爱立，讼清事举，其政又良也。夫即良令之时，而顺其慕学发愤之俗，作为宫室教肄之所，以致图书器用之须，莫不皆有，以养其良材之士。虽古之去今远矣，然圣人之典籍皆在，其言可考，其法可求，使其相与学而明之。礼乐节文之详，固有所不得为者。若夫正心修身，为国家天下之大务，则在其进之而已。使一人之行修，移之于一家。一家之行修，移之于乡邻族党，则一县之风俗成，人材出矣。教化之行，道德之归，非远人也，可不勉歈？

县之士来请曰:"愿有记。"故记之。十二月某日也。

(选自清姚鼐编《古文辞类纂》)

附:白话《宜黄县学记》

古代的人,从家族到天子的邦国,都有学校。从小孩到成年,未曾离开过学校。学科有《诗经》《尚书》和六种才艺。一曰五礼(吉礼、嘉礼、宾礼、军礼、凶礼),二曰六乐(黄帝云门、尧乐大成、舜乐大韶、禹乐大夏、汤乐大濩、周武王大武),三曰五射(五种射箭方法:白矢、参连、剡注、襄尺、井仪),四曰五驭(五种车技:鸣和鸾、逐水曲、过君表、舞交衢、逐禽左),五曰六书(六种造字条例:象形、会意、转注、处事、假借、谐声),六曰九数(九章算术)。还有弹奏弦乐唱歌,清洗酒器再斟酒敬客。以及俯仰的仪容,升降的节度,来学习心体、耳目、手足的举措。又有祭祀(祭天地人鬼)、乡射(射箭选士)、养老礼仪,来学习恭敬揖让。推荐贤才、讨论讼事、出兵、计算所割敌人的左耳祭告先祖等方法,来学习做事。师友可以解惑,劝惩可以勉励人进步,和告诫学生的不遵教诲。学校所做的都如此。

而办学宗旨,务必使人人觉悟本性,不单是防止邪僻放肆。学生个性虽有刚柔缓急的差异,皆可以长进到中正,没有过分或赶不上。使他们的认识滋长出明智,气息充沛在内心,运用在进退语默的分际,无不得宜。面对祸福生死的变故,也不足以动摇意志。

担当天下的职事,适宜如此完备地修养身心。又使同学们懂得天地事物的变化,古今治乱的道理,乃至于损益废置,先后终始的要领,没有不了解的。他们坐在教室,四海九州的事业,万世的谋略都获得了。到出仕履行天下重任,位列百官之中,便随即合宜地施为,没有不恰当。为什么?平素的学习和问难,已这样形成了。

但凡人的起居、饮食、动作等小事,直至修身治理国家天下的大原则,皆从学习生出,没有片刻离开教育。其中视听四肢的活动,一定要和洽于内心。初期的谨重,一定要求取到终点。渐进达到自然,期待它们日积月累。噫,多么周到啊。

所以，这种习俗养成了，就弃置刑罚。人材养成了，三公百官就得到任事者。立法久远了，中等资质的人就可以遵守。深入人心后，即使更替到衰世也不会动乱。办教育的最高境界至此，它鼓舞天下，人们不知谋虑地听从，哪里用得上强力哟。

到夏商周衰亡，圣人制度尽坏，千余年间，有存在的学校，也不是古代的方法。人们躯体本性的举动，希望自己纵情扩展。而面临职事治理众人的方法，原本不预先练习。士子有聪明朴茂的素质，而无教养的浸润，则其不成材具有必然性。使用不学习、不成熟的人做天下官吏，又承接衰微破败之后，去治理不教化的百姓。哎呀，仁政之所以不能推行，盗贼刑罚之所以众多，难道不是因此吗？

大宋兴盛近百年了。庆历三年，天子考虑当世要务，以办学为优先，允许学生二百人以上设置县学，于是天下学校得以建立。然而在那时，抚州宜黄县学生不足二百，仍不能有学校。莘莘学子们互相勉励，步行到州府住宿，以便群聚讲授研习。第二年，天下的学校又废止了，读书人也都散去。唯独春秋释奠的事因载入法令，就常用寺庙祭祀孔子，寺庙荒废了不再修治。

皇祐元年（四年后），恰值县令李详到任，开始商议立学。县里读书人某某和他的门徒，自以为应该对此事发愤，莫不相互鼓励和奔走作为。所以建校材料不摊派而足够，工匠不征调而众多。学校建成后，积聚房屋若干，门户、厢房、殿堂、教室和学生宿舍都充足。积聚器具若干，祭祀、饮漱、寝卧、吃饭的用品都具备。图像，孔子以下的从祭之士都完备（宋初增修先圣及亚圣十哲塑像。七十二贤及先儒二十一人，皆画像于东西廊之板壁）。书籍，经史、诸子百家、翰林子墨的文章，无须外求。查选校址跟会合工匠兴建，从开工到竣工，总共费时若干天而已，多么周到而迅速啊。

当四方学校废止的初期，主管部门讨论，认为学习是人情所不乐意的事。到看见宜黄兴办县学，在废除学校数年之后，只听县令的一次倡导，四境之内响应跟谋取，都害怕来不及。那么，说人情不乐于学习，符合事实吗？

宜黄县的学生，必多良材。而李君任县令，威势运行，惠爱确立，争讼公正，职事建树，执政又贤明。趁着贤明县令的时机，顺应慕学发愤的风俗，创建宫室和讲学练习的场所，以及图书器用的需要，莫不皆有，用来培养良材。纵使古代距离今世很远了，然而圣人的典籍全都存在，他们的言论可以考察，法则可以寻求，让学子们相随学习而明白。礼法音乐仪式条文的详情，确有不适宜操作的内容。至于正心修身，治理国家平定天下的大事，则在自己增强提升而已。假如一人品行学问的修炼，延及一家，一家品行学问的修炼，延及乡邻族党，则一县风俗成就，一县人才辈出。教化的推行，道德的归附，离人们并不遥远，能不努力吗？

宜黄县人士来请求说："希望有记载。"所以写了这篇杂记。十二月某日。

【评语】

教育牵动千家万户。此文把古代的教学内容，办学宗旨，人材成就模式，教育跟理想社会的关系，阐述得很清楚，对今天仍具借鉴意义。

筠州学记

[宋] 曾巩

周衰，先王之迹熄。至汉，六艺出于秦火之余，士学于百家之后。言道德者，矜高远而遗世用。语政理者，务卑近而非师古。刑名兵家之术，则狃于暴诈。（狃：读作"纽"，习惯。）惟知经者为善矣，又争为章句训诂之学，以其私见，妄臆穿凿为说。故先王之道不明，而学者靡然溺于所习。

当是时，能明先王之道者，扬雄而已。而雄之书，世未知好也。然士之出于其时者，皆勇于自立，无苟简之心，其取与、进退、去就，必度于礼义。及其已衰，而搢绅之徒，抗志于强暴之间，至于废锢杀戮，而其操愈厉者，相望于先后。故虽有不轨之臣，犹低徊没世，不敢遂其篡夺。自此至于魏晋以来，其风俗之弊，人材之乏久矣。

以迄于今，士乃有特起于千载之外，明先王之道，以寤后之学者。（寤：读作"务"，觉悟，明晓。）世虽不能皆知其意，而往往好之。故习其说者，论道德之旨，而知应务之非近。议政理之体，而知法古之非迂。不乱于百家，不蔽于传疏。其所知者若此，此汉之士所不能及。然能尊而守之者，则未必众也。故乐易敦朴之俗微，而诡欺薄恶之习胜。其于贫富贵贱之地，则养廉远耻之意少，而偷合苟得之行多。此俗化之美，所以未及于汉也。

夫所闻或浅，而其义甚高，与所知有余，而其守不足者，其故何哉？

由汉之士察举于乡闾，故不得不笃于自修。至于渐摩之久，则果于义者，非强而能也。今之士选用于文章，故不得不笃于所学。至于循习之深，则得于心者，亦不自知其至也。由是观之，则上所好，下必有甚者焉，岂非信欤！令汉与今有教化开导之方，有庠序养成之法，则士于学行，岂有彼此之偏，先后之过乎？

夫大学之道，将欲诚意正心修身，以治其国家天下，而必本于先致其知。则知者固善之端，而人之所难至也。以今之士，于人所难至者既几矣。则上之施化，莫易于斯时，顾所以导之如何尔。

筠为州，在大江之西，其地僻绝。当庆历之初，诏天下立学，而筠独不能应诏，州之士以为病。至治平三年，盖二十有三年矣，始告于知州事、尚书都官郎中董君仪。董君乃与通判州事国子博士郑君蒨，相州之东南，得亢爽之地，筑宫于其上。祭斋之室，诵讲之堂，休宿之庐，至于庖湢库厩，（湢：读作"必"，浴室。）各以序为。经始于其春，而落成于八月之望。既而来学者常数十百人。二君乃以书走京师，请记于予。

予谓二君之于政，可谓知所务矣。使筠之士相与升降乎其中，讲先王之遗文，以致其知。其贤者超然而信而独立，其中材勉焉以待上之教化。则是宫之作，非独使夫来者玩思于空言，以干世曲禄而已。故为之著予之所闻以为记，而使归刻焉。

（选自清姚鼐编《古文辞类纂》）

附：白话《筠州学记》

周王朝衰微，先王的事迹消亡了。到汉代，礼仪、音乐、射箭、车技、造字法、九章算术等六种才艺，从秦代焚书的余烬中复出，士人学习在诸子百家之后。谈论道德的人，夸耀高远却遗失世用。论说政理的人，专力从事卑微近务，而不效法古人。刑名兵家的策略，惯于凶暴欺诈。唯有懂得儒家经典的人为正确，又争做分析章句和解释字词的学问，凭一己私见，狂妄推测、牵强附会地创立学说。因此，先王的思想体系不明朗，学者分散地沉迷于所熟悉的部分。

在那时，能够明白先王思想体系的人，仅扬雄而已。而扬雄的书，世人

还不知优点多。然后，士人在那个时代做官，都勇于自立，没有苟且简慢的心思，他们在取与、进退、去就的分际，一定要用礼义衡量。到已衰落时，士大夫阶层在强暴之间坚持志向，不动摇不屈服，就算罢免官职、终身不得录用甚至杀戮，其节操也更加高扬，相望于先后。所以，虽有僭越常规不合法度的臣子，仍低调徘徊终身，不敢称心如意地篡位夺权。从此直到魏晋以来，风俗败坏，人材匮乏很久了。

波及现在，才有士人独特兴起于千载之外，明晓先王的思想体系，用来觉悟后辈学者。世人虽不能全懂他们的意图，却往往喜爱。于是亲近他们学说的人，分析道德的美意，知道应验的要务不在眼前。谋议政治理论体统时，懂得效法古人不是迂腐。不惑乱于诸子百家，不蒙蔽于解经文字和为旧注所作的阐释发挥。他们区别的知识如此，是汉代士人所不能比的。然而，能够尊崇并且守持的人，就未必太多。因此和乐平易、敦厚朴实的风俗微薄，诡诈欺骗、轻薄凶恶的习气盛行。在贫富贵贱的择守节点，养廉远耻的意识少，偷合苟得的行为多。此时习俗教化的淳良，赶不上汉代。

人们知闻的或许不够深刻，而品行合宜性很高。相较于所知有余，操守不足的人，其中的事理怎么样啊？

由于汉代士人从乡间选拔，所以不得不专注于自修。达到久久浸润砥砺的程度，就果决于品行合宜性，不是勉强实行。如今士人凭文章选用，所以不得不专注学问。达到深入反复研习的程度，就晓悟在内心，已不自知极点在哪儿。如此看来，君主所好，庶民必达超级深度，岂不应验！假如汉代跟今世有教化开导的准则，有学校养成的法度，则士人于学问品行，岂有彼此的偏颇和先后的过错？

学大艺履大节的教学方法，将要诚意正心修身，以治理国家天下，而必基于先求得知识。知识原本是善良的开端，人们难以达到极点。今天的士人，在人们难以达到极点的领域，近似于达到了。则尊长们施行教化，没有比此时更容易的，全看所用的引导如何。

筠地是州级行政区，在长江之西，地理位置偏僻绝远。庆历初年，天子下诏天下立学，筠州独不能应诏，州中士人认为是缺点。到治平三年，超过二十三年了，才报告知州事、尚书都官郎中董仪。董君于是跟通判州事国子博士郑蒨，勘察州的东南，获得一处高旷明亮的地块，建筑房屋在其上。祭祀斋戒的房间、讲堂、宿舍，以及厨房浴室仓库马圈，各以顺序排列。春季开始营建，落成于八月中旬。不久，来学习的常有数十百人。董君和郑君有书信到京师，请我记叙此事。

我认为二君对于政事，可以说懂得抓要务。假使筠州士人相随进退揖让在学校中，讲解先王遗文，来获取知识。其中的贤才，超然信仰而独立。中等人材，努力学习以待尊长教化。那么创办这所学校，不只使来求学的人玩味思考空话，以迎合世俗谋取功名利禄而已。所以为该校撰述我的见闻，写成杂记，使它返回筠州刻石铭记。

慈溪县学记

[宋] 王安石

天下不可一日而无政教，故学不可一日而亡于天下。

古者井天下之田，而党庠、遂序、国学之法，立乎其中。乡射饮酒，春秋合乐，养老劳农，尊贤使能，考艺选言之政，至于受成、献馘、（馘：读作"国"，割敌左耳计功。）讯囚之事，无不出于学。于此养天下智仁圣义忠和之士，以至一偏之技，一曲之学，无所不养。而又取士大夫之材行完洁，而其施设已尝试于位而去者，以为之师。

释奠，释菜，以教不忘其学之所自。迁徙偪逐，（偪：读作"逼"，接近，逼迫。）以勉其怠而除其恶。则士朝夕所见所闻，无非所以治天下国家之道。其服习必于仁义，而所学必皆尽其材。一日取以备公卿大夫百执事之选，则其材行皆已素定。而士之备选者，其施设亦皆素所见闻而已，不待阅习而后能者也。

古之在上者，事不虑而尽，功不为而足，其要如此而已。此二帝三王所以治天下国家，而立学之本意也。

后世无井田之法，而学亦或存或废。大抵所以治天下国家者，不复皆出于学。而学之士，群居族处。为师弟子之位者，讲章句，课文字而已。至其陵夷之久，则四方之学者，废而为庙，以祀孔子于天下。斫木抟土，（斫：读作"卓"，砍削。抟：读作"团"，把碎的捏成团。）如浮屠道士法，为王者像。州县吏春秋帅其属释奠于其堂，而学士者或不与焉。盖庙之作出于学废，而近世之法然也。

今天子即位若干年，颇修法度，而革近世之不然者。当此之时，学稍稍立于天下矣。犹曰州之士满二百人，乃得立学。于是慈溪之士不得有学，而为孔子庙如故，庙又坏不治。令刘君在中言于州，使民出钱，将修而作之，未及为而去。时庆历某年也。

后林君肇至，则曰："古之所以为学者，吾不得而见。而法者，吾不可以毋循也。虽然，吾之人民于此，不可以无教。"即因民钱作孔子庙，如今之所云。而治其四旁为学舍，构堂其中，帅县之子弟，起先生杜君醇为之师，而兴于学。噫！林君其有道者耶！夫吏者无变今之法，而不失古之实，此有道者之所能也。林君之为，其几于此矣。

林君固贤令。而慈溪小邑，无珍产淫货，以来四方游贩之民。田桑之美，有以自足，无水旱之忧也。无游贩之民，故其俗一而不杂。有以自足，故人慎刑而易治。而吾所见其邑之士，亦多美茂之材，易成也。林君者，越之隐君子，其学行宜为人师者也。夫以小邑得贤令，又得宜为人师者为之师，而以修醇一易治之俗，而进美茂易成之材，虽拘于法，限于势，不得尽如古之所为，吾固信其教化之将行，而风俗之成也。

夫教化可以美俗，虽然，必久而后至于善。而今之吏，其势不能以久也。吾虽喜且幸其将行，而又忧夫来者之不吾继也。（吾：通"御"，匹敌，相当。）于是本其意以告来者。

（选自清姚鼐编《古文辞类纂》）

附：白话《慈溪县学记》

天下不可一日无政治教化，所以学校不可一日从天下消失。

古代井字形划分天下田地，乡学、县学和国都学校的制度，就建立在其中。乡射选士行饮酒礼，春秋合奏音乐，养老和劝勉农户，尊贤使能，考察才艺，选用建议等政务，以及接受既定谋略、进献敌人左耳计功、审讯囚犯之类的事情，无不出于学校。在这里培养天下智慧、仁爱、通达众务、品行

合宜、忠诚、发皆中节的士人，以至片面技能和一隅学说，没有不修养的。又选用士大夫中才行完美清白、自身设计跟实践已在官位尝试过，且如今离职的人，来当老师。

官方在神前置爵祭祀先圣先师的礼仪，学生入学用蔬菜致敬先师的礼仪，用来教导不忘学校的初始来由。变换方式施加竞争压力，用来劝勉学生的怠惰，去除学生的恶习。士人朝夕的所见所闻，不外乎适合治理天下国家的道理。他们一定要对仁义反复练习，所学确保都善尽其材。某一天被择定，备选公卿大夫和各部门专职官员，其才干德行都已预先确定。而士人中的备选者，自身的设计实施也都是平素的所见所闻而已，不用等待训练演习之后才胜任。

古代居高位的人，事务不忧虑就达到极致，功绩不操作就完成，其关键如此而已。这就是尧舜二帝跟夏商周三王用来治理天下国家，而立学的本意。

后世没有井田制，学校有时存在，有时废弃。大抵适宜治理天下国家的人，不再出于学校。求学的士人聚群居住，家族交往。处在老师和弟子的位置，只讲章句，考文字而已。到衰落久了，四方学校废止而建庙，来祭祀孔子于天下。砍削木材捏合泥土，如同和尚道士的做法，塑王者像。州县官吏春秋率领僚属置爵祭祀于大堂，而学者士人或许不参与。孔庙兴起，产生于学校废除，是近世法规造成的。

现在天子即位若干年，颇修法度，革除近世不合适的做法。在这个时代背景下，学校稍稍建立于天下。仍规定一地士人满二百，才可设立学校。于是慈溪士人不得有学校，而祭孔子庙如故，庙坏又不修治。县令刘在中向州府建议，让百姓出钱，将要修葺兴作，没到动工就离开了。当时是庆历某年。

后来林肇接任，就说："古人凭什么办学，我看不见，而法度不可不遵循。即便如此，我的人民在此，不可以没有教化。"随即依靠百姓的钱修治孔子庙，像如今的样子。还整治孔庙四周做学舍，盖礼堂在其中，率领本县子弟，聘请先生杜君醇当老师，就兴办了县学。噫！林君期望做有道者吧！

官吏无须改变现行法令，又不丢失古人的实际内容，这是有道者的能耐呀。林君的担当，非常接近这样了。

　　林君确实算贤明县令。而慈溪小县，没有珍贵物产和奢侈财货，来招致四方的游贩人群。田地桑麻的优质，有凭借自足，无水旱忧患。无游贩人群，所以风俗纯一而不混杂。有凭借自足，所以人们谨慎刑罚而容易治理。我所见过的慈溪士人，也多美茂人才，易于成就。林君，是越地的隐逸君子，他的学识品行，适合做别人的老师。以小县遇到贤明县令，又获得适宜当老师的人为榜样，来修整醇一跟容易治理的风俗，增进美茂和容易成就的人才，虽然拘于法令，限于权势，不能尽如古人的作为，我坚信该县的教化将推行，风俗将美好。

　　教化可以淳良风俗，即便如此，必须很久以后才达到美善。如今的官吏，位势不能持久。我虽然喜悦且希望现任县令成功，却又担忧未来的县令不能对等延续。于是，依据立学本意告知未来的人。

卷九 论文章

盖文章经国之大业,不朽之盛事。年寿有时而尽,荣乐止乎其身,二者必至之常期,未若文章之无穷。

典论论文

[三国魏] 魏文帝曹丕

文人相轻，自古而然。傅毅之于班固，（傅毅：字武仲。汉章帝时为兰台令史，与班固同校内府藏书。班固：汉明帝时为兰台令史。父亲班彪撰西汉史后传未就，班固和妹妹班昭终成《汉书》。）伯仲之间耳，而固小之。与弟超书曰，武仲以能属文，为兰台令史，下笔不能自休。夫人善于自见，而文非一体，鲜能备善。是以各以所长，相轻所短。里语曰，家有弊帚，享之千金。斯不自见之患也。

今之文人，鲁国孔融文举，广陵陈琳孔璋，山阳王粲仲宣，北海徐干伟长，陈留阮瑀元瑜，汝南应玚德琏，东平刘桢公干。斯七子者，（汉末建安中，孔融、陈琳、王粲、徐干、阮瑀、应玚、刘桢七个知名文人，称建安七子。）于学无所遗，于辞无所假，咸以自骋骥騄于千里。仰齐足而并驰，以此相服，亦良难矣。盖君子审己以度人，故能免于斯累，而作论文。

王粲长于辞赋，徐干时有齐气，（齐气：言齐俗文体舒缓。）然粲之匹也。如粲之《初征》《登楼》《槐赋》《征思》，干之《玄猿》《漏卮》《圆扇》《橘赋》，（卮：读作"之"，古代酒器。）虽张蔡不过也。（张蔡：汉张衡、蔡邕皆善辞赋，有文名，并称张蔡。）然于他文，未能称是。琳瑀之章表书记，今之隽也。应玚和而不壮，刘桢壮而不密。孔融体气高妙，有过人者，然不能持论，理不胜词，以至乎杂以嘲戏。及其所善，杨班俦也。（杨班：汉扬雄、班固皆善辞赋。俦：读作"仇"，同类，同辈。）

305

常人贵远贱近，向声背实。又患暗于自见，谓己为贤。夫文本同而末异。盖奏议宜雅，书论宜理，铭诔尚实，诗赋欲丽。此四科不同，故能之者偏也。唯通才能备其体。

文以气为主。气之清浊有体，不可力强而致。譬诸音乐，曲度虽均，节奏同检。至于引气不齐，巧拙有素，虽在父兄，不能以移子弟。（桓子新论曰：惟人心之所独晓，父不能以禅子，兄不能以教弟也。）

盖文章经国之大业，不朽之盛事。年寿有时而尽，荣乐止乎其身，二者必至之常期，未若文章之无穷。是以古之作者，寄身于翰墨，见意于篇籍，不假良史之辞，不托飞驰之势，而声名自传于后。

故西伯幽而演易，周旦显而制礼。不以隐约而弗务，不以康乐而加思。夫然，则古人贱尺璧而重寸阴，惧乎时之过已。而人多不强力。贫贱则慑于饥寒，富贵则流于逸乐。遂营目前之务，而遗千载之功。日月逝于上，体貌衰于下。忽然与万物迁化，斯志士之大痛也。

融等已逝，唯干著论，成一家言。

（选自南朝梁昭明太子萧统编《文选》）

附：白话《典论论文》

文人互相瞧不起，自古就这样。傅毅跟班固伯仲之间，相差不远，可是班固小看傅毅。在写给弟弟班超的信中说，武仲（傅毅字）胜任撰文，当了兰台令史，下笔不能自己停下来。大凡人，善于自我显摆。而文章不是一种体裁风格，很少能完备尽善。于是各拿所长，去轻蔑他人所短。俗话说，家有破扫帚，相当于千金，这是看不清自身的毛病。

今世的文人，鲁国孔融文举，广陵陈琳孔璋，山阳王粲仲宣，北海徐干伟长，陈留阮瑀元瑜，汝南应玚德琏，东平刘桢公干，这七个人，学问无所遗漏，语言无所假借，皆独自骋骛良驹于千里之外，企盼齐足并驰。令他们互相服气，的确很困难。君子审己以度人，能够免于此等牵累，所以写作《典论论文》。

王粲长于辞赋，徐干时而有齐国人撰文的舒缓之气，适合做王粲的同类。例如王粲的《初征赋》《登楼赋》《槐赋》《征思赋》，徐干的《玄猿赋》《漏卮赋》《圆扇赋》《橘赋》，虽汉代的张衡蔡邕也超不过。然而其他文章，未能与此相当。陈琳阮瑀，章表跟记事文笔，算今世才智出众的人。应玚和谐而不盛大，刘桢盛大而不深密。孔融体气高妙，有过人之处，然而不能抱持主张，理论不能匹配文辞，以至于混杂着嘲戏成分。涉及他所擅长的领域，即属扬雄班固的同等水平。

普通人重视久远的东西，轻视近处的东西。趋向声势名誉，背离实际内容。又担忧自我表现曝光不足，认为自己德才兼备。但凡文章，基础主体相同，而次要方面存异。大致奏议适宜规范，书论适宜条理，铭诔崇尚真实，诗赋想要华美。这四科不同，所以能文者不平均，唯有通才，方能完备各种文体。

文章以气为主。气的清浊有区分，不可力强求得。譬如音乐，乐曲节拍虽然调和，节奏统一了法度，到了延长气息不整齐，巧拙有本性时，即使在父兄，也不能用来改变子弟。

文章乃经国的大业，不朽的盛事。年寿有岁月而穷尽，荣乐停止于当事人的躯体，二者必达到正常期限，比不上文章的无穷。因此古代的作者，寄身于翰墨，表现意志情趣于篇籍，不借助优良史家的文辞，不承托飞驰的势力，而声名自传于后世。

所以，西伯昌因禁而演绎《周易》，周公旦显赫而制作《周礼》。不因为潜藏而不专力从事，不因为康乐而外加念想。这些成例，即古人轻贱尺璧而重视寸阴，害怕时光失去啊。况且人们多不强力。贫贱则恐惧于饥寒，富贵则放荡于逸乐。于是经营眼前事务，而抛弃千年功业。日月在天上过往，体貌在地面衰老，忽然跟万物迁移转化，这是志士的大痛。

孔融等人业已逝世，只有徐干创作《中论》，成就了一家之言。

文赋并序

［晋］陆机

陆机，晋吴郡吴人。祖父陆逊，父亲陆抗，为吴国将相。吴灭，闭门读书十年，与弟弟陆云入洛阳，文才名重一时。后事成都王司马颖，讨长沙王司马乂，任后将军，河北大都督，战败受谮被杀。

余每观才士之所作，窃有以得其用心。夫放言遣辞，良多变矣，妍蚩好恶，（妍蚩：读作"言痴"，美和丑。）可得而言。

每自属文，尤见其情。恒患意不称物，文不逮意。盖非知之难，能之难也。

故作《文赋》，以述先士之盛藻，因论作文之利害所由，他日殆可谓曲尽其妙。至于操斧伐柯，虽取则不远，若夫随手之变，良难以辞逮。盖所能言者，具于此云。

伫中区以玄览，（伫：读作"住"，久立。）颐情志于典坟。遵四时以叹逝，瞻万物而思纷。悲落叶于劲秋，喜柔条于芳春。心懔懔以怀霜，志眇眇而临云。咏世德之骏烈，诵先人之清芬。游文章之林府，嘉丽藻之彬彬。慨投篇而援笔，聊宣之乎斯文。

其始也，皆收视反听，耽思傍讯。精骛八极，心游万仞。

其致也，情瞳昽而弥鲜，（瞳昽：读作"同龙"，日将出渐明貌，比喻由隐而显。）物昭晰而互进。倾群言之沥液，漱六艺之芳润。浮天渊以安流，濯下泉而潜浸。

于是沉辞怫悦，（怫：读作"扶"，郁结，不舒畅。）若游鱼衔钩，而出重渊之深。浮藻联翩，若翰鸟缨缴，而坠曾云之峻。收百世之阙文，采千载之遗韵。谢朝华于已披，启夕秀于未振。观古今于须臾，抚四海于一瞬。

然后选义按部，考辞就班。抱暑者咸叩，怀响者毕弹。或因枝以振叶，或沿波而讨源。或本隐以之显，或求易而得难。或虎变而兽扰，或龙见而鸟澜。或妥帖而易施，或岨峿而不安。（岨峿：读作"举五"，抵触，不合。）

馨澄心以凝思，眇众虑而为言。笼天地于形内，挫万物于笔端。始踟蹰于燥吻，（踟蹰：读作"直竹"，徘徊不进貌。）终流离于濡翰。理扶质以立干，文垂条而结繁。信情貌之不差，故每变而在颜。思涉乐其必笑，方言哀而已叹。或操觚以率尔，（觚：读作"姑"，书写的木简，后亦指纸帛。）或含毫而邈然。

伊兹事之可乐，固圣贤之所钦。课虚无以责有，叩寂寞而求音。函绵邈于尺素，吐滂沛乎寸心。言恢之而弥广，思按之而逾深。播芳蕤之馥馥，（蕤：读作"瑞－阳平"，下垂的花。）发青条之森森。粲风飞而猋竖，（猋：读作"标"，后作"飙""飚"，暴风\旋风从下而上。）郁云起乎翰林。

体有万殊，物无一量。纷纭挥霍，形难为状。辞程才以效伎，（伎：通"技"，才智，技艺。）意司契而为匠。在有无而僶勉，（僶勉：也作"僶俛"，勤勉，努力。）当浅深而不让。虽离方而遯员，（遯：同"遁"，退还，隐匿。）期穷形而尽相。故夫夸目者尚奢，惬心者贵当。言穷者无隘，论达者唯旷。

诗缘情而绮靡，赋体物而浏亮。碑披文以相质，诔缠绵而凄怆。铭博约而温润，箴顿挫而清壮。（箴：读作"针"，规劝，告诫。）颂优游以彬蔚，论精微而朗畅。奏平彻以闲雅，说炜晔而谲诳。（炜晔：读作"伟叶"，光亮炽盛貌。谲诳：读作"决狂"，奇变诈惑。）

虽区分之在兹，亦禁邪而制放。要辞达而理举，故无取乎冗长。

其为物也多姿，其为体也屡迁。其会意也尚巧，其遣言也贵妍。暨音声之迭代，若五色之相宣。虽逝止之无常，故崎锜而难便。（崎锜：不安貌。）苟达变而识次，犹开流以纳泉。如失机而后会，恒操末以续颠。谬玄黄之秩叙，（秩：读作"至"，秩序，次第。）故溷涊而不鲜。（溷涊：读作"舔碾"，污浊，污秽。）

或仰逼于先条，或俯侵于后章。或辞害而理比，或言顺而义妨。离之则双美，合之则两伤。考殿最于锱铢，（殿最：古代考核军功或政绩时，以上等为最，下等为殿。亦有以首要\首名为最，末尾\末名为殿。）定去留于毫芒。苟铨衡之所裁，固应绳其必当。

或文繁理富，而意不指适。极无两致，尽不可益。立片言而居要，乃一篇之警策。虽众辞之有条，必待兹而效绩。亮功多而累寡，故取足而不易。

或藻思绮合，清丽千眠。炳若缛绣，悽若繁弦。必所拟之不殊，乃闇合乎曩篇。（曩：读作"囊—上声"，从前。曩篇：前人的文章。）虽杼轴于予怀，（杼：读作"住"，织布的梭子。杼轴：织布机上的主要部件，比喻文章的构思。）怵他人之我先。苟伤廉而愆义，亦虽爱而必捐。

或苕发颖竖，离众绝致。形不可逐，响难为系。块孤立而特峙，非常音之所纬。心牢落而无偶，意徘徊而不能揥。（揥：读作"帝"，取，去。）石韫玉而山辉，水怀珠而川媚。彼榛楛之勿翦，（榛楛：读作"真苦"，榛树和楛树，泛指杂木丛生。喻平庸之物。）亦蒙荣于集翠。缀下里于白雪，吾亦济夫所伟。

或托言于短韵，对穷迹而孤兴。俯寂寞而无友，仰寥廓而莫承。譬偏弦之独张，含清唱而靡应。

或寄辞于瘁音，徒靡言而弗华。混妍蚩而成体，累良质而为瑕。象下管之偏疾，故虽应而不和。

或遗理以存异，徒寻虚以逐微。言寡情而鲜爱，辞浮漂而不归。犹弦幺而徽急，故虽和而不悲。

或奔放以谐和，务嘈囋而妖冶。（囋：读作"杂"，话多；声音繁杂。）徒悦目而偶俗，故高声而曲下。寤防露与桑间，（寤：通"悟"，觉悟，明晓。）又虽悲而不雅。

或清虚以婉约，每除烦而去滥。阙大羹之遗味，同朱弦之清氾。（氾：通"涘"，读作"四"，水涯。）虽一唱而三叹，固既雅而不艳。

若夫丰约之裁，俯仰之形，因宜适变，曲有微情。或言拙而喻巧，或理朴而辞轻。或袭故而弥新，或沿浊而更清。或览之而必察，或研之而后精。譬犹舞者赴节以投袂，歌者应弦而遣声。是盖轮扁所不得言，故亦非华说之所能精。

普辞条与文律，良余膺之所服。练世情之常尤，识前修之所淑。虽濬发于巧心，（濬：读作"俊"，深，疏通。）或受蚩于拙目。（蚩：读作"痴"，同"嗤"，讥笑。）彼琼敷与玉藻，若中原之有菽。同橐籥之罔穷，（橐籥：读作"跎月"，风箱。比喻天地间无穷尽之物，即大自然。）与天地乎并育。虽纷蔼于此世，嗟不盈于予掬。患挈瓶之屡空，（挈：读作"妾"，悬持，提起。挈瓶：古时汲水容器。）病昌言之难属。故踸踔于短垣，（踸踔：读作"碜戳"，徘徊不进貌，迟滞。）放庸音以足曲。恒遗恨以终篇，岂怀盈而自足。（岂：通"觊"，希冀。）惧蒙尘于叩缶，（缶：读作"否"，瓦质打击乐器。）顾取笑乎鸣玉。

若夫应感之会，通塞之纪，来不可遏，去不可止，藏若景灭，行犹响起。方天机之骏利，夫何纷而不理？思风发于胸臆，言泉流于唇齿。纷葳蕤以馺遝，（葳蕤：草木茂盛，枝叶下垂貌；喻辞藻华丽。馺遝：读作"飒沓"，马疾行追及，喻迅速传播。）唯毫素之所拟。文徽徽以溢目，音泠泠而盈耳。

及其六情底滞，志往神留，兀若枯木，豁若涸流。揽营魂以探赜，顿精爽于自求。理翳翳而愈伏，思乙乙其若抽。是以或竭情而多悔，或率意而寡尤。虽兹物之在我，非余力之所勠。故时抚空怀而自惋，吾未识夫开塞之所由。

伊兹文之为用，固众理之所因。恢万里而无阂，通亿载而为津。俯贻则于来叶，（贻：读作"宜"，遗留，给予。）仰观象乎古人。济文武于将坠，宣风声于不泯。途无远而不弥，理无微而弗纶。配沾润于云雨，象变化乎鬼神。被

311

金石而德广，流管弦而日新。

（选自南朝梁昭明太子萧统编《文选》）

附：白话《文赋并序》

我每次读到才德之士所写的文章，自以为懂得了他们的用心。凡发言遣词，甚多变化。其美丑好恶，可以得当地评论。

每当自己撰文，尤其显现情性。经常担忧意念跟事物不相称，文字与意义不相符。大概不是认知困难，而是胜任困难啊。

由此作《文赋》，用来传述先贤的盛美文采，谈论作文的利害，和过经过脉之处，他日定可曲折周遍地达到精妙。至于拿着斧头砍伐斧柄，虽然获得的榜样不远，然而随手之变，的确难以用语言形容。所能直言的，在此详尽地说一说。

久立人世间通观深察，在历代典籍中颐养情志。遵循四时，叹息过往，瞻望万物而思绪纷纷。处寒气肃杀的秋天，悲悯零落的黄叶。于花开草香的春天，喜欢柔嫩的枝条。心情危惧以容受霜气，志存高远而面对云彩。吟咏世传功德的杰出显赫，称述先辈人物的清美芬芳。游玩在文章学问的汇聚处，赞赏华美辞藻的文质兼备。我慨然执笔，投入书简，姑且宣示于文艺作品。

将要开始时，皆停止视瞻，不再聆听，沉溺于思考，去访求信息。精神骛驰于八极之外，心意飞游在万仞之上。

将要表达时，情绪像朝阳欲出渐渐明亮，愈来愈新鲜。事物光明清晰，互相跟进。倾尽各种言论的点滴精华，吸取礼乐射御书数六科的美好助益。漂浮志向，像高空的天渊星那样安稳流移。洗涤心情，像地下泉水一般深潜淹没。

于是落笔措辞艰涩，好比游鱼口衔弯弯的钓钩，被拉出重重深渊。漂浮才藻联翩，好比飞鸟身系箭上的丝绳，正坠落层层高云。收取百世的缺漏文句，采获千载的遗留风韵。谢绝清晨花朵于已然散开，启用傍晚禾穗于尚未发放。在片刻里观察古今，于转眼间抚拍四海。

然后，按照门类选择意义，依循次序考定文辞。抱持热病的事物全都叩问，怀藏声响的事物尽皆弹拨。也许顺着枝蔓振动叶子，沿着水波寻找源头。也许本来隐匿却生出显露，寻求容易而得到困难。也许像虎身花纹的斑驳多彩，像教习野兽使之驯服。也许如神龙显现在烟云之上，如飞鸟处位于波澜之间。也许妥帖而易于施行，也许抵触而未得安宁。

这时中空清净的心境，来专注思考，妙成大众意念而诉诸语言。笼括天地于形象之内，提取万物在运笔之端。初始在干燥的口边徘徊不进，终了在蘸墨写作时淋漓尽致。道理扶助本底以确立主干，文彩悬垂枝条而编织繁盛。相信神情面貌不差，所以每逢变化即在眉目间。想法涉及愉悦必定欢笑，言语正当哀伤已然叹息。或者急遽书写纸帛，或者渺茫口含笔杆。

此事值得喜好，原本圣贤所钦敬。尝试虚无以探索存在，叩问寂寞而寻求音响。包含绵延久远于一尺绢帛，吞吐弘富壮盛于方寸之心。语言恢大而更加广阔，思想探究而愈益深邃。表现下垂芳花的浓郁香气，阐明青青枝条的繁密高耸。粲然风飞而狂飙竖立，郁郁云起在文翰之林。

文体有万变的差异，物品无一定的测量。纷纭洒脱，形体难成描摹的状况。词汇，像度量才能来献出技艺。意念，像主持要约而成为巧匠。它们在有无之间勉力，当浅深之际不让。虽然离开方矩，隐匿圆规，却期望穷极形状，竭尽实质。因此，炫耀眼球的人崇尚奢华，愉悦心情的人重视恰当。发言辞屈的人不要褊狭，立论通达的人唯存放旷。

诗因循情志，唯求精妙华丽。赋体察事物，唯求清晰明朗。碑文依傍文采，却选择质朴。悼词缠绵而且凄怆。铭文博约像似温润。箴规顿挫能够清壮。颂歌优游亦富文采。论文精微而高明流畅。奏疏平和透彻，闲适雅淡。述说光亮炽盛，而奇变诡惑。

文体的区分在此，皆禁止邪恶，遏制放纵。要旨全在词语通达，理念确立，所以不寻求冗长。

上述谋虑，创作的事物多姿多彩，设立的形象屡屡迁化。它领会心意崇尚灵巧，运用语言重视华丽。到了声音更替，好比五色互相显明。虽然流逝跟停止无常，必定不安和难以适宜。假如通达变化且懂得次序，仍然像开通了河川，来接纳泉水。如果失去时机，慢半拍领悟，便常常操持末梢去接续顶部。谬误了黑色黄色的秩序，故而污浊而不新鲜。

也许朝上看，被前文的科条逼迫。也许往下看，被后面的章节侵伤。也许辞藻存在担心，而道理有所辅助。也许语言蛮顺溜，而意义受妨害。离开这些瑕疵则双双美好，凑合这些瑕疵则两两损伤。考核垫底或最佳于微量锱铢，确定删去或留下在极细的毫毛梢儿。如果权衡到适宜的裁断，坚决应绳正它们到确定恰当。

也许文饰繁繁，理念多多，可是意趣没有指向适宜。顶点无法两处到达，终止了不可再去增加。这时，设立寥寥数语居处要冲，即是一篇文章的警策。尽管众多言辞皆有条理，仍须等待警句方见绩效。它显示功劳多，负累少，所以顿获满足而不改易。

也许文思像细绫荟萃，清丽光鲜。显明宛如繁密的刺绣，悲怆好比繁乱的弦音。这当口，应确保所拟内容没有断绝离散的成分，方才暗合前贤的作品。纵使构思出自一己心意，警惕他人用在前面。假如它伤损到正直，或者错失了合宜性，那么纵使心爱也必须捐弃。

也许偶得一句，像芦花开放，像禾穗竖立，离开众辞，情致绝妙。它形象不可追逐，音讯难以维系。安然浑然，孤零零地独特耸立着，不受庸常信息束缚。心寥落而没有遇合，意徘徊而不能取舍。石头蕴藏美玉，高山会发出光辉。水流怀藏珍珠，河川将变得娇媚。那些榛树楛树（喻平庸语句）不修剪，也从聚集的青绿色里蒙受荣耀。犹如下里俗谣，连缀白雪高曲，我亦因此助益了奇伟。

也许托付主张于短诗小文，面对极品行迹，而兴致孤单。俯身寂寞，没有相聚对象。仰头空旷，没有什么承载物。譬如边侧的琴弦单独弹弄，嘴里清唱着，全无回应。

也许寄存辩解于哀苦憔悴，空发美言而不光华。混杂美丑为一体，牵累优良本质变成瑕疵。类似堂下管乐偏颇而迅疾，即使跟堂上歌唱的雅声相应，也不够和谐。

也许丢失义理以保存奇异，徒然寻求空虚，追逐隐微。语言寡情少爱，辞藻浮漂而脱离实际。犹如琴弦细小却急急弹奏，纵然和谐唯无悲怀。

也许奔放而谐和，专力从事于话多跟艳丽。白白地悦目媚俗，声音大噪，乐曲却卑下。这才觉悟《防露》古曲，与《桑间》亡国之音，虽然悲怀却不雅正。

也许清虚而婉约，每每除掉烦琐，离开虚浮。它欠缺古祭祀所用肉汁的余味。类同操练红色的弦乐器到清澈水岸，只一人唱歌，而多人咏叹，本已高雅却不艳丽。

至于丰富跟俭约的裁决，上文与下文的形态，因循其合宜性，适应其变化，多方面皆存细微状况。或者语言笨拙而譬喻巧妙，或者道理质朴而用词数量少。或者仿效旧作而更出新意，或者顺承污浊而改换清澈。或者细看生出必察，或者研讨而后精详。犹如跳舞的人，跳迸节拍以挥动衣袖。唱歌的人，应和琴弦而引吭放声。这大概就是《庄子·天道》里那位制轮工匠阿扁，所不可言传的"不徐不疾，得之于手而应于心"的技术。所以，也非浮华说词所能够精通。

普及词条释义和文章音律，精善我心由衷的信服。熟悉世态人情的日常爱憎，懂得前贤的善良美好。虽然从巧心生出深通，或因眼拙遭受嗤笑，那些琼华一样的铺叙，美玉一样的辞藻，好比原野中丛丛豆株开花结实。它们如同风箱鼓风，没有穷尽，与天地一并生长养育。尽管已纷纷繁茂于今世，叹息我掌握的不盈一掬。忧虑汲水小桶（喻浅薄小智）屡屡空虚，担心正直的善言难以接续。因此，常在矮墙边迟滞徘徊，在脚的弯曲处放出平庸声音。经常于终篇时遗留悔恨，希冀心存骄傲而自我满足。害怕蒙被尘垢，叩击瓦缶以和节拍，反省腰间佩玉发响而招致讥笑。

至于接受同感应的相遇，通顺或滞涩的会合，来不可遏，去不可止。藏

匿宛如影子消失，行走好比回声响起。当天赋悟性滋生出迅速灵便，何种纷纭不可治理？思想的风从胸臆发出，言辞的泉水在唇齿间流淌。纷纷华丽辞藻像草木枝叶下垂，能迅速传播如骏马疾行追及，只凭纸笔拟定。文章言辞灿烂目不暇接，声律音调清脆盈满耳朵。

等到喜怒哀乐好恶停滞了，志向离去，精神留下，茫然静止如枯萎的树木，空虚残缺像干涸的水道。收揽魂魄来探取幽深，安顿精神自求于文章。它条理晦暗愈加隐伏，思绪难出像在抽拔什么。所以呀，也许竭尽实情却悔恨多多，也许率意而为还少犯错。虽然写作在我，并非尽量用力就好。故而时时抚摩空怀而暗自叹惋，我尚未懂得茅塞顿开的实现模式。

文章所担当的作用，原本为众多道理所依靠。它扩张万里没有阻碍，通达亿载成为渡口。朝下看，遗留法则于来世。往上溯，观察自然变化和人事休咎于古人。继承文德武功于即将坠落，宣扬良好风气于尚未泯灭。路途无论多么遥远，没有不遍及的。道理无论多么隐微，没有不经纶的。它媲美滋润于云雨，好像变化于鬼神。镌刻在钟鼎碑碣上，希望德行扩大。流传于箫管琴瑟间，任随日日更新。

文心雕龙（节选）

[南朝梁] 刘勰

刘勰，南朝梁东莞莒县人。梁武帝时任东宫同事舍人，步兵校尉。著《文心雕龙》五十篇，是我国古代第一部体系完整的文学理论著作。

玄黄色杂，方圆体分。日月叠璧，以垂丽天之象。山川焕绮，以铺理地之形。此盖道之文也。仰观吐曜，俯察含章，高卑定位，故两仪既生矣。惟人参之，性灵所钟，是谓三才。为五行之秀，实天地之心。心生而言立，言立而文明，自然之道也。

傍及万品，（傍：同"旁"，普遍，旁边。）动植皆文。龙凤以藻绘呈瑞，虎豹以炳蔚凝姿。云霞雕色，有逾画工之妙。草木贲华，（贲：通"奋"，发抒，显露。）无待锦匠之奇。夫岂外饰，盖自然耳。至于林籁结响，调如竽瑟。泉石激韵，和若球锽。（球：玉磬。锽：读作"皇"，钟声。）故形立则章成矣，声发则文生矣。

（选自《文心雕龙·原道》）

春秋代序，阴阳惨舒。物色之动，心亦摇焉。是以献岁发春，悦豫之情畅。滔滔孟夏，（滔滔：同"陶陶"，阳光和暖貌。）郁陶之心凝。天高气清，阴沉之志远。霰雪无垠，（霰：读作"献"，天空降落的白色不透明的小冰粒。）矜肃之虑

深。岁有其物，物有其容。情以物迁，辞以情发。一叶且或迎意，虫声有足引心。况清风与明月同夜，白日与春林共朝哉。

是以诗人感物，联类不穷，流连万象之际，沉吟视听之区。写气图貌，既随物以宛转。属采附声，亦与心而徘徊。故灼灼状桃花之鲜，（灼灼：读作"卓卓"，鲜明光亮貌。《诗·周南·桃夭》：桃之夭夭，灼灼其华。）依依尽杨柳之貌，（依依：茂盛轻柔貌。《诗·小雅·采薇》：昔我往矣，杨柳依依。）杲杲为出日之容，（杲杲：读作"稿稿"，日出明亮貌。《诗·卫风·伯兮》：其雨其雨，杲杲出日。）瀌瀌拟雨雪之状，（瀌瀌：读作"标标"，雪很大貌。《诗·小雅·角弓》有"雨雪瀌瀌"句。）喈喈逐黄鸟之声，（喈喈：读作"皆皆"，禽鸟和鸣声。《诗·周南·葛覃》：维叶萋萋，黄鸟于飞。集于灌木，其鸣喈喈。）喓喓学草虫之韵。（喓喓：读作"夭夭"，虫鸣声。先秦佚名诗《草虫》：喓喓草虫，趯趯阜螽。趯趯：读作"替替"，跳跃很快貌。阜螽：读作"付中"，蝗虫，蚱蜢。）凡摛表五色，（摛：读作"吃"，铺陈。）贵在时见。若青黄屡出，则繁而不珍。

自近代以来，文贵形似。窥情风景之上，钻貌草木之中。（钻：通"攒"，读作"窜－阳平"，聚。）吟咏所发，志惟深远。体物为妙，功在密附。故巧言切状，如印之印泥，不加雕削，而曲写毫芥。故能瞻言而见貌，即字而知时也。

四序纷回，而入兴贵闲。物色虽繁，而析辞尚简。使味飘飘而轻举，情晔晔而更新。

（选自《文心雕龙·物色》）

附：白话《文心雕龙》（节选）

黑黄颜色搭配，方圆形体区分。日月连接圆璧，以悬垂经过天空的形象。山川焕烂彩帛，以铺开条理大地的容貌。这大概就是道的纹理吧。仰观吐露光明，俯察含蕴章彩，高卑确定位置，于是天地便诞生了。唯有人与之成三个齐等事物，心智性情所专注，合称三才。是水火木金土的芳华，是天地的心胸。心生即言得其要，理足可传。要言传理即经纬天地，照临四方，此谓自然之道。

旁及万品，动物植物皆有文采。龙凤凭色彩斑斓呈显祥瑞，虎豹用鲜明华美形成姿态。云霞雕饰颜色，有胜过绘画师傅的美妙。草木奋发花朵，不等待织锦匠人的奇特。这些岂属外表装饰，都是天然生成啊。至于风吹林丛聚集声响，如同竽瑟演奏。泉流石间激溅音韵，好比钟磬和谐。形象确立则章彩构成，声韵发出则纹理产生。

春秋依次更替，阴气惨烈或阳气舒畅。景色改变，心也随之摇动。因此，进入新年春气奋发，欢乐安逸的情绪畅达。阳光和暖的夏四月，初悦未畅的心意凝结。天空高朗气息清爽，沉潜隐蔽的志向远大。雪珠雪花漫无边际，庄重严肃的谋虑深邃。年年有它的物品，物品有它的容貌。感情因为事物迁移，文辞源于情绪阐发。一片树叶尚且常迎合意愿，鸟啭兽嚎又足以引发心绪。何况清风跟明月在同一个夜晚，白日和春林共同一个清晨。

所以诗人感触事物，联结类别无穷，流连万种景象的际会，沉吟视觉听觉的隐匿处。描写气象图摹形貌，已然随物以曲折变化。瞩目色彩增益声音，也是走心而回旋飞翔。故而灼灼形容桃花的鲜艳，依依尽显杨柳的轻柔，杲杲营造日出的明亮，瀌瀌拟写雨雪的盛大，喈喈追逐黄鸟的声音，喓喓模仿草虫的韵调。凡是铺陈表现五色，尊重当时所见。如果彩色涂饰屡屡出现，则繁芜而不珍贵。

自近代以来，文章崇尚外形相似。窥探实情于风景之上，攒聚姿态于草木之中。歌唱抒写所发挥，志向在深邃远大。成形事物使美妙，功夫在密切符合。故而巧言贴近情状，如同印章用上印泥，不加雕刻削刮，而曲折细致地摹写极微小的事物。所以能看看记述就显露样貌，接近文字就知道时节。

四季纷纷转变，人们的兴致贵在闲适。景色虽然繁多，辨析的词语崇尚简洁。使旨趣飘飘而轻举，情意光明而更新。

陶庵梦忆序

[明] 张岱

　　陶庵国破家亡，（陶庵：作者号。）无所归止，披发入山，骇骇为野人。（骇：同"骇"，惊骇，惊扰。）故旧见之，如毒药猛兽，愕窒不敢与接。作自挽诗，每欲引决，因《石匮书》未成，尚视息人世。然瓶粟屡罄，不能举火，始知首阳二老，直头饿死，不食周粟，还是后人妆点语也。

　　饥饿之余，好弄笔墨。因思昔日生长王谢，颇事豪华，今日罹此果报：以笠报颅，以蒉报踵，（蒉：通"块"，土块。）仇簪履也。以衲报裘，（衲：读作"纳"，缝补，缀合。）以苎报绨，（苎读作"住"，苎麻布。绨读作"指"，刺绣。）仇轻暖也。以藿报肉，（藿：读作"获"，豆叶，嫩时可食。）以粝报粻，（粝读作"力"，糙米。粻：读作"张"，粮米。）仇甘旨也。以荐报床，以石报枕，仇温柔也。以绳报枢，以瓮报牖，仇爽垲也。（垲：读作"凯"，地势高而土质干燥。）以烟报目，以粪报鼻，仇香艳也。以途报足，以囊报肩，仇舆从也。种种罪案，从种种果报中见之。

　　鸡鸣枕上，夜气方回，因想余生平，繁华靡丽，过眼皆空，五十年来，总成一梦。今当黍熟黄粱，（唐沈既济《枕中记》：卢生于邯郸客店中遇道者吕翁，授之枕，使人梦。生梦中历尽富贵荣华。及醒，主人炊黄粱尚未熟。）车旅蚁穴，（唐传奇记淳于棼梦入大槐安国，出将入相，醒后始知所游即庭前大槐树下的蚁穴。）当作如何消受。遥思往事，忆即书之，持向佛前，一一忏悔。不次岁月，异年谱也；不分门类，别志林也。偶拈一则，如游旧径，如见故人，城郭人民，翻用自喜，（晋陶潜《丁公化鹤》：辽东丁令威，学道于灵虚山。后化鹤归辽，徘徊空中曰："有鸟有鸟丁令威，去家千年今始归。城郭如故人民非，何不学仙冢垒垒。"）真所谓痴人前不得说梦矣。

昔有西陵脚夫为人担酒，失足破其瓮，念无以偿，痴坐伫想曰："得是梦便好！"一寒士乡试中式，方赴鹿鸣宴，恍然犹意非真，自啮其臂曰：（啮：读作"聂"，咬。）"莫是梦否？"一梦耳，惟恐其非梦，又惟恐其是梦，其为痴人则一也。

余今大梦将寤，（寤：读作"悟"，睡醒。）犹事雕虫，又是一番梦呓。因叹慧业文人，名心难化，政如邯郸梦断，（政：通"正"，恰好，只。）漏尽钟鸣，卢生遗表，犹思摹榻二王，以流传后世，则其名根一点，坚固如佛家舍利，劫火猛烈，犹烧之不失也。

（选自上海古籍出版社《张岱诗文集》）

附：白话《陶庵梦忆序》

陶庵国破家亡，丧失归宿，披发入山，惊骇为野人。故旧看见了，如同毒药猛兽，讶然隔绝不敢接触。于是作自我哀悼的诗，常想自杀，由于《石匮书》没完成，暂且睁眼喘息在人世。可是，瓦盆里的粮食屡屡清空，不能生火做饭。这才知道首阳山两位老人伯夷叔齐伸头饿死，不受周朝俸禄，还是后人妆饰的话。

饥饿之余，好弄笔墨。于是想到昔日生长在六朝王家、谢家那样的高门望族，很享用豪华，今日才遭受这样的因果报应。用竹笠报复头颅，用赤脚踩土块报复脚跟，是仇怨往日插簪穿鞋。用补丁摞补丁报复皮袍，用粗麻布报复刺绣，是仇怨往日的松软温暖。用豆叶报复肉，用糙米报复细粮，是仇怨往日吃美味佳肴。用草垫报复床，用石块报复枕头，是仇怨往日的温柔。用绳绑门板报复户枢，用瓦瓮窗口报复木窗，是仇怨往日住高敞干燥的房子。用烟熏报复眼睛，用粪臭报复鼻子，是仇怨往日的香艳。用路途报复脚底，用行囊报复肩头，是仇怨往日乘坐车轿和拥有仆从。种种罪案，从种种

因果报应中显现。

鸡鸣传到枕上,夜间凉气正运转。随着想起我这一生,繁华靡丽过眼皆空,五十年来总成一梦。现在如同黄粱梦醒,黍饭未熟。车马寄居大槐安国出将入相,醒后才知所游,是庭前槐树下的蚁穴,该作如何的忍受哦。遥想往事,回忆所及便写成文字,拿到佛前,一一忏悔。不依次编列岁月,跟年谱不同。不分门类,区别于记事文集。偶尔口吟一章,如同重游旧时小路,如同见到老朋友。就像晋陶渊明《丁公化鹤》篇,那只丁公变成的仙鹤千年之后飞回家乡,但见城郭如故,使用者却改变了,各自喜悦着。真所谓痴人面前不得说梦。

从前有个西陵脚夫为人担酒,失足摔破酒坛,考虑到没钱可赔,痴坐原地,长久停留一个想法:"能是做梦就好了!"另一个穷书生,省级科举录为举人,正要到州县长官考试后举行的宴会上去(宴会中要歌唱《诗经·小雅·鹿鸣》),恍然间感知不真实,自咬手臂说:"莫是做梦吧?"同样涉及梦,脚夫惟恐它不是梦,书生惟恐它是梦,他们作为痴人则相同。

我如今大梦将醒,仍然从事雕辞琢句的小技巧,又是一番梦呓。于是叹息天赋智慧业缘的文人,名誉之心难以消除。正如明代汤显祖依据黄粱梦故事改写的戏曲《邯郸记》,邯郸客店里的梦境已中断,漏刻终尽,报时的钟声鸣响,卢生临死遗留奏章,还想描摹王羲之、王献之的书法,以流传后世。这种名声根性,坚固如佛家的灵骨舍利子,乱世灾火猛烈,仍烧不坏它。